夫婦で行く意外とおいしいイギリス

清水義範

集英社文庫

夫婦で行く意外とおいしいイギリス　目次

夫婦で行く意外とおいしいイギリス

第一章

エジンバラ

―― 古都のシックな味わい ――

エジンバラ城

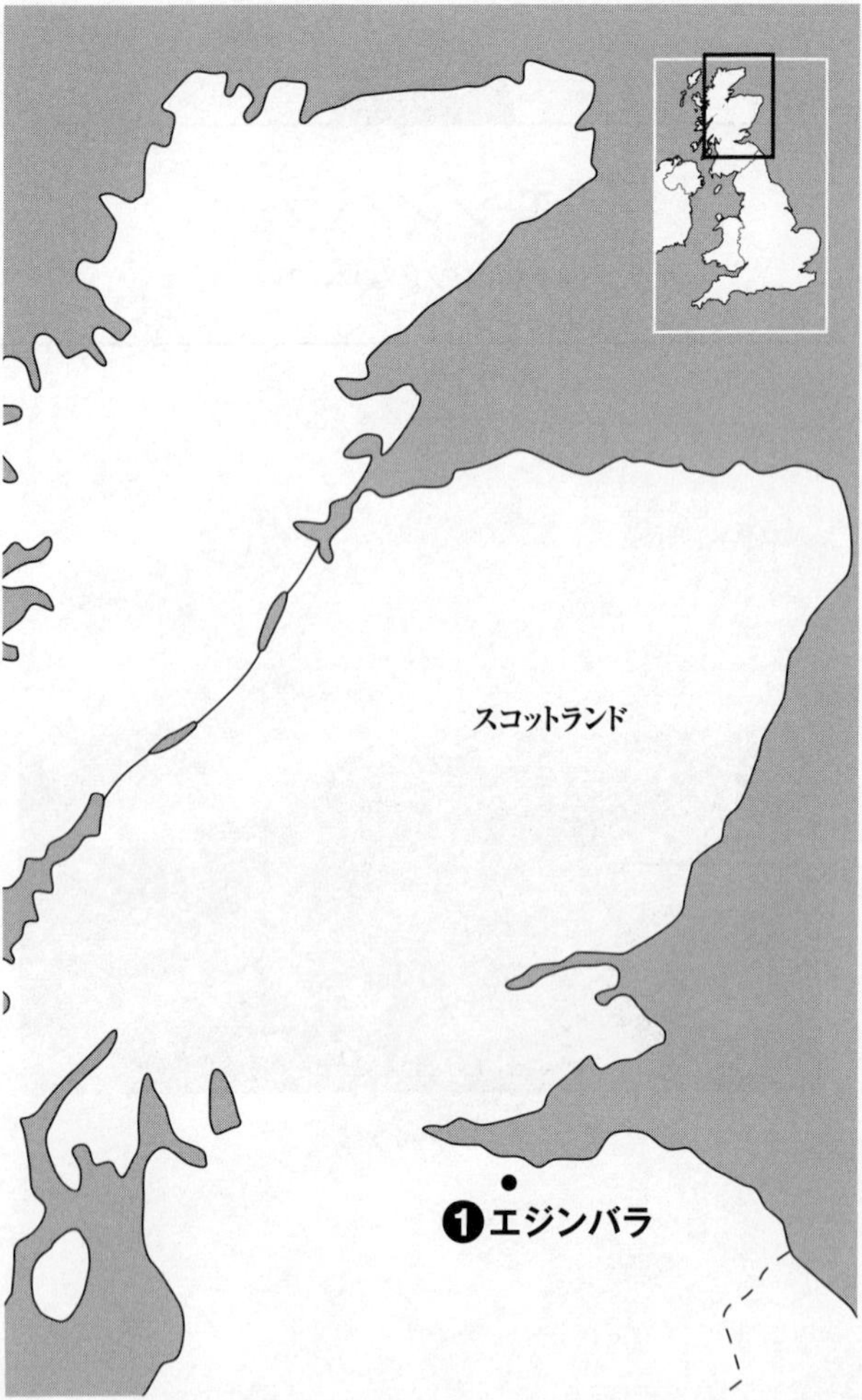
スコットランド
❶エジンバラ

1

イギリスへ行こうだなんて、考えてもいなかった。世界に、行ってみたくてまだ行っていない国は多々あるが、その中にイギリスは入っていなかった。イギリスに魅力がない、という意味ではなく、ほかに見たい国がいっぱいあって、その大国には目が向いていない、ということだったのだ。

二〇一三年から、私は次の海外旅行のテーマを、東南アジアの国々を巡る、ということに決めて、三カ国ばかりを回っていた。アジアは近いから年に二回行くことにして、ミャンマー、タイ、ラオスと観光したのだ。それぞれ、独自の文化が感じられ、興味深くて楽しい旅だった。いずれ、それらの国々の旅行記を書く予定である。

ところが、東南アジアの旅にはひとつだけ苦行があったのである。私も妻も、東南アジアの料理がどうにも口に合わないのだ。特にあのあたりでよく使うパクチーが大の苦手で、それが入っていると、スープでも麺でも、体が受けつけない。煮込み料理などにもあの香りがほのかにして、ほんの一口、二口しか食べられない。

それで、ちょっとパクチー疲れしてしまったのだ。なんか、あの味とは違うものが食べられる国へ行きたいな、という気になってきた。

東南アジア・シリーズはちゃんと全部行く覚悟であるが、ここいらで息抜きに、違うところ、たとえばワインを楽しめるヨーロッパへでも行ってみようよ、と二人の意見は一致した。

そこで、ツアー会社のパンフレットを集めていろいろ検討しているうちに、妻が面白いツアーを見つけたのだ。

「この、ハプスブルク家物語、っていうの、魅力的じゃない？」

よさそうだな、と私も思った。ヨーロッパ史を調べていると、ハプスブルク家のことはたびたび出てくる。たとえばスペインへ行った時も、ハンガリーへ行った時も、ハプスブルク家との深い関わりが出てきて、ここまで影響を及ぼしているのかと驚いたものだ。

でも、私にはハプスブルク家のことがいまひとつわかっていないのだ。どのようにして強大な影響力を持つようになり、支配を拡大していったのかなど、わかっていない。ハプスブルク家のことと、神聖ローマ帝国のことは、ヨーロッパの歴史を理解するために、いつかちゃんと勉強したいと思っていた。

だから私はこう言ったのだ。

「それよさそうだ。行ってみよう」

そのツアーは、オーストリア、チェコ、スロバキア、ハンガリーを回り、ハプスブルク家ゆかりの宮殿などを巡るものだった。二〇一四年の五月のツアーに申し込むと、催行予定も出たのである。この旅行ならワインが楽しめそうだな、と私は期待していた。

ああそれなのに、出発まであと半月ばかりに迫ったところで、団体客のキャンセルが出たということで、ふいに催行中止になってしまったのである。

同じツアーの違う日程のものはあるのだが、そっちに乗り替えることもできないのだ。なぜなら、私はカルチャー・スクールの文章教室の講師をしており、そこで、五月の後半の講座は一回休みとします、としてあった。つまり、行けるのは五月の後半から六月初めに限定されているのだ。

「どこか、ほかの国へ行こうか」

「いいツアーがあるかなあ」

またパンフレットを集めて、同じような日程でどこかヨーロッパへ行くよさそうなツアーはないかと探した。

そうしたら、英国物語というツアーがあって、日程がピタリと合うし、費用も同じくらいなのである。

「イギリスか。考えてなかったな」

「でも、行けばおそらく楽しいわよ」

ということで、私と妻はイギリスへ行ってみることにしたのだ。思ってもみなかった急なりゆきだが、イギリスには歴史もあるし、かつては大繁栄をしたという底力もあるだろうし、行けばきっと面白いだろう、という気もした。

そんなわけで、イギリスをぐるりと周遊する旅をすることになった。気分をきっぱりとハプスブルク家から切りかえ、イギリスを見るぞー、と心を盛り上げるのだが、そこでちょっと不思議なことが起こった。出発直前になり、どうも私の心がふわふわと落ちつかないのだ。

自分でも驚いた。さあ行くぞ、と身構えているようなところがある。イギリスへ行くとなって私はちょっと硬くなっているのだ。産業革命を初めて起こし、一時は世界中に進出した、あの日本のお手本の国へ行くんだ、なんて気がして、気後れするような気分になるのだ。そんな気分になったのは初めてである。イタリアへだってギリシアへだって平常心で行ったのに、イギリスへ行くとなって私は少しアガっているのだ。

もっとも、これはすぐに笑い話になった。実際に行ってみたら、特に旅の前半のスコットランドを回っている頃など、なんと田舎びたリラックスできるところだろう、と思ったのだから。

でも、イギリスへ行くとなって、私が少し緊張してしまったことは、日本人のイギリス観にかかわる心理で、興味深いことだと思う。

さて、出発だ。

旅の初日は、まずロンドンのヒースロー空港に午後三時に着き、午後八時の便でロンドンを出発して午後九時にエジンバラ空港に着いた。

エジンバラがスコットランドの都市だということぐらいは私も知っている。この旅はまず北のスコットランドから回っていくのだ。

スコットランドといえば、私が行ったこの二〇一四年の九月十八日に、イギリスから分離独立するかどうかの投票が行われたことが記憶に新しいであろう。投票の結果、独立は見送られたのだが。

ところが私はこの五月の旅の時点で、その投票が行われることをよく知らなかった。そして、スコットランドを旅していても、そんな重大なことが迫っているとは気がつかなかった。つまり、ポスターが貼られていたり、大がかりなデモがあったり、というふうではなかったのだ。地下では盛りあがっていたのかもしれないが、独立への情熱は旅行者には見えなかった。

私たちがスコットランドで肌で感じていたのは、寒い、ということだ。エジンバラはサハリンの北端ぐらいの緯度なのだ。だからスコットランドにいる間中、五月なのにダウンのコートを着ていなければならなかった。旅の後半、イングランドに入ってコートは脱いだのだが。

夜の十時にエジンバラのホテルに入った。

この旅をしていくうちにわかるのだが、イギリスのホテルではどこもノースモーキングだった。ホテルの玄関前に灰皿があるのでそこで吸うのだが、私にとってはつらいことであった。

初日はホテルで眠るばかりである。旅は二日目から始まるのだ。

2

二日目のエジンバラは、雨こそ降らなかったが、カラリとしない薄曇りの天気で、寒かった。そのことにスコットランドを強く感じた。

まずバスで旧市街と新市街を見物した。旧市街は中世に造られており、次第に手狭になったため、十八世紀に新市街が造られたのだそうだ。しかし、新市街でも造られてからもう二百年以上たっているわけで、時代色がついている。家々は黒っぽい石造りのがっちりした建物だ。砂岩で造られており、それが黒ずんでいるのだ。そして、屋根の上には煙突がたくさん並んでいる。各部屋の暖炉ごとに煙突があるので、一軒の家でも煙突が五、六本あるのだ。

煙突がいっぱいある黒ずんだ石造りの家々を見て、私は、ハリー・ポッターの世界のようだと感じた。魔法の街という感じではないが、古い感じがあの映画っぽかったのだ。それにハリー・ポッター・シリーズの作者J・K・ローリングは第一作をエジンバラのカフェで書いたのだそうだ。ムードがあったのは当然かもしれない。

まず、ホリルードハウス宮殿を見物した。駐車場を出て宮殿に向かう途中に、メアリー女王の風呂小屋と呼ばれる小さな石造りの家があった。イングランドにエリザベス一世が君臨していた時代のスコットランドの女王がメアリー・スチュアートである。この人の人生の話をするとこの上なく数奇なのだが、ここでは省略しよう。

広大なホリルード公園の中に、バロック様式の美しい宮殿がある。この宮殿は十二世紀に建てられた修道院のあったところに建てられ、十五世紀からはスコットランド王の住居となった。ここにメアリー女王も住んでいたのだ。

メアリーの息子ジェームズ六世がスコットランド王の時、イングランドではエリザベス一世が跡継ぎを残さずに亡くなったので、ジェームズ六世がスコットランドとイングランドの王となり、二つの国が一人の王を持つことになった。ジェームズ六世はイングランド王ジェームズ一世となり、イングランドに去ったのでエジンバラはさびれてしまったのだそうだ。

現在では、ホリルードハウス宮殿はイギリス王室の宮殿として利用されており、エリザベス女王も夏の間一週間ほど滞在するという。

「宮殿職員の女性の制服が可愛《かわい》い」

と妻が言うので見てみると、紺のマントとグリーンのタータンチェックのスカートであった。

この宮殿に、道路を挟んで隣接しているのがスコットランド国会議事堂なのだが、これがスペイン人の建築家が設計した超モダンな建物で、他の中世の建物との対比が面白かった。

さて、ホリルードハウス宮殿の見物を終え、バスで二十五分くらい走って、近郊のロスリンへ行き、ロスリン礼拝堂を観光する。

ここは、映画『ダ・ヴィンチ・コード』の最後のシーンのロケ地で、あの小説がベストセラーとなり、映画化されたことによって、見物客がどっと増えたのだという。

ロスリン礼拝堂は、ノルマンディーから来てスコットランドの貴族になったウィリアム・シンクレアが一四四六年に建てたものだ。

礼拝堂の入口には新しいガラス張りの建物が建てられていて、ロスリン礼拝堂の模型、解説パネル、訪れた有名人の写真などが展示されている。『ダ・ヴィンチ・コード』の映画化以来、見学者が三万人、十万人、二十万人と年々増えているそうで、その影響で入口の整備ができたということだろう。

そんなに大きくない礼拝堂で、正面入口部分の後ろに大きな壁が造られているのが変わっている。その後ろのお堂の部分は、かまぼこ形の屋根の両側に尖塔《せんとう》が何本も二重に取り巻いていてゴツゴツとした印象だ。

内部は様々な細かい彫刻で埋めつくされている。祭壇の両側には二本の柱があって、これは彫刻家の師匠と弟子によるものだそうだ。師匠が出張している間に弟子がより立派な柱を作ったので、師匠は嫉妬して弟子を殺してしまった、という話をきいた。

無数にある彫刻は、ケルトの地神のグリーンマン（再生と蘇生《そせい》の象徴だそうだ）や、七つの大罪と七つの美徳を裏表に彫刻した梁《はり》、嘆く母の顔、十字架を持つ天使、悪魔と恋人たち、堕天使、角の生えたモーゼ、騎馬のウィリアム・シンクレアなど、小さなものが所狭しと刻まれている。トウモロコシやサボテンとされる彫刻もあり、この礼拝堂がコロンブスの新大陸発見以前に建てられていることから、謎のひとつとされている。とにかく、とても独特な装飾で、目を奪われた。プリミティブでもあり、どこか魔術的な雰囲気もあるのだ。

見ることのできた地下室は彫刻のない殺風景な部屋に小さな祭壇があるだけだったが、他に隠された地下室があり、宗教改革の時に外されたステンドグラスやカトリックの祭壇があるとも、キリストの聖杯が隠されているとも言われている。

そうか、宗教改革の話をしておかないと。

ここは初めはカトリックの教会だったが、十六世紀に、ヘンリー八世が英国国教会を作った（離婚をしたいため、それを認めないカトリックをやめた）時から、プロテスタントになっているのだ。

ロスリン礼拝堂は、抗争があってシンクレア家の人々がイングランドに逃げてしまってからは、放置され、すっかり荒れてしまったのだ。修復が始まったのは十九世紀になってからで、特に二〇〇三年から本格的な修復がされているのだそうだ。

ロスリン礼拝堂の観光を終え、私たちはバスでエジンバラに戻り、大きな通りに面したホテルのレストランで昼食をとった。

まず、カウンターで飲み物を買う。ビールはドラフト、ラガー（日本のビールに一番近い）、エール、ブラック、スタウトなどがある。カウンターに並んだ注ぎ口から丁寧に注いでくれる。サイズは一パイント（日本の大ジョッキぐらい）と半パイントがあり、一パイントで四〜五ポンドくらいだった。この旅行の時点で一ポンドが百八十円だったから、結構高い。グラスワインは四〜六ポンドくらい。

この、カウンターで飲み物を買って自分でテーブルに持っていくやり方は、イギリス旅行中のほとんどのレストランで同じだった。テーブルで注文して持ってきてもらう場合はチップが必要である。

料理はビュッフェスタイルだったが、品数は少なかった。オードブルとしてはチーズが二種類、ハムが数種類、カプレーゼ、葉物のサラダといったところ。メインは、鱈《たら》とポテトのソテーと、ビーフシチュー。付け合わせ用の野菜は、ライス、ポテトフライ、ベイクドトマト、カリフラワーとブロッコリーのボイル、マッシュルームのソテー、空豆のソテー。デザートはケーキ類が四、五種類と、フルーツ、コーヒーと紅茶。それですべてだった。

メインを魚か肉か、それとも両方か選び、付け合わせを好みで選ぶだけの選択肢だ。エールを一パイント飲み、鱈のソテーを食べ、チーズ、カプレーゼ、カリフラワーとブロッコリーのボイル、マッシュルームのソテーを食べた。

さて、そこで味はどうだったか、である。

実は、この旅行後、イギリスへ行ってきました、と言うとどの人も同じことをきいた。

「料理はどうでした」と。

イギリスの料理はまずい、というのがすごく有名なのだ。

確かに、イギリスではおしなべて料理がイマイチである。下味をつけてないというか、塩がきいていないのだ。だから、テーブルの上には必ず塩が置いてあって、それを振って食べることになる。

この日のホテルでの朝食で、スクランブルエッグを食べたらひどくまずかった。きけば、スクランブルエッグの素の粉で作っているのだそうだ。五つ星のホテルでもそうなんだという。そういう、料理に対して不熱心なところがイギリスにはある。私はその後、朝食の卵料理は目玉焼きにした。

そういう、基本的に料理に対して情熱のないイギリスにしては、このランチは意外においしかった、と言うべきであろう。鱒のソテーは、まあおいしく食べられた。マッシュルームのソテーは、料理というほどのものではないが、塩を振れば食べられる。これはこの先もしょっちゅう出てきたが、イギリスでおいしいもののひとつであった。

実にもって、イギリスは意外においしいのである。ただし、ビーフシチューを選んだ人は肉が硬いと言っていた。

3

昼食の後、エジンバラ城へ行って観光した。

エジンバラ城はキャッスル・ロックという天然の要塞の上に、七世紀にノーサンブリアの王エドウィンが造った砦《とりで》が元になっている。この土地をエドウィンズ・バラと呼んだ(バラは自治都市の意味)のが、エジンバラという地名の元になっているという説もある。

今のような城になったのは、十一世紀のマルコム三世が作ったとも、その息子のエドガー王がスコットランド王国の王宮にしたとも言われる。十四世紀にはスコットランド王家スチュアート朝の王宮となった。

現在の城内には十八世紀以降に再建された建物が多い。エジンバラ城は歴史の中で何回も戦闘や破壊が繰り返され、そのたびに再建されたのだ。

立派で堂々とした城門をくぐると、右手に向かって坂を登っていく。左に折れると、落とし格子のある門がある。更に登ると砲台のある広場に出るが、そこからは北の方に新市街やフォース湾が見渡せる。

城内にはたくさんの建物があるが、現存する最も古い建物は十二世紀の聖マーガレット礼拝堂だ。

このマーガレットは重要な人物である。ハンガリー王のイシュトバーンの孫だが、イシュトバーンが娘をイングランド王に嫁がせたということで、イングランド王エドマンド二世の孫でもあるのだ。マーガレットの弟はイングランドの王位継承者だった。

その弟がイングランドでウィリアム征服王に戦いを挑み、失敗して姉と弟が逃げ出した船が嵐にあって難破した。そして、マーガレットは岸にあがったところで、スコットランド王マルコム三世に会ったのだ。マルコム三世には妻があったが、マーガレットに恋をし、妻の死後結婚した。マーガレットはそれまでのスコットランドが異端的なコルンバ派教会だったのを、ローマ教会から僧を呼び寄せて正しいローマ教会のものにしたり、立派な教会をいくつも作ったり、外国から工匠を招き、手工業、学業、商業を奨励したりした。つまりスコットランドをサクソン風（イングランド風）に改革したのだから、意味が大きい。

マーガレットは夫と長男が戦で亡くなると、引き籠るようになり、それまでの立派な教会とは比べ物にならない質素な聖マーガレット礼拝堂を建て、そこで祈りをささげたのだ。私たちも中に入ってみたが、本当に小さな礼拝堂だった。

エジンバラ城内のクラウン・スクエアというところに、王宮、グレートホール、戦没者記念堂などの主要な建物が中庭を取り巻く形で建っている。

その他にも、兵舎、火薬庫、病院、戦争博物館、牢獄などがある。いくつかの中に入って見物した。牢獄も見た。

王宮の中には三種の宝器である、王冠、御剣、王笏《おうしやく》などが展示されていた。王宮の中で最も有名なものは運命の石で、これはスコットランド王が戴冠式の時に座った石だ。イングランドに持ち去られ、長らくウエストミンスター寺院にあったのだが、一九九六年にスコットランドに戻された。

この城からはとにかく見晴しがよかった。エジンバラの新市街の街並みが美しく眺められた。

エジンバラ城を出ると、正面にホリルードハウス宮殿までの一マイル（約一・六キロ）の石畳の道がある。それがロイヤル・マイルで旧市街の中心である。中世には王族や貴族が馬車で往来した道だ。

どこからともなくバグパイプの音色がきこえてくる。キルトを身につけたバグパイパーが路上パフォーマンスをしているのだ。お土産屋が並び観光客も多く賑《にぎ》やかな所だ。ロイヤル・マイルはエジンバラ城から近い方から、キャッスル・ヒル、ローンマーケット、ハイストリート、キャノンゲートと名前が変わる。

その道沿いにずらりと並んだ石造りの建物は、間口が狭く縦に細長く作られている。最も古い建物のひとつが、グラッドストーンズ・ランドで十七世紀の商人の館だったそうだ。中は大変豪華な造りになっているそうだが、入口に実物大の豚の置物が数頭置かれていた。かつて豚がそこで飼われていて、その再現というわけだ。

老舗のパブ、レストラン、ホテルなどもある。パブなどの店の上層階はオフィスとして使われているそうだ。

『ジキル博士とハイド氏』のモデルになったという、昼は町の議員、夜は強盗団の首領という二重の生活を送ったディーコン・ブロディーという男がいたのだそうで、その人の名をつけたパブがあった。ジキル顔とハイド顔を裏表に描いた看板が出ていた。なお、『ジキル博士とハイド氏』を書いたスティーブンソンはエジンバラの人である。

ハイストリートの中心に、聖ジャイルズ大聖堂がある。王冠のような形の屋根が特徴的なゴシック様式の教会だ。一一二〇年前後から建てられたが何度か増改築が繰り返されたのだそうだ。最初はカトリックの教会だったが、宗教改革後はスコットランド長老派の教会となった。これはイングランドの国教会とは宗派が違うそうだ。

内部には五十もの祭壇があったが宗教改革の時に破壊されたそうで、今はゴシックの絢爛《けんらん》さはなくシンプルなのだが、天井の装飾や聖職者が座る椅子など、部分的には華やかな装飾が見られる。大変美しいステンドグラスもあった。

一九一一年に大変豪華で華麗なシスル礼拝堂（シスルはスコットランドの国花アザミのこと）が造られたが、これは細かい彫刻が一面にほどこされた大変見事なものである。

大聖堂を出て、ウェイヴァリー駅の上の跨線橋《こせんきょう》をまたぎ、プリンスィズ・ストリートに出てカールトン・ヒルに向かった。

スコットランドは氏族《クラン》制度のあった地域である。氏族というのは日本の藩のようなものだった。

そして、氏族ごとに様々なタータンチェックが生まれた。家紋のような意味を持つわけだ。タータンの柄は二百以上あると言われている。ただ、タータンが公式に使われるようになったのはそう古いことではなく、十九世紀頃からである。

キルトという巻きスカートのようなものを男性が着ているのが珍しいわけだが、それがスコットランドである。キルトは、下にパンツをはかないのが正式な着方だそうだ。「男たるものキルトの下にパンツなどはかない」という感じなのだそうだ。巻いて身につけるもので、前はスポーランというバッグでおさえている。ハイソックスをはき、そこにスケンドゥーという小型ナイフをさしている。

今でも街角で、バグパイプを吹いている人や、観光ガイドなどに、また、普通の人でも少しはキルトを身につけている人を見ることができる。上はきちんとジャケットを着ている人もいれば、シャツスタイルの人もいて様々である。

女性も、スカートやサッシュという肩掛けに一族のタータンを使ったそうだ。

スコットランドでは、どこのお土産屋へ行ってもタータンのマフラーをたくさん売っている。柄の種類が多くて選ぶのに迷いそうだった。

4

新市街の東にカールトン・ヒルという海抜百十メートルの丘があり、私たちはそこに登った。エジンバラの街が一望できて眺めが素晴しい。

丘は芝生と低木の木々が多く、この時はハリエニシダのシーズンで黄色い花がたくさん咲いていた。

丘の上にはいくつもの記念碑がある。ナショナル・モニュメントというのはナポレオン戦争で亡くなったスコットランド兵のための戦没者記念碑だが、ギリシア神殿風の円柱が梁を支える形をしている。しかし、予算不足のために未完成だ。この街になぜギリシア風デザインなんだと、ちょっと評判が悪いのだそうだ。

ネルソン・モニュメントはトラファルガー海戦でナポレオンの艦隊を破ったネルソン提督の記念碑。六階建ての円柱状の塔の形をしていて、この丘の最も高い所に建っており、登ることもできる。

丸いドームを持った市の天文台もある。

「蛍の光」の改作詩者ロバート・バーンズの記念碑もある。ロバート・バーンズはスコットランドの国民的詩人で、人々に愛されていて、一月二十五日の彼の誕生日の頃にはバーンズ・ナイトというサパー（夕食）が開かれハギスのセレモニーが行われるそうだ。バグパイプに率いられてハギスという羊の臓物の腸詰めが登場し、バーンズの「ハギスに捧げる詩」を朗読し、ナイフでハギスを切り刻む。そしてシングルモルトのウイスキーと共に食べるのだ。

カールトン・ヒルからの眺めは素晴しく、エジンバラの旧市街、新市街、エジンバラ城、ホリルードハウス宮殿、アーサー王の玉座と呼ばれる岩山など、ほとんどのところを見ることができる。そして北にはフォース湾も見えるのだ。

エジンバラは歴史ある重厚なイメージの街である。その重厚さは、黒ずんだ砂岩の建物のせいで感じられているのであり、言ってみればハリー・ポッターの映画の中にまぎれこんだような気がするのだった。

そこまで見物したところで、一旦ホテルに戻った。夕食の時間まで休憩するのだ。

ホテルの近くのスーパーへ、妻と二人で歩いて行ってみた。ホテルの部屋のミニバー（冷蔵庫）が空で、冷えたビールがほしかったからだ。しかし、イギリスのスーパーでは冷えたビールは手に入らないことがわかった。大量の冷えていないビールのコーナーをうろつき、やっと冷蔵庫を見つけたが、そこには白ワインやサイダー（発泡性のリンゴ酒。フランス語で言えばシードル）しか入っていなかった。やむなくその、アイルランド製のサイダーを買って部屋で飲んだが、かすかに甘く、さっぱりした味でおいしかった。

スーパーからホテルに戻る途中にガソリン・スタンドがあったのだが、ガソリンが一リットルで一・二ポンドもする。二百十六円ぐらいだ。イギリスは物価が高いなあ、と思った。一パイントのビールが五ポンドもするし、タウンガイドのエジンバラ在住の日本人女性も、ガス料金や電気料金が高いと言っていた。

そこで私が思わず言った冗談は、イギリスがEU加盟国なのにユーロを使わず、ポンドのままでやっているのは、ユーロにすると外国に比べて物価が高いのがくっきりとわかってしまい、騒ぎになるからかもしれないな、というもの。冗談ではあるが、意外にいいところを衝《つ》いているかもしれない（二〇一六年六月二十三日の国民投票でイギリスがEUからの離脱を選択するなんて想像もしていなかった）。

さあ、夕食だ。夕食は観光客向けのショー付きのレストランのような店でとるのだ。行くと、バグパイプの演奏で出迎えてくれる。キルトをはいたパイパーと並んで写真を撮った。

中は広いテントのような平屋のレストランで、各国の観光客でいっぱいである。まず食事が出てくる。前菜は野菜のクリームスープか、田舎のパテというレバー入りパテから選べる。メインはビーフの赤ワイン煮込みか、サーモンと鱒のパイ包みから選ぶ。デザートはレモンムース。

私たちはスープとパイを選び、白ワインをボトルで頼んだ。南アフリカのスクリューキャップの白ワインが出てきた。スープはなめらかなポタージュスープだが、味は薄かった。パイはサーモンと鱒の身をほぐしてまぜ、クリームソースであえて、それをパイ生地で包んで香ばしく焼きあげたもの。

この店では飲み物はカウンターで買うという方式ではなかったが、ここを含め、テーブルワインをボトルで買うとスクリューキャップであることが多かった。もちろん、ワインリストを持ってこさせて高いワインを選べばそうではないだろうし、グラスに注ぐサービスもしてくれるのだろうが、ツアーではそんなことをする良いレストランへは行かないものだ。

料理の味は、キリッとしたところのない感じではあるが、決してまずくはない。どちらかというとほんわりした味で、塩気があまりない。テーブルの上に塩と胡椒《こしょう》が置いてあるから、それを振って食べるのだが、要するに下味をつけていないのだ。下味をつける、という概念を学ぶといいのに、と思った。

食事の後、ショーが始まる。民族ダンス、バグパイプの演奏、アコーディオンの演奏などが行われる。司会者のノリも、ダンスの振りつけもなんだかアメリカっぽいなと思っていたら、司会者が、どちらからいらっしゃいましたか、と質問して拍手で答えさせた。お客は圧倒的にアメリカからの観光客が多かった。あとは、オーストラリア、ドイツ、ロシアなどからの客と、日本からの私たちだった。

その後、ハギスのセレモニーが始まる。バグパイプが演奏される中、湯気の立つ焦げ茶色の塊がステージ上に登場し、何やら言った後、まさに切り刻むという感じで、あたりに飛び散らせながらバラバラにしていた。

一旦ハギスはステージから引っこみ、その後、皿にちょっとずつ盛られてテーブルに運ばれてきた。私は内臓料理は苦手なので手を出さなかったが、妻は、同行メンバーの一人からぜひ味見だけでもしなさいよといわれて一口食べていた。「やっぱり苦手だわ。ちょっと臭いような気がする」と言っていた。ただ、いっしょにシングルモルトのウイスキーがグラスで運ばれてきたので、私は一杯もらってみた。これは有料で八ポンド。でも、これはおいしかった。この時はまだピンときていなかったのだが、私たちはスコッチ・ウイスキーのシングルモルトの産地へ来ているのだ。

またダンスが始まる。今度はお客を誘いこんでの盛りあがりダンスだ。妻は強引に誘われてやむなく踊っていた。私は誘われなくて助かった。私にはダンスのセンスがまったくないのだ。二、三十分踊って、外国の観光客はこれからが本番だというような感じだったが、日本のシルバー旅行者はこの辺でお開きにしましょうということで、九時半頃ホテルに戻った。

エジンバラはシックで、かつ賑やかで、独特の味わいの街であった。スコットランドの首都だが、スコットランドで一番人口が多いわけではない。それはグラスゴーで、エジンバラは二位なのだ。

たとえて言うと、グラスゴーが大阪の味わいで、エジンバラが京都なのだ、と説明されたが、よくわかるたとえだった。

古都エジンバラは、なかなかいい感じだったのである。

ホリルードハウス宮殿

ロスリン礼拝堂

ロイヤル・マイル（旧市街の街並み）

聖ジャイルズ大聖堂

カールトン・ヒルよりエジンバラの
街並みとフォース湾を望む

第二章

セント・アンドリューズとブレア城

―― ローランドからハイランドへ ――

聖アンドリューズ大聖堂跡

スコットランド
❷セント・アンドリューズ
①エジンバラ

1

三日目は、エジンバラを出てフォース湾に架かる橋を渡り、セント・アンドリューズをめざす。自動車用の橋を渡っていく時、右手に巨大な鉄道用の鉄橋が見えて、形が面白いので思わず写真を撮った。一八九〇年に開通した当時、世界最長を誇ったフォース鉄橋である。二〇ポンド紙幣の図柄にもなっている橋なのだ。

セント・アンドリューズまではおよそ二時間半の行程だ。バスがエジンバラを出ると、麦畑や菜の花畑が少しと広々とした牧草地があり、馬、牛、羊などの家畜がそれぞれ別の牧草地でのんびり草を食《は》んでいる。牧草地は低い石塀や生垣の塀に囲まれていた。

この五月末の旅行の時は様々な木の花のシーズンで、黄色いエニシダのほか、いろんな色合いのシャクナゲやライラックなどが美しかった。

セント・アンドリューズは聖アンドレ（イエスの十二使徒の一人でペテロの兄弟）にちなむ街だ。聖アンドレの遺体を乗せた船がこの街に流れつき、ここの教会に遺骨が納められたという伝説が残っているのだ。どう考えてもあまり信憑性《しんぴょうせい》のある伝説ではないが。

街は北海に面していて、かつてはおよそ三十五キロメートルの城壁に囲まれていたのだそうだ。中世からスコットランドにおけるキリスト教の中心地で、スコットランドの「宗教の首都」といわれ、多くの巡礼者が訪れるところだったのだ。

まず私たちは、北海に面した断崖の上にある聖アンドリューズ大聖堂へ行ったのであるが、そこで見たものは壁の一部や、尖塔の一部だけで、荒涼たる廃墟《はいきょ》である。残っている壁の一部がかなり大きいので、規模のでかい聖堂があったらしいと想像はつくのだが、今はほとんど何もなくて、墓地が広がっているだけだ。

もともとは東西百八メートルという大変規模の大きい大聖堂で、スコットランド最大の聖堂だったのだ。一一四四年以降この地に完成したという聖ルール教会が手狭になったため、隣接して十二世紀から十四世紀にかけて建てられたのが聖アンドリューズ大聖堂だ。ロマネスク様式であったが、建築期間が長かったため、後の方で作られた部分はゴシック様式になっていた。

一四七二年には首座大司教座がここに置かれ、司教の居住用の城も作られたのだ。

ところが、十六世紀の宗教改革によってほとんど破壊されてしまったのである。現在の廃墟の姿はそのせいである。イングランドの宗教改革はヘンリー八世の官制宗教改革(自分が離婚するため)だったので、破壊されたのは修道院が主だったし影響も大きくはなかった。ところがスコットランドの宗教改革はジョン・ノックスという人物がカルヴァン派のプロテスタントを持ち込んだもので、聖書以外の物には不寛容な性質を持ちとても激しいものだったのだ。特に南スコットランドではプロテスタント支持者の暴動が各地でおこり、大規模な教会や修道院が打ち壊され、焼き払われた。

今現在残っているのは聖ルール教会の塔と聖アンドリューズ大聖堂の東西両端の切妻、身廊《しんろう》の南壁のみである。ほかには、昔地下室だった場所を復元した出土品を展示しただけの小さな博物館と、チケットや絵葉書などを売る小さなショップがあるだけだ。敷地内には後の様々な時代に建てられたと思われる墓がたくさんある。

四角柱の形をした聖ルールの塔には登ることができたので登ってみた。百五十七段のらせん階段を登っていくと、塔のてっぺんからは荒涼とした北海と、セント・アンドリューズ城、セント・アンドリューズのオールド・コース、美しい街並みを見ることができた。

オールド・コース、という言葉で、ああ、あれか、と反応する人がいるかもしれない。セント・アンドリューズはゴルフ発祥の地とされ、ここのゴルフ場のオールド・コースは「ゴルファーの聖地」と呼ばれており、全英オープンの開催される、ゴルフをする人にとって憧れの地なのだ。

そのオールド・コースにまで行ってみた。寒々しい海岸のすぐそばに美しい芝の生えたゴルフコースが広がっている。ザ・オールド・コース、セント・アンドリューズと刻まれた石造りの看板壁があり、クラブハウス、練習場などが見えた。遠くに見える石橋のところが十八番ホールだそうだ。一五五二年に作られたというオールド・コースは、神と自然が作ったコースと言われているそうで、公営のコースで市が管理しているのだ。

そして、一八三四年にこの地のゴルフ・クラブが国王の許可を得たクラブとなり、「ゴルフ生誕の地」と宣言したことで、聖地となったのだ。だから本当にここがゴルフ発祥の地かどうかは定かではないのだが。

ゴルフをする人ならばぜひ一度はプレイしたい、と望む所なのだが、ゴルフに縁のない私には、海岸の近くに美しい芝が広がっているなあ、という気がするだけだった。

メアリー・スチュアートは大のゴルフ好きだったそうだ。そして息子のジェームズ六世（イングランド王を兼ね、そっちではジェームズ一世）がイングランドにこのゲームを広めたのである。

残念なことに、見る予定になっていたゴルフ博物館が工事のため休館で見られなかった。ゴルフに縁がなくてもせめて歴史などがわかれば、少しは興味が持てたかもしれないのに。

ゴルフをする同行者たちはお店のある通りへゴルフボールなどを買いに行った。私と妻は寂しげな海岸通りを散歩したり、パターの練習場で練習する人を見たりした。

次に私たちはセント・アンドリューズ大学へ行った。一四一三年の設立で、オックスフォード大学、ケンブリッジ大学に次ぐイギリスで三番目に古い歴史を持つ大学である。スコットランドでは一番古いのだが。

セント・アンドリューズはスコットランドにおけるキリスト教の中心地であったため、大学は初め聖職者養成のために作られた。この大学からは多くの神学者が輩出している。

現在の学生数は約五千二百人で、スコットランドから四〇パーセント、イギリスの他の地域から三〇パーセント、外国からの留学生（アメリカが多い）が三〇パーセントだそうである。ウィリアム王子、キャサリン妃もこの大学の出身だそうだ。

最も古いカレッジは一四五〇年、塔と礼拝堂は一四六〇年の建立である。

塔の下の門から中に入ると、大学本部の建物が美しい芝生の中庭に面して建っている。振り返ると塔とつながって礼拝堂がある。

昼なのに人の姿がなく、寂しげであった。本部の建物の裏に回ると、そこも美しい芝の庭で、建物に沿って花々が彩っている。重厚でがっちりした建物と緑のコントラストが印象的であった。

イギリスでは公共の建物だけでなく、一般家庭の庭先も美しい花や芝で彩られていることが多い。イギリス人は庭つくりに凝る人が多いのだそうだ。そして隣近所と競うように精を出すのだ。大抵は男性が芝刈り（夏には週一回くらい）をし、女性が花を植えて世話をするのだそうだ。

さて、静かな印象だったセント・アンドリューズ大学の見物を終え、私たちはバスで北へ向かう。

スコットランドは、南部が低地でローランドと呼ばれ、北部が山がちでハイランドと呼ばれている。ローランドとハイランドは民族的にもちょっと違うし、宗教的にも、ローランドがカルヴァン派のプロテスタントなのに対して、ハイランドにはカトリックが残っているというような違いがある。もちろん、ハイランドのほうが少し田舎びているのだ。そのハイランドの方に向かうのである。途中の景色は牧草地ばかりで、とてものどかな旅であった。

2

ゆったりとしたバスの旅が続いているので、ここでスコットランドの大まかな歴史をまとめておこう。イギリスの歴史の本を読んでみても、それはほとんどイングランドの歴史を中心にしたもので、スコットランドの歴史はわからないのだ。スコットランドの歴史をまとめた資料は少ない。

それで、まずこのことを言っておこう。私はスコットランドの歴史を大まかにまとめる、と書いてしまったが、それはそう簡単にはまとまらないのだ。スコットランド史はぐちゃぐちゃ、と言いたいくらいである。

いくつかの民族に分かれており、同じ民族でも多くの氏族《クラン》に分かれていて、いつも抗争をしている。そこへイングランドが侵入してくると、それとも戦わなければならない。イングランドに対抗するためにフランスに接近したりもする。そんな抗争の連続だけを見ていると野蛮人の国か、という気もするのだが、文化的には意外に優秀だったりもする。

そんなわけで、スコットランド史をすっきりとまとめることはむずかしいのだが、ざっと述べてみることにしよう。とんでもない国だなあ、ということぐらいをなんとなく知っていただければよいから。

古いところでは、スコットランドの北辺にはシェットランド諸島やオークニー諸島があるが、そこで先史時代の遺跡が発掘されている。紀元前四〇〇〇年から、紀元前一二〇〇年の頃のものだという説がある。

旧石器時代にはイギリスはヨーロッパ大陸と陸続きだったので、人々がイギリスに渡ってきた。ドーバー海峡ができて大陸と分かれても、大陸からの人々の移動はあった。やってきた人々はスコットランドの西から北海岸に住みつき、北部の諸島にも定住するようになった。

紀元前八〇〇年頃、鉄器を持つケルト人が入ってきて、先史時代からの住民と融合して、カレドニア（ローマ人がつけたスコットランドの名称）のピクト人となる。ブリトン系ケルト語の民族と言われている。

ケルト人は背が高く、ブロンドでブルーアイ。ピクト人は背が低く、褐色の髪と灰色の目だった。ピクト人は刺青をしていたという特徴も持つ。

アイルランドから、ゲール系のケルト人が入ってきて、カレドニアの西に住み、スコット人となる。

紀元八四年に、南からローマが侵略してきた。ピクト人は山地を利用したゲリラ戦でローマに立ち向かった。

ローマの皇帝ハドリアヌスは、スコットランドとイングランドの境にハドリアヌスの城壁を造り、イングランドの支配だけで満足しようとした。

しかし、ピクト人はたびたびローマ領内に侵入した。そのためローマは懲罰遠征としてピクト人の土地に侵入した。するとまた仕返しにピクト人がローマ領内に入る、ということが繰り返された。

四世紀になるとゲルマン民族の大移動が始まり、それによってローマは衰退し、四一〇年にローマ軍はブリテン島から撤退した。

七世紀になると、スコットランドの南東部とイングランドの北東部にまたがるノーサンブリア王国ができて、ピクト人とスコット人が一人の王の下にまとまった。

九世紀には、マッカルピン王のスコシア王国ができる。これが後にアルバ王国となり、さらに発展してスコットランド王国になるのだ。

ところが、八世紀から九世紀にはノルウェーから来たヴァイキングが侵入してくる。ヴァイキングは島嶼《とうしょ》部とスコットランド本島北部に住みついてしまい、それは十三世紀まで続いた。だからそのあたりの地方にはノルウェーの影響とみられる習慣が今も残っているのだそうだ。

ノルウェーとデンマークの王が王女をスコットランド王に嫁がせ、その時持参金として諸島の土地を持たせるという時代があって、スコットランドの領域が決まっていった。

中世のスコットランドでは王位継承のルールが決まっていなかったので王位をめぐる争いが絶えず、王を名乗った有力者がいれば戦って王になれたりした。

また、スコットランドには各地にクランと呼ばれる氏族がいて、氏族同士で戦いに明け暮れていた。だからその弱みにつけこんでイングランドが干渉してくる。イングランドの方が強かったのでたびたび侵略を受けた。

シェイクスピアの戯曲で名高いマクベス、マクベスに殺されたダンカン王は実在の人物である。一〇四〇年、ダンカン一世はマクベスに殺されたのだ。マクベスは王位につくが後にダンカン王の長男（後のマルコム三世）により殺される。マクベスはローマに巡礼に行った最初のスコットランド王であり、勇猛な武将だったそうである。一〇五八年王位についたマルコム三世（マルコム・カンモー）の時代にエジンバラ城が王宮となった。このマルコム三世の二番目の妻がイングランド王の孫娘のマーガレットであることは、第一章で書いた。

聖マーガレットとも呼ばれるこの人は、キリスト教の改革をしたのだが、スコットランドにキリスト教が入ってきた時のことを書き忘れていたので、少し時を遡らせる。

スコットランドにキリスト教が伝えられたのは三九七年で、聖ニニアンという人物によってである。聖ニニアンはローマでキリスト教を学び、スコットランドに戻って教会を建てた。

五六三年にはアイルランドからやって来た聖コロンバがアイオナ島を拠点にキリスト教の布教活動を行い、彼の布教はスコットランド中に及んだ。しかし、聖コロンバのキリスト教は土着宗教の影響もあり、立派な教会建築を作らなかったのだ。そこで、十一世紀後半に、マルコム三世の妻マーガレット（聖マーガレット）は自身の信仰していたイングランドのローマ教会のキリスト教を広め、各地に石造りの立派な教会をいくつも建てた。また、彼女はイングランドの風習をスコットランド貴族の間にもたらした。

この聖マーガレットの礼拝堂を私たちはエジンバラ城の中で見たわけである。

さて、歴史の話を続けよう。

一二六三年、ラーグスの戦いでアレキサンダー三世率いるスコットランド軍がノルウェー王率いるヴァイキングに勝利し、ヴァイキングの脅威から解放された。

一二九五年、フランスと同盟を結ぶ。アレキサンダー三世が皇太子の妻にフランドル伯の娘を選んだからだった。これは後に「旧《ふる》き同盟」と呼ばれる。

アレキサンダー三世と跡継ぎたちが相次いで亡くなり、スコットランドが次の王を決めるため内乱になったのに乗じて、一二九六年イングランド王エドワード一世が攻撃してきた。イングランドはスコットランドを属国と見ていて、宗主権はエドワード一世にあるとしているのだ。この時、戦利品として「運命の石」をイングランドに持ち去る。「運命の石」とは、スコットランドで王が戴冠する時にこの石の上に座るもので重要なものだったのだ。その後長らくロンドンのウエストミンスター寺院に置かれていたが、一九九六年にスコットランドに返却され、今はエジンバラ城に展示されている。

イングランドのエドワード一世の残忍なやり方に怒り、ウィリアム・ウォレスというケルト系で高貴な身分ではない地方地主の息子が立ちあがった。彼は「自由のために戦う民族」という誇りをスコットランド人に植えつけた。ウォレスは貴族階級からの支持は得られなかったが、圧倒的に数の多いケルト人の一般人を味方につけ、一二九七年スターリング橋の戦いでイングランド軍を破る。この話は一九九五年、メル・ギブソン主演で『ブレイブハート』という映画になってアカデミー作品賞を取っている。私は、イギリス旅行から帰ってからその映画を見た。

ウォレスは貴族に叙されるが、やがてエドワード一世の策略や陰謀により、味方に裏切られて逮捕され、一三〇五年にロンドンで処刑された。

ところが、ウォレスの行動に感銘を受けた若い貴族ロバート・ザ・ブルースがロバート一世として王位につき、イングランドに対してゲリラ戦を仕掛け、とうとう一三一四年、バノックバーンの戦いでエドワード二世のイングランド軍に大勝利した。その後もロバートはイングランド相手に戦いを続け、一三二八年、ノーザンプトン条約（イングランド側からの条約の名で、スコットランド側はエジンバラ条約と呼んだ）を結び、スコットランドの独立を勝ち取る。しかし、ロバートの死後は元のイングランドによる武力支配に戻ってしまう。

一三七一年、ロバート二世が即位して、スチュアート王朝が始まる。スコットランドではスチュアート朝に限らず、王が殺されたり、戦死したり、事故死することが多く、王の子供が幼くして王位につくことが多かった。すると後見する氏族と対立する氏族が必ず戦いを始めた。そこへイングランドが干渉してきて傀儡《かいらい》王を立てたり、軍事進攻してきたりすることが繰り返された。

また、当時はイングランドとフランスが百年戦争をしていたので（イングランドのプランタジネット朝はもともとフランスから来た家でフランスに広大な領地を持っていたことがある）、スコットランドはフランスとの旧き同盟によりイングランド北部に攻め込むこともしている。

しかし、イングランドとフランスが戦っている間はスコットランドは安心して氏族間の戦いに没頭できた時期でもあった。

一五〇三年、数々の恋愛遍歴を持つジェームズ四世は、イングランドのヘンリー七世の娘マーガレット王女と政略結婚をし、イングランドと休戦協定を結ぶ。

一五〇九年、イングランドではヘンリー七世が亡くなりヘンリー八世が跡を継いだ。ヘンリー八世は休戦協定を無視した。また、ヘンリー八世はフランスを攻撃したので、フランスのルイ十二世はスコットランドにいつものように後方からの攪乱《かくらん》を要請した。

それを受けて一五一三年、ジェームズ四世とその大軍は進軍しフロデンに陣を敷くがイングランド軍の圧倒的強さの前に大敗北をきっしてしまう。ジェームズ四世も戦死した。

一五二八年スコットランドで宗教改革が始まる。当時スコットランドの教会は大変腐敗していたのだ。そこへ、ジョン・ノックスによりカルヴァン派のプロテスタントが導入された。

一五四二年、ジェームズ五世に王女メアリーが生まれるが、すぐに父王が亡くなったので生後六日目に女王として即位した。エジンバラでホリルードハウス宮殿を見た時に、ここに住んでいたのがメアリー・スチュアートだと書いたが、その女王である。

メアリーはフランスの皇太子と結婚し、やがてスコットランド女王とフランス王妃を兼ねることになる。しかしほどなく夫が死に、メアリーはスコットランドに戻ってくる。この時すでにスコットランドはプロテスタントになっていて、カトリックだった女王はジョン・ノックスと対立することになった。

メアリーは従兄弟《いとこ》のダーンリー卿と再婚し後のジェームズ六世を産む。しかしダーンリーは殺され、その後ボズウェル伯と再々婚する。ダーンリーを殺したのはボズウェルであるらしい。

やがてメアリーは、プロテスタントの貴族や、ノックスの激励を受けた会衆貴族と敵対し、武力での戦いで女王軍は敗れる。女王は王位を息子のジェームズ六世に譲る。メアリー女王はイングランドに逃げ、エリザベス一世の庇護《ひご》を求める。そして十八年の虜囚生活の末、一五八七年にエリザベスによって処刑される。

一六〇三年、イングランドでエリザベス一世が亡くなり、ジェームズ六世がイングランドの王位につき、イングランドではジェームズ一世を名乗る。二つの国は一人の王を持つ国となった。王はロンドンに移り、ほとんどスコットランドに戻ってこなかった。

そしてスコットランドはジェームズ六世の送りこんでくる派遣代官により統治される

ことになった。

これが日本で言えば江戸時代初期の頃である。スコットランド史の前半はここで一休みし、後半はまたどこかでまとめることにしよう。

3

スコットランド中東部の保養地の街ピトロッホリーに着き、ダンダラック・ホテルという小さなホテルに到着した。ここで昼食をとるのだ。

ここは、夏目漱石がロンドン留学中の最後のほうにピトロッホリーに保養に訪れた際に泊った屋敷だ。当時は個人の屋敷だったが今はこぢんまりとしたホテルになっているのだ。漱石はピトロッホリーが大変気にいって、後に『永日小品《えいじつしようひん》』という短文集の中の「昔」という一編にここのことを書いている。それはこんな風に始まる。

「ピトロクリの谷は秋の真下にある」

自分が泊った家は丘の上にあってよく陽があたって、薔薇《ばら》が咲いていた、などの記録である。

私たちが行った時は薔薇ではなく色とりどりのシャクナゲが庭に咲き乱れていた。その庭の見えるダイニング・ルームでランチだ。

まずはバーでビールを買う。田舎だからか種類は少なかった。

オードブルは野菜のクリームスープ。メインはサーモンのソテーのクリームソースがけであり、ポテトとニンジンとブロッコリーのボイルしたものが添えてあった。デザートはトライフルというイギリスのデザートで、シェリー酒をしみこませたスポンジケーキにフルーツ、カスタードクリーム、生クリームなどを層のように重ねたお菓子だった。

スープは薄味であった。サーモンには下味をつけた形跡がない。どうも魚料理に下味をつけるということをしないのだ。テーブルの上の塩をふって食べることになる。

「どうして下味をつけるということをしないのかなあ」

と私は言った。

「腎臓病の人の病院食みたいなのよね」

と妻は言ったが、気を取り直してこうつけ加えた。

「やさしい味、と言えば言えるんだけどね」

なるほど、そう考えればそれなりにおいしいということになるのかもしれない。

デザートのほうは甘さ控えめでしっとりとして、しかもクリームがなめらかでおいしかった。

食後、ホテルの内部と庭を見て回る。サロンや階段室など、くつろげる作りだが壁の色が赤だったりして、色の趣味があまりよくないと感じた。

庭はなだらかな坂になっていて、シャクナゲが咲き乱れ、天気がよくて気持ちよかった。思い出してみて、スコットランドではほとんどどこも曇り空で、そうでなければ雨、という印象なのに、ここだけはよく晴れていて明るかった。漱石も、ここの明るさでノイローゼ気味の精神が安まったのかな、なんて思った。

少し移動してピトロッホリーの街の中心部へ行く。アーソルロードというメインストリートに沿って、レストランやパブ、土産物屋などが並んでいるが、賑わっているのはほんの百メートル程という小さな街だ。

ここはもともと小さな村だったのだが、十九世紀半ばにヴィクトリア女王が滞在し、鉄道駅ができてからスコットランド有数の避暑地として有名になったのだ。

街の周辺には森や川沿い、ダムとダム湖などを巡るウォーキングコースが幾つもあるそうだ。また、ウイスキーの蒸留所が二カ所ある。

三階建てで揃《そろ》った三角屋根の家並みは可愛い感じだった。そこを少し散策し、土産物屋に入ってみた。タータンチェックのマフラーをやたらに売っている。

「あれ可愛いわ。あれがほしい」

と妻が指さしたのは、ウィンドーに飾られていたタータンのサッシュブローチ（ハイランドで女性がドレスの肩につける）だった。でも、それは売り物ではなく、店のディスプレイであった。

どうもそういうことが多いような気がする。土産物屋で妻が、あれがほしい、と言うと、それは売り物ではなく、店のディスプレイなのだ。買えないものばかりをほしがるという困った妻なのである。

さて、小さな街をぶらついた私たちは、再びバスに乗り十三キロほど走ってブレア城に行った。堂々たる白亜の城が青空の下にどっしりと構えている。

ブレア城の最も古い部分は十三世紀に建てられ、その後増改築され現在に至っているのだ。だから真っ白で統一されてはいるが、外観はなかなか複雑である。城に入ろうと近づいていくと、キルトをはいた男性がバグパイプを吹いて出迎えてくれた。

アーソル公爵家所有の城で、私兵「アーソル・ハイランダース」が警備している。私兵を持っているのはヨーロッパではアーソル公爵だけだそうだ。一八四四年、ヴィクトリア女王が三週間滞在し、その時アーソル・ハイランダースが護衛を務めたことを喜んだ女王が、アーソル公爵に私兵を持つことを許したのだそうだ。現在の私兵たちは儀礼的で名誉職のようなもので、他に職業を持っている人が多いときいた。

一九三六年にイギリスで初めて一般公開された城でもある。

このブレア城に、昭和天皇は大正十年の皇太子時代にヨーロッパ訪問をした際、泊ったことがある。その時アーソル公爵が接待役をまかされ、そのもてなしに昭和天皇（皇太子）は大変感銘を受けたのだそうだ。

また、古くはスコットランド女王メアリー・スチュアートもここに泊ったことがあるそうだ。

内に入って見物をしたが、入口の部屋と出口の部屋以外は撮影禁止だった。

入口の部屋や階段の踊り場には、銃や剣など様々な武器と、鹿の頭部の剝製が飾られていた。また、出口の部屋や廊下にはおびただしい数の鹿の角が飾られていた。この多数の鹿の角は、ヴィクトリア時代にイングランドの貴族や金持ちたちの間に、スコットランドに来て鹿狩りを楽しむことが流行したせいで飾られているのだ。

ほかにも三十室ほどの部屋が公開されており、絵画や彫刻のコレクション、装飾された暖炉、天蓋つきのベッド、立派な家具類、美しい陶器類、銃や剣などの武器コレクションが飾られていた。

城の周囲には、広大な庭園や針葉樹の森があり、木々の緑や色とりどりの花々が美しかった。

ブレア城は何よりその純白の外観が美しくて強く印象に残ったのである。

4

バスは北北西をめざして進んでいく。いよいよハイランドに向かうのだ。

北上するにつれてあたりの低い山々に雪が残っているようになり、畑がなくなって牧草地に羊が群れている風景が多くなる。

「こういう景色こそスコットランドだって気がするわね」

と妻が言った。

見れば一面の深い草むらに羊が寝そべっている。私はついこう言ってしまった。

「あれは極楽のようなものだな」

「どうして」

「深い草むらの中に羊が寝ているんだよ。つまりは食べ物に埋まって寝ているようなものだ。寝たまま口を動かせば草が食べられるんだからね。まさしく極楽だよ」

私はそんなのんびりしたことを考えていたのだが、旅行後、この旅行記のためにスコットランドの歴史を調べて、この地にもドラマがあったことを知った。

もともとハイランドでは、主に牛が放牧されていたのだそうである。そう言えばスコットランド理解のために見た『ロブ・ロイ／ロマンに生きた男』という映画でも、主人公のロブ・ロイは牛泥棒を退治する仕事をしていた。

ところが産業革命が始まって、毛織物産業が盛んになったため、牛ではなく羊を飼え、ということになり、牛が羊に代わったのだ。その時、北イングランドから牧畜農家が入ってきて、ハイランドの人は牛を飼う生活ができなくなり、それらの人は主にアメリカ大陸へ移民していったのだそうだ。ここが羊の天国になった裏にはそんなドラマもあったのだ。

さて、だんだんとハイランドにさしかかってくる。ハイランドに近づくにつれ木々も変わってきて、白樺《しらかば》や針葉樹が多くなってくる。高地だから気温が低いのだ。森もあるが、低木の茂みや荒地が多い。

ハイランドには四つのスキーリゾート地とたくさんのウイスキー蒸留所がある。そこはシングルモルトのスコッチ・ウイスキーの聖地なのだ。

今から二十年程前だろうか、私は妻と京都を旅行して、夕食後、ビルの一階のしゃれたバーへ入った。そうしたらそこが、モルト・ウイスキーを飲ませるバーだった。

ほとんど知識がないので、若い女性のバーテンダーにモルト・ウイスキーとは何かを教えてもらい、ボウモア、スキャパ、マッカランなどのモルトを飲んでみた。そうやって、モルトのファンになってしまったのだ。

そのシングルモルトが作られているのがスコットランドのハイランド地方と島嶼部なのだ。だから、シングルモルトを訪ねる旅がいよいよ始まる、とも言える。酒飲みにはワクワクするようなことである。

私たちがめざしている街はインヴァネスであった。有名なネス湖から、ネス川が流れ出しており、十キロほど北へ流れた河口にある街がインヴァネスである。インヴァーは河口という意味で、ネス川の河口、というのがインヴァネスの意味なのである。

ところで、私より年長の人で、「インバネス」という言葉を知っている人がいるのではないだろうか。ああ、「インバネス」ってのは、とんびのことだろう、なんて言うかもしれない。

「インバネス」というのは、肩からケープのついている男性用の外套《がいとう》である。俗に、とんび、とも呼んだ。

ケープがついて二重になっているから大変暖かい。その「インバネス」は、スコットランドのインヴァネスのコートだったので、そう呼ばれているのだ。

つまり、インヴァネスはロシアのバイカル湖よりも緯度の高い北辺の街で、とても寒いからそういうコートが生まれた。私たちのこのイギリス旅行で、訪ねた最北の地がインヴァネスだった。

もっとも、六月に入った頃だったので、寒さで震えあがるというほどのことはなく、ダウンのコートを着ているだけで寒さはしのげたのだが。

いよいよハイランドに入ってきた。ハイランドはローランドにくらべるとイングランドの影響が少なく、今もケルト文化が色濃く残っているのだそうだ。

ハイランドのミネラルウォーターは、自然採取しただけのものがそのまま飲め、とてもおいしい。水がおいしいからこそ、モルトの産地となっているわけだ。

この旅行中、バスのドライバーがハイランドの水を手に入れて、バスの中で売ってくれたので水はおいしいものが飲めた。ただし五〇〇ミリリットルのペットボトルが一ポンドと高い。

旅行中、バスのドライバーからバスの冷蔵庫のペットボトルの水を買うということを、いろんな国へ行って体験する。その時、細かい釣銭を出したりの売り方はわずらわしいので、きりのいい値段で売ってくれるのが普通だ。

で、そのやり方だと、イギリスでは高い水を買わなきゃいけないことになる。ドルが使える国だと、ペットボトル一本、一ドルということになり、ユーロの国だと一ユーロになることが多い。それでイギリスだと一ポンドなのだが、一ポンドは約百八十円なんだから高いわけだ。などというみみっちいことを考えてしまう私であった。

さて、夕刻五時四十五分にインヴァネスに到着して、ホテルに入った。

ホテルのレストランで夕食をとった。オードブルはチキンのレバーと胡椒の実のパテ。

メインはポークのブラウンソース煮込みで、しっかりと煮込まれていて柔らかい。付け合わせはポテト、ニンジン、ブロッコリーのボイルしたものだった。ポテトが甘くておいしいが、付け合わせがこの日の昼食の時とほとんど同じである。イギリスでは付け合わせなど、どこでもほとんど同じものを出すということだ。茹《ゆ》でかげんはおおむね柔らかすぎるのだが、やけに硬い時もあった。その辺がまあ気分次第であり、料理に対する理念がないのだ。

こういう、料理に対する情熱のなさのせいで、イギリス料理はおいしくない、と言われてしまうのだと思う。

デザートは三種のチーズで、黒胡椒をまぶした白チーズ、カマンベール、チェダーチーズであった。ほかに、硬めのパンのスライス、セロリ、ブドウが添えられていた。

赤ワインを頼んだらオーストラリア産のものだった。イギリスでは、最南部で白ワインを作っているそうだが、それは高いので、外国のワインを飲んでいるのだ。

イギリスのほぼ北端へ来てしまい、明日は何を見るのだろうと期待しつついい気分に酔ったのであった。

セント・アンドリューズ大学本部

ピトロッホリーの街並み

セント・アンドリューズのオールド・コース

ブレア城

ブレア城内部

第三章

インヴァネスとスペイサイド

―― モルト・ウイスキーはスコットランドの花 ――

コーダー城

❸インヴァネス
スコットランド
②セント・アンドリューズ
①エジンバラ

1

インヴァネスのホテルで四日目の朝を迎えた。朝食をすましたあと、ホテルを出発し、スペイサイドのウイスキー蒸留所を訪ねる。

インヴァネスから東に一時間半ほど走ったあたりにスペイ川という川が流れている。グランピアン山脈から流れだし、北海に注ぐという全長百六十キロの川だ。そのスペイ川の流域はスペイサイドと呼ばれ、およそ五十のウイスキー蒸留所があるところなのだ。十二人から十四人ぐらいでやっている小さな蒸留所がほとんどだそうだ。

このあたりは、モルト・ウイスキーの聖地のひとつなのである。毎年五月にはウイスキー・フェスティバルが行われ、観光客で大いに賑わうそうだ。

緑の多いのどかな風景の中を流れている川の水は黒っぽい色をしている。水に溶けだした泥炭の微粒子が沈殿しないで水の中を浮遊しているために黒い川となるのだ。

ハイランドは緯度が高くて低気温なので湿原に育った草が倒れても十分に分解されず、長年にわたって積み重なり泥炭になる。泥炭のことをピートという。

このピートのあることが、この地をウイスキーの名産地としているのだ。

そしてもうひとつ、このあたりは大麦の産地であり、そのため多くのウイスキー蒸留所ができたのである。

スコットランドのウイスキーは泥炭の中を抜けてくる水と、大麦麦芽だけを使用したモルト・ウイスキーであることが有名である。モルトとは、麦芽という意味だ。ピートを燃やした香りがウイスキーに移り、モルト・ウイスキー独特の香りを生む。それをハイランドならではの寒暖差の少ない涼しい気温の中でゆっくり熟成させるのだ。細かく分けると、大麦麦芽だけを使用して作るのがモルト・ウイスキーであり、トウモロコシなどの穀物と大麦麦芽を使用したものがグレーン・ウイスキーで、その二つを混ぜたものがブレンデッド・ウイスキーである。

またモルト・ウイスキーにもシングルカスクといって一つの樽のウイスキーだけを指す場合もあるし、シングルモルトといって一つの蒸留所のウイスキーを指す場合もある。またバッデッドモルトといって、いくつかの蒸留所のウイスキーを混ぜる場合もある。

スコットランドでのウイスキーの最も古い記録は一四九四年に修道士が大麦麦芽で「生命の水」を作ったというもので、そのあたりがスコッチ・ウイスキーの起源と考えられる。当時は修道院でウイスキーが作られていた。しかし一六五〇年頃からの宗教改革により修道院が解散し、修道院でのウイスキー作りは終わりを迎える。

すると修道士たちは山に隠れて自らの技術を生かしてモルト・ウイスキーを作るよう

になった。隠れて作ったのはウイスキーにかけられた税金が高かったからで、密造ウイスキーの時代は一八二〇年代まで続いたのだそうだ。

その後、大麦の税金も上がったので、他の材料も使うようになり、トウモロコシを使うグレーン・ウイスキーなども作られるようになったわけだ。

さて、私たちが最初に行ったのはグレンフィディック蒸留所だった。ここは二十九も蒸留器を持つスコットランドで最大の蒸留所で、グレンフィディックは世界で最も多く飲まれているモルト・ウイスキーなのだそうだ。一八八七年にウィリアム・グラントと彼の一族によって創業されたところだ。

芝生の青々とした庭があり、とても美しい蒸留所だった。入口の脇にある小さな池は泥炭の混じった黒い水をたたえていて、その奥に石造りの平屋の建物が整然と並び、四《し》角錐《かくすい》の筒の上にもうひとつ金属製の小さな屋根を重ねたようなキルンという煙突を持った蒸留所特有の建物もあった。グレンフィディックの鹿のマークの看板が目立つ所に飾られている。芝や庭もきれいに手入れされていて美しい花々が咲き乱れており、掃除も隅々まで行き届いていた。

予定では、ここで蒸留所内の作業風景を見学することになっていたのだが、蒸留所の改修工事が終わっていないということで、ここの歴史の映像を見るだけとなった。その後、かなり大きい売店に行き、試飲を楽しんだあと、グレンフィディックの十八年物を一本買った。試飲してみたところ、モルト・ウイスキーは癖のある味であることが多いのに、グレンフィディックは癖が少なく飲みやすかった。売店が大きいということは見学者が多いということだろう。

ここで蒸留所内を見ることができなかったので、添乗員が手配をして予定外だった別の蒸留所へ行くことになった。少し離れたカードゥ蒸留所を訪ねたのだ。そこへ行く間にも森の中にいくつかの蒸留所がバスの車窓に見えた。キルンという独特な煙突があるのでそれとわかるのだ。

カードゥのウイスキーはジョニー・ウォーカーのメイン原酒として使われていることで有名なのだそうだ。一八一一年にジョン・カミングとヘレン・カミング夫妻によって創業されており、創業に女性がかかわっている唯一の蒸留所だそうだ。

まずは模型でウイスキー作りの工程を見たり、泥炭《ピート》を見たり、モルト・ウイスキーの様々なフレーバーの説明を聞いたりした。次に、工場内に入りウイスキー作りの説明を受ける。ざっとまとめてみるとこんな工程だ。

①大麦を水に浸して発芽させることで麦芽内の酵素を呼び起こす。

②加熱して麦芽を下から温め乾燥させて発芽をストップさせる。ピートを焚《た》き、スモーキーフレーバーという煙の香りをつける。

③乾燥させた麦芽からゴミや小石を取り除き粉砕する。

④その粉にお湯を入れ糖化させる。（ここからは工場内で実物を見学）
⑤大きな木製の入れ物の中で三日間発酵させる。
⑥この蒸留所特有の首の長い蒸留器で二回蒸留して、より純度の高いスピリッツに仕上げる。
⑦アルコール度数によってスピリッツを選別する。
⑧シェリー酒の樽やバーボンの樽に詰め、熟成させるため何年も寝かせる。

見物している工場内は大樽や大きい蒸留器が並んでいて、ほわっと暖かかった。穀物を蒸したような匂いが漂っている。

次は熟成庫に行く。熟成庫の中には大量の樽がズラリと並んで眠っている。少し湿ったカビのような匂いがした。また、創業者夫妻の写真や昔使われた道具類も飾ってあった。

別の部屋に移り試飲をさせてもらう。初めはストレートで、次にスポイトで水を数滴たらして飲んだ。香りはさわやかできつくはない。さっぱりとした甘味が感じられた。

次に売店に移動して、まだイギリス国内とフランスとベルギーにしか出していないというボトルを買った。酒を買ってしまい、私はこんなことを言った。

「一日で二本もウイスキーを買ってしまったよ。旅行中に飲むこともできないし、荷物に詰めて持って帰るのが大変だな」

するとき妻は、何の問題もない、という顔でこう言った。

「私たち、ホテルでの寝酒用にブランデーを三本も持ってきてるのよ。そのボトルと入れ換えて帰るんだから荷物は増えないわ」

酒を買うことにはためらいのない二人なのだ。このカードゥのウイスキーは、旅から帰って飲んでみたところ、甘味はあるが少し硬い感じの飲み口であった。

このカードゥの蒸留所も石造りの建物が何棟も並び、四角錐のキルンという煙突を持っているのが特徴だった。蒸留所はどこもきれいにしている。特に見学者を受け入れているところはそうなのだろう。

ハイランドへ来て、モルト・ウイスキーの蒸留所を二つも見て、これがここでのメインイベントだったかな、という気がした。

2

インヴァネスに戻る途中で、コーダー城を観光するのがツアーのコースであった。その城のあるのはインヴァネスの郊外である。

しかし、その城を見物する前に、もう二時半近かったので、コーダー城の敷地内の別棟のレストランで遅い昼食をとった。ファミレスみたいなカジュアルな感じの店だった。時間が遅いので、私たち以外に客はいなかった。というか、私たちのために開けていたみたいだった。

「でも、これってコーダー城がレストランもやっているのって珍しくない」

と妻が不思議そうに言った。

前菜は豆のスープで、コリアンダーやクミンで味付けがされていて少しエスニックな味わい。メインはラムの煮込みに、ポテトのローズマリー風味と、ニンジン、インゲンのボイル。ここのラムの煮込みはそう薄味ではなくてしっかりと煮込まれていておいしかった。

デザートはチョコレートとチェリーのケーキ、そしてコーヒー。遅いランチだったので腹がへっていてことさらおいしく感じられたのだ。

昼食のあと、いよいよコーダー城を見物する。シェイクスピアの悲劇『マクベス』で、主人公のマクベスはコーダー城の城主である。つまり私たちはあの有名なマクベスの城に来ているのである。

あの劇では、マクベスは魔女の予言に心を動かされ王であるダンカンを暗殺し、自分が王位につく。しかしダンカンの息子のマルコムによって滅ぼされる。森が動かぬ限りお前は倒されぬ、とか、女から生まれた人間にはお前は倒せぬ、という予言があったのに、どうして倒されてしまうのか、というところが読みどころだ。

そういうマクベスは実在の人物で、一〇四〇年から一〇五七年までの十七年間スコットランドの王だったのだ。そして、歴史的事実とシェイクスピアの劇とでは、いろいろと違いがある。

マクベスとダンカンはともにマルコム二世の孫であり、つまり従兄弟同士であった。そしてダンカンは当時の王位継承制度（王位継承権を持つ複数の候補者の中から家臣たちが王を選ぶ、というやり方）を無視して王位につきダンカン一世となったのだ。二人はもともと仲の悪い従兄弟だったようで、ダンカンはマクベスのことをうっとうしい相手と思っていたらしい。

ダンカン一世は無謀な王で、イングランドに攻め込んで敗れると、今度は邪魔だったマクベスに戦いを挑んできた。マクベスとしては降りかかる火の粉は払わねばならず、二人は戦場で戦い、二人とも傷ついたが、ダンカンは血友病だったので出血多量で死んでしまったのだ。

先に攻撃してきたのはダンカンだったのである。マクベスが謀叛《むほん》をおこしてダンカンの寝首をかいたわけではない。

ダンカンの死後、ダンカンの二人の息子は幼すぎるということでマクベスが王に選ばれた。マクベスは当時の王たちが戦争と防衛に明け暮れていたのに対して、「マクベス法典」や司法制度を設立し、秩序ある政治をしたという。度胸のない悪党なんかではなく、かなりの名君だったのだ。

では、なぜシェイクスピアはマクベスを悪人に描いたのか、について面白い仮説を見つけたのでそれを紹介しておこう。

シェイクスピアの生きていた時代、エリザベス一世が亡くなって、スコットランド王のジェームズ六世が、イングランドの王を兼ねたことは既に説明した。イングランドではジェームズ一世と名のった。

そのジェームズ王が、イングランドで、スコットランドの猿とあだ名されて軽んじられていたのだ。そこで王は、スコットランドの宣伝をしようと考え、それには昔のスコットランド王の悲劇を作れば大衆にうけるだろうと計算した。そこでシェイクスピアに、こういう劇を作ってくれと頼んだのだ。『マクベス』はそのようにして作られた。

そして、ジェームズ王は遠い縁だがダンカンの血を引いていたので、そっちが善人役となり、マクベスを悪党にすることになった。

それから、ジェームズ王はデンマーク人の妻アン王妃と仲が悪かったので、彼女をやりこめるために、鬼のような悪人の女性を劇に登場させた。それがマクベス夫人なのである。

そんな、一人の王様の都合で歴史劇が勝手に作られていたとは、興味深い話である。

この話は、『スコットランド物語』（ナイジェル・トランター著　杉本優訳　大修館書店刊）という本に書いてあったものである。かなり信頼できる本だと思う。

本当のマクベスは、政情不安定なスコットランドで十七年も王位についていたのだから英雄と言っていいのだ。しかし、マクベスがイングランド軍と戦い疲弊している時に、ダンカン一世の庶子マルコムがイングランドの援助を得て攻撃してきてマクベスは殺された。このマルコムが後のマルコム三世である。

それにしても、あのマクベスの住んだ城を見るんだなあと感激して城内へ入ろうとしたところ、ガイドが思いがけないことを言った。

「この城はマクベスの死後三百年ほどたった十四世紀に建てられたものです」

なんじゃそれは、というような話である。マクベスの城だ、ということで興味を持って来てみたら、マクベスの死後三百年たって建てられた城だったわけだ。マクベスが住んだところではないのである。

こういう事情だそうだ。十四世紀に、このあたりを支配するコーダー家の領主が、ある夜夢でお告げをきいた。「夜、ロバが休んだところに城を建てろ」と。それでロバを放ってついていくと、さんざしの木のある広場で休んだ。そこでその地に城を建てたのだ。それがコーダー城なのである。その後改築もあって今の姿になったのは十七世紀のことだとか。

私が見物したのはそういう城だったのだ。跳ね橋を渡り正面玄関から城内に入った。まずはドローイング・ルームという十六世紀に作られた大広間を見る。城の内部は写真撮影禁止だ。

次がタペストリー・ベッドルームで、壁に聖書の一場面を描いたタペストリーが飾ってある。次はイエロー・ルームで暖炉が壁の中央になく、壁が歪《ゆが》んでいるちょっと変わった部屋。

城の鳥瞰図《ちょうかんず》のある正面玄関踊り場を通りタワールームへ。ここは城の最も古い部分の二階で、昔はこの部屋に城の出入口があり梯子《はしご》を使って出入りしていたのだそうだ。

小さい牢獄《ろうごく》の階段を下りるとさんざしの部屋だった。昔の領主の夢のお告げの通りに、ロバが休んだ木がある部屋だ。その木を囲むように城を作ったのであり、部屋の中央には今も枯木のような木が一本立っている。細くて、小さな木だ。長らくこの木はさんざしだと思われていたのだが、最近の科学分析の結果、柊《ひいらぎ》と判明したのだそうだ。そういうことはよくある。

「この木って、二代目か三代目だよね。こんな小さな木が古いようには見えないもの」

と妻が言う。

「こんな土間みたいなところだから、木がうまく育たないんだよ。これは伝説の証明のために植えてある木なんだろうな」

次はドン・キホーテのタペストリーがかかるダイニングルーム。古いキッチンと新しいキッチンを見て内部の見物は終了した。

この城の現在の持ち主はコーダー伯爵で、オフシーズンにはここで暮らしているのだそうだ。

堅牢な石造りの城の周りには広々とした美しい庭園が広がっていて、その周囲は森に囲まれている。城の裏側の庭はイングリッシュ・ガーデンで様々な植物や花々が色とりどりに植えられている。

「イングリッシュ・ガーデンって、フランス風の整形庭園とは違っていて、いろんな花がボサボサ生えていて自然のまんまという感じね」

と妻が感想をもらした。

城の表側の横手には生垣で作られた迷路があるが、そこも黄色や紫の花が咲き乱れていた。

庭をゆったりと見て歩き、コーダー城の見物は終了した。マクベスが生きていた時にはなかった城だが、シェイクスピアが戯曲『マクベス』を書いた時にはあったのだから、『マクベス』のモデルになった城とは言ってもいいだろう。なかなか見ごたえのある城だった。

3

バスに乗り、インヴァネスから八キロ離れたカローデンの古戦場へ来た。ここはジャコバイト軍と王国軍の最後の戦いがあったところで、ここでジャコバイト軍は壊滅したのだ。

と、唐突に言われてもジャコバイト軍とは何なのかがさっぱりわからないであろう。実は私も、この古戦場を見物している時には何もわかっていなかったのだが。

だからここで、第二章でまとめたスコットランドの歴史の続きの後半部分をざっくりとまとめてみよう。そうすればジャコバイトとは何かもわかるから。

一六〇三年、スコットランド王ジェームズ六世がイングランドの王を兼ね、ジェームズ一世となってロンドンに住んだことは既に語った。そのジェームズ一世の三代後に、ジェームズ二世が即位する。ところがこのジェームズ二世は熱烈なカトリック教徒で、カトリック王として国を支配しようとし反対する者には苛酷《かこく》な弾圧をおこなった。その結果一六八八年、名誉革命によって退位させられフランスに亡命した。

代わってオランダのオレンジ公ウィリアム（ジェームズ二世の姉とオランダのオレン

ジ公の間の息子）がイングランドの王位につく。このウィリアム三世はジェームズ二世の娘メアリーと結婚していたので、二人で共同統治をしたのだ。

一方スコットランドではジェームズ二世の系統が正しいスコットランド王であるとして運動が起こる。オランダからやって来た王が気に入らず、四百年近く支配してきたスチュアート家の王が正しい王だと考えたからだ。それがジャコバイト運動である。つまりそれは名誉革命の反革命運動なのだ。特にハイランドではカトリックの信仰が強かったので運動は激しいものになった。

ウィリアム三世とその妻メアリーが亡くなり、メアリーの妹のアンが女王の座にいた一七〇七年に、イングランド議会とスコットランド議会は合併しグレート・ブリテンという国になった。現在のイギリスへの一歩である。多くのローランドの貴族たちはイングランドに買収され合併に票を投じてしまったのだ。

ジャコバイトの反乱は繰り返し何度も起こったが、主な戦いは一七一五年と一七四五年に起こっている。ジャコバイト軍は、ジェームズ二世の亡命先であり、カトリックの国でもあったフランスの援助を受けることが多かった。

一七一五年の反乱では多くのジャコバイトが立ち上がり各地で王国軍と戦ったが、肝心のジェームズ二世の息子のジェームズ（老僭王《ろうせんおう》）が弱腰で、なかなかフランスからやってこなかったので尻切れトンボで終った。

一七四五年の反乱はジェームズ（老僭王）の息子チャールズ（若僭王《じゃくせんおう》、ボニー・プリンス・チャーリーともいう）を中心に据えて行われた。当時二十五歳のチャールズはスコットランドに劇的な上陸をする。戦いは初め小規模だったが、やがて彼のもとに続々とハイランド氏族軍が集まり大軍となってローランドに向けて進軍し、エジンバラに入って大歓迎を受ける。チャールズは若くて美男子だったので大変な人気者になったのだ。ボニー・プリンス・チャーリーというのは、美しの王子チャーリー（チャールズの愛称）という意味だから、いかに皆を魅了したかがわかる。

その後チャールズはイングランドに進軍したが、この時のイングランドの守備勢力は脆弱《ぜいじゃく》で、たいした反撃にあうこともなく、とうとうロンドンから百三十マイルしか離れていないダービーにまで達してしまった。

そこで作戦会議が開かれ、チャールズは前進を主張したが、多数派のリーダーたちは、周囲にいくつかの王国軍が集結していること、本拠地からここまで離れすぎ連絡線も伸びきってしまっていることを理由に退却を決定したのだった。

ところが、ハイランド氏族軍というのは勢いよく前進している時は意気軒昂《けんこう》なのだが、後退となると途端に士気が下がってしまうのだ。彼らはスコットランドに戻り、さらにその先の各氏族の渓谷に戻っていってしまう。

すっかり目減りしてしまったチャールズの軍だったが、それでもスコットランド内では小規模の戦闘でまだ勝ち続けていた。

だが、一七四六年のカローデンの戦いでチャールズ軍は王国軍に敗れる。これはチャールズ軍の最初で最後の敗北だった。敗北の原因はカローデンの戦いは小規模な戦いではあったが王国軍の方が装備で圧倒的に優位に立っていたし、ハイランド氏族軍はすっかり小規模になっていて、さらに長い戦いで疲れきっていたからだと言われている。チャールズの気持ちも失意の底に沈んでしまっていた。

その後チャールズはスコットランドで逃亡生活を送り、そしてフランスに戻ってしまい二度とスコットランドに戻ることはなかった。

ところがこのボニー・プリンス・チャーリーのことをスコットランド人は悲劇の主人公として熱く語りついでいるのだ。たとえば、チャールズの逃亡を助けてくれたフローラ・マクドナルドという女性のことをスコットランド人はジャコバイトのヒロインと呼んで称《たた》えている。フローラは、見目うるわしいチャールズを女装させ、自分の侍女をよそおわせてスカイ島へ脱出する船に乗せたのだ。

そんな話をきいているうちに私が連想したのは、つまりスコットランドの源義経だな、ということ。一度は大いに勝った家柄のいい美青年が、負けて悲劇の主人公となり、逃亡する時にもドラマがある。つまりスコットランドにおける判官贔屓《びいき》のようなものか、と思うのだ。

ビートルズも歌った「マイ・ボニー」という歌がある。日本ではスリーファンキーズと飯田久彦が歌っていて、日本語タイトルは「恋人は海の彼方に」である。

My Bonnie lies over the ocean
My Bonnie lies over the sea
My Bonnie lies over the ocean
Oh, bring back my Bonnie to me

この歌は、ボニー・プリンス・チャーリーのことを歌ったものなのだそうだ。海路で逃げた王子を慕っている歌が、ラブソングとして流行したのだ。そんな歌が作られるほどに人気のあった王子なのであった。

とにかく、カローデンの戦いに敗れ、勇猛果敢で誇り高いハイランダーたちに受難の時代が訪れることになる。ハイランドは武装解除され、氏族の団結を表すものはすべておさえこまれた。タータンやキルト、バグパイプの演奏などが禁止されたのである。

ただし、一七五七年頃から、ハイランドの兵士たちはイギリスの植民地獲得の戦争に投入されていった。ハイランドの人々は勇猛で士気が高く戦士の資質が高いと評価されたからだ。

そして一七八八年、チャールズ・スチュアートは世継ぎを残さず死去し、スチュアート家は断絶した。

そのあとのスコットランド史をざっと見ていこう。

十八世紀後半から十九世紀初めにかけてスコットランドは卓越した文化人を数多く輩出した。野蛮な田舎者というイメージから、文化の担い手というイメージに変わってきたのだ。主にエジンバラを中心に文化の花が開き、文学的な面ではロマンチックなスコットランドというイメージが生まれて、大いに流行した。

また、同時期スコットランド人は海を舞台に活躍した。航路の開拓、海運会社の設立、商人の海外貿易などである。幕末の日本へ来て長崎で商人をしていたトマス・グラバーもそういうスコットランド人の一人である。

一八一〇年頃から高地追い立て、ということが始まる。ハイランドでは牛が主要な家畜だったのだが、イギリス政府は食料と羊毛確保のため羊を飼うことを奨励したのだ。そこで北イングランドの牧畜農家が入ってきて、ハイランド人は牛を飼って自給自足の生活をすることができなくなり、ハイランドから立ち退《の》かされた。彼らは海外植民地（主にカナダ）へ行くしかなかった。

一八二二年ジョージ四世のスコットランド訪問。公式の場でのキルトの着用が許される。

一九四七年、エジンバラ・フェスティバル開催。演劇、オペラ、コンサート、バレエなどが主催される。ミリタリー・タトゥーという、エジンバラ城での軍事フェスティバルは一九五〇年から。

一九七五年、北海油田が開拓され操業開始。

一九九七年、スコットランド出身のトニー・ブレアがイギリス首相になる。

一九九九年、スコットランド議会が復活。

二〇〇四年、エジンバラのホリルード公園内にスコットランド国会議事堂完成。

二〇一四年九月、スコットランドの独立を問う国民投票が実施されたが、反対派が上回り、独立は見送られた。

と、スコットランド史の後半をざっと見てきたが、私たちはカローデンの古戦場にいるのだった。この古戦場は何もない広大な原っぱという感じのところで、一面の草原に両軍が対峙《たいじ》したとされる場所を示す旗が立っているだけだった。だが、ここでハイランド軍の兵士千二百五十名の命が奪われたのである。

ビジターセンターがあって、その中には三六〇度スクリーンでその戦闘の様子を映像に作ったものを見ることができた。十分ほどの映像だが、タータンのキルトを身につけた兵士が王国軍の砲撃や銃撃を受け次々に倒れていくというもので、あんまり気持ちのいい映像ではなかった。

カローデンの古戦場には何もないのだが、そこにかえって悲劇のムードが漂っていた。

4

ところで、私はこの旅から帰った後、キルトとタータンのことを何冊かの本で読んで詳しいことを知った。たとえば私は第一章で、氏族ごとに特有のタータンがあり（クラン・タータンという）、氏族の紋章のような意味を持っている、と書いたが、そうなったのは意外に新しいことなのだ。そのあたりのことをまとめておこう。

まずキルトの話であるが、キルトは初め毛織物の一枚布でプラッドまたはプレイドと呼ばれる格子縞柄《こうしじまがら》ウールの肩掛けのようなものだった。それが十七世紀頃からスコットランド独特のベルト付きプラッドになっていく。大きな横長の一枚布を襞《ひだ》をつけながら腰に巻きベルトで締めてスカートのようにする。そして余った部分を肩に掛けたり、マントのようにしたのだった。ベルトで固定してあるので体が動かしやすく、雨が降れば被《かぶ》れるし、夜具にもなった。牛を放牧するのがハイランド人の仕事だったので、それにふさわしい衣装だったのだろう。また、裁ったり縫ったりしなくてよかったので安価でもあったらしい。

このベルト付きプラッドを上下で切断し、スカート部分とショール部分に分かれたのが一七三〇年頃のことだそうだ。森の作業場で仕事をするのにふさわしいものとして生まれ変わったのだ。こうして今のキルトは生まれた。

一方タータンは、格子縞柄のひとつであり、格子縞柄はスコットランド特有のものではなく一般的な基本柄である。

十六世紀頃のタータンは社会的地位によって色が違っていたらしい。また地方によって異なった柄が見られたそうだが、氏族ごとに違うということではなかった。同じ氏族がバラバラの柄のタータンを着ていたりもしたようだ。つまりタータンの柄は個人の好みや都合で選ばれていたということだ。

カローデンの戦いの後、ハイランド特有と政府がみなしたものは禁止された。クラン姓を名のることやバグパイプの演奏などと並んでキルトとタータンも禁止されたのだ。それは一七八二年まで続いた。

ただし王国側で戦ったハイランド連隊の制服は例外とされた。ハイランド兵は強かったので、ハイランドの連隊はその数を増していき、それぞれが違うタータンを制服にした。そして彼らは植民地獲得戦争に使われた。

一七七八年、ハイランド協会が出来て、ハイランドの伝統の復活をめざした。過去へのノスタルジックな執着が生まれ、キルトやタータンがただ復権しただけではなく、一八一五年には協会は各氏族に氏族のタータン（クラン・タータン）を提出するように要請した。氏族長たちはどんなものが自分のタータンかわかっていなかったので、織物業者とハイランド協会が力を貸し、多くのタータンの新柄がデザインされ、名前がつけられた。

一八二二年ジョージ四世がスコットランドを行幸した時、王自身がタータンのキルトを身につけてきた。ハイランドだけでなく、ローランドの貴族や紳士や商人たちも流行に乗って自らの「古来の」タータンのキルトを競って身につけた。そこで初めての正式な「伝統衣装」のキルトとクラン・タータンが確立したというのが本当のところらしい。つまりは十九世紀のスコットランド・ブームで、キルトやタータンは再出発したものなのだ。

さて、私たちはインヴァネスの街へ戻った。バスから降りて、主なところをぶらぶらと歩いてみる。

インヴァネスの街はネス川の河口にあり、ハイランドの首都と呼ばれている。

黒っぽい水がゆったり流れるネス川に沿って歩くと、川の対岸の丘の上にインヴァネス城が見える。もともと古い城塞があった場所に一八三五年に城が建てられたのだそうだ。赤砂岩造りで、赤みを帯びた茶色のきれいな城で、孤立しているのでよく目立つ。今は裁判所として使われているのだとか。城の前にはボニー・プリンス・チャーリーの逃亡を助けたフローラ・マクドナルドの像が立っている。

川のこちら側には聖アンドリューズ大聖堂がある。一八六六年に出来たネオ・ゴシック様式の長老派の教会である。宗教改革の後に最初に建てられた大聖堂だそうである。

ネス川の両岸には教会の塔がいくつか見られ、緑の多い散歩コースといった趣である。

ネス橋を渡ると商店の並ぶ賑やかな通りになっている。一般住宅は石造りやレンガ造りのがっちりした建物で、イギリスの他の街と同様に煙突がたくさん並んでいる。

現在のインヴァネスは急速に発展しつつあり、郊外には新興住宅地が作られ、工場も多く、大型スーパーや中古車店なども多くあるそうだ。

そんなところで散歩を終えホテルに戻る。ホテルのレストランで夕食をとった。

オードブルはトロピカルサラダというもので、レモンシャーベットを中心に、メロン、イチゴ、オレンジと葉物野菜ののったオードブルともデザートともつかない一皿だった。

ただし甘味は控えめ。

メインは、ロースト・ターキーと、ポテト、ニンジン、インゲンのボイル。

デザートはスパイスのきいたアイスクリームの生クリーム添え。

ターキー（七面鳥）はヨーロッパではしばしば出てくるが、どうも肉がパサパサでおいしかったことがない。しかし、どの国で食べてもターキーはおいしくないのだから、ターキーのせいでイギリス料理はおいしくない、と言うことはできないであろう。
本日の収穫はモルト・ウイスキー二本。満足な気分で体を休めることができた。

グレンフィディック蒸留所

カードゥ蒸留所の熟成庫

コーダー城の庭園

カローデンの古戦場

インヴァネス城（現在は裁判所）

聖アンドリューズ大聖堂

ネス川沿いのインヴァネスの街並み

第四章

ネス湖からローモンド湖へ

—— ネッシーの湖、妖精たちの湖 ——

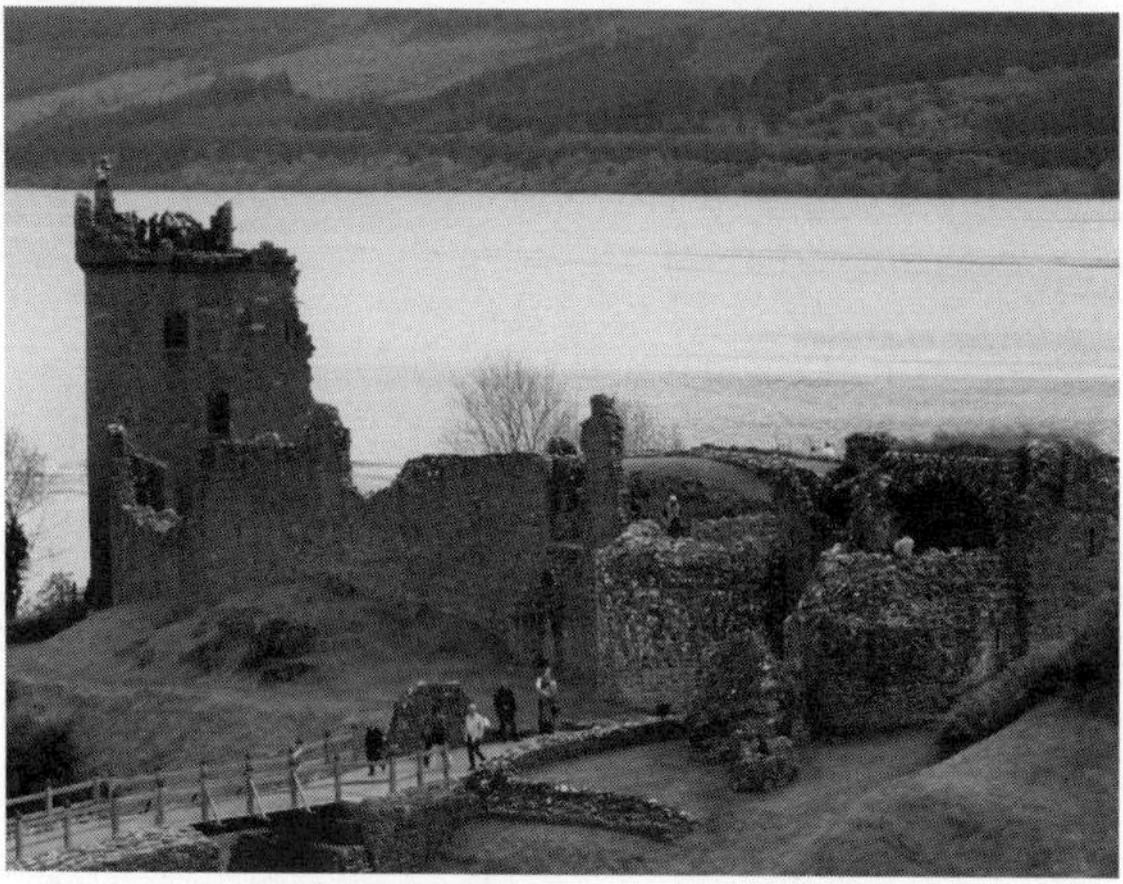

ネス湖に面したアーカート城

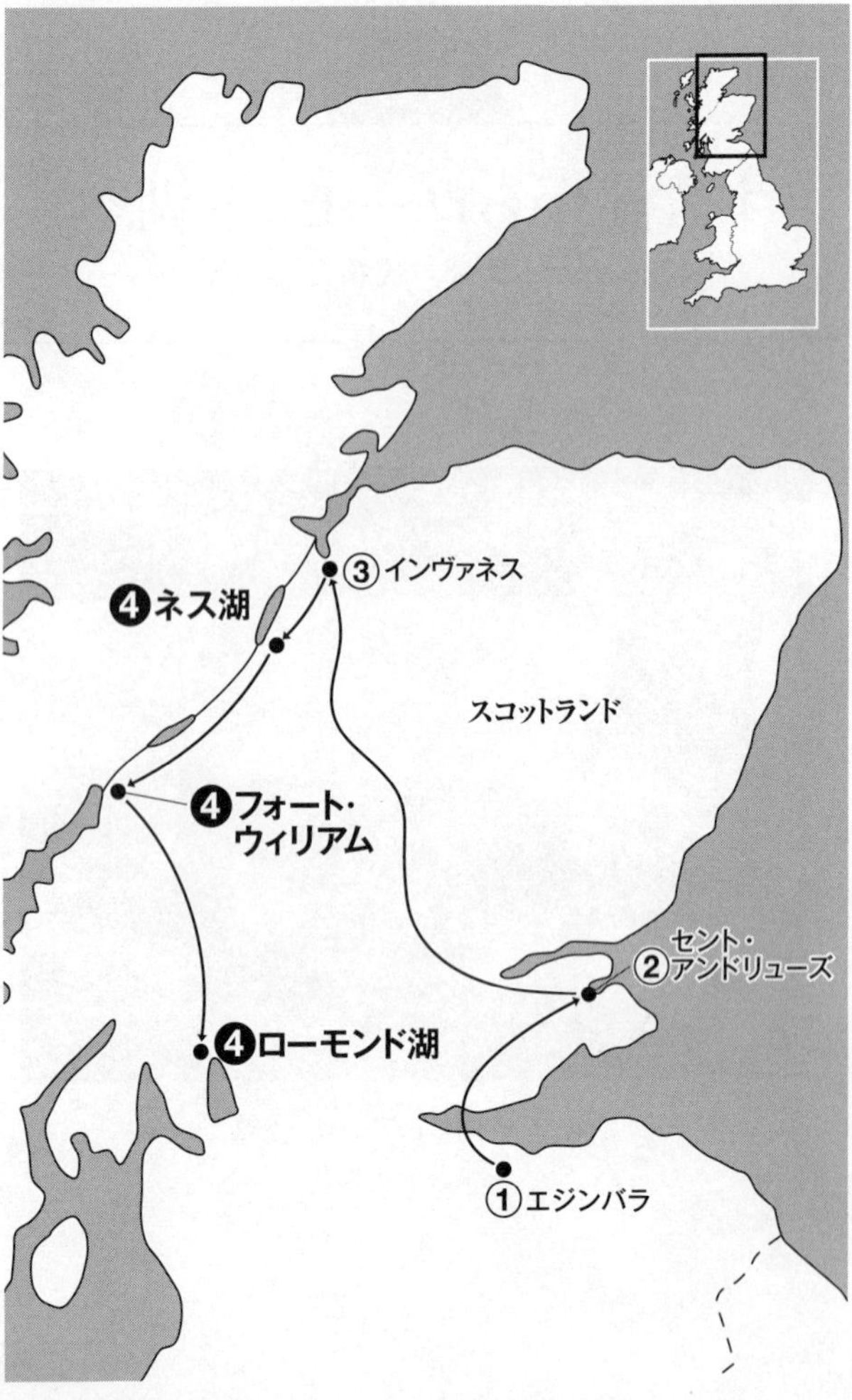
③インヴァネス
❹ネス湖
スコットランド
❹フォート・
ウィリアム
セント・
②アンドリューズ
❹ローモンド湖
①エジンバラ

1

五日目の朝、インヴァネスからネス湖をめざしてバスで南下していく。この、インヴァネスから南西にかけて、フォート・ウィリアムまでの間は、断層によってできたカレドニア地峡と呼ばれる低地で、グレンモー（大きな谷）と称されている。約二億年前の地殻変動でできた、スコットランドの北西三分の一を切り裂くような大断層なのだ。その大断層に沿って、ネス湖、オイッヒ湖、ロッヒー湖、リニー湖が並んでいる。湖のことをロッホというので、ネス湖はロッホ・ネスとも呼ばれる。ネス湖は南北に約三十八キロメートル、東西に約二キロメートルの細長い湖だ。最深部で二百三十五メートルほどの深さがあり、貯水量ではグレート・ブリテンで一位の湖である。

バスの車窓にネス湖が見えてきた。どんよりと曇った空で、その下にピートが溶けているために茶褐色をした湖が、波ひとつなく静まっている。少し重くて暗いムードがあった。

その印象で正しいのだと思う。なにせ、ここはあの有名な未確認動物のネッシーのいる（？）湖なのだから。正式には、ロッホ・ネス・モンスターというのだが、日本ではもっぱらネッシーという名で知られている。

もともと曇り空の多い地方で、そこにある黒ずんだ水の湖に、古代の恐竜のような生物が時々目撃されるというのは、ある種の人にとってはとてもロマンチックな話である。だから、どこにあるのかは知らないまま、ネス湖の名前は有名なのだ。

古くは、五八〇年頃に聖コロンバが弟子たちとこのあたりをたどっている時、水竜に遭遇した、という話が伝わっている。聖コロンバが弟子の一人に泳いで小舟を取ってくるように命じたところ、弟子が泳いでいる途中で水竜に襲われた。すると聖コロンバは掌《てのひら》をかざして水竜を撃退したのだそうだ。その伝説がすべての始まりなのであろう。

そして二十世紀になって、一九三三年頃から目撃談が増えてくる。それは周辺の道路が整備されて、多くの人がここへやってくるようになったからだろう。

何枚かのピントの合っていないような写真が撮られ、時には手ブレでガタガタのムービーなども撮られた。そして、ロッホ・ネス・モンスターは大きな話題になっていったわけだ。今では、ネス湖はそういうロマンチックなミステリーのある観光地ということになってしまった。

というわけで私たちも、ドロムナドロケットという町にあるネス湖エキシビション・センターというところを訪ねた。ネッシーについての展示をしており、土産物も売っているところだ。

そして、そのセンターの横にある小さな池に、水から上体だけを出している二メートルぐらいのネッシーの模型があった。いかにも首長竜のようなものだ。

「なんだか遊園地のおもちゃみたいね」

と、妻が言う。こんな湖に竜なんかいるわけがない、というふうに否定的な気分でいるらしい。

私はそれとは感想が違っていて、

「いや、こういう模型があってムードが盛り上がっているんだよ」

と言った。ネッシーのネス湖へ本当に来てしまった、ということに少し感動していたのだ。黒ずんだ湖水を見て、うん、出ても不思議はないムードだな、なんて思ったりした。

ただし私も、頭ではこの伝説の怪竜の存在を信じているわけではない。だって、ネス湖は約一万一千年前（最終氷期）まで氷河に覆われており、ネス湖ができたのはその氷河が溶けてからなのだ。それなのに、約六五五〇万年前に絶滅したとされる首長竜が生き残っているはずはないのだ。

有名な「外科医の写真」の話もある。一九三四年にある外科医が、湖面に現れたネッシーの写真を撮っていて非常に有名なのだが、一九九三年にクリスチャン・スパーリングという人が死の間際に、あの写真はおもちゃの潜水艦に三十センチメートルほどの首をつけて撮ったトリック写真だ、と告白したのだ。社会的信用のある外科医に偽証を依頼したのだそうだ。軽いいたずらのつもりで、すぐ真相を明かそうと思っていたのだが、世界的な話題になってしまって言うに言えなくなり、死ぬ前にやっと告白したのだ。

その写真がトリックだったとしても、ほかにいっぱいある証拠写真やムービーが否定されるわけではないのだが、ひとつが嘘《うそ》だったことで、ほかもみんなそういうトリックなのだろう、という気分が広がってしまった。

というわけで、やはりネッシーは実在しないだろうなと私は考えているのだが、話として楽しむのは自由だよな、と思う。ネス湖がそのおかげで観光客の来るところになっているのは、結構なことじゃないか、と思うのである。

さて、そのネス湖の畔《ほとり》にあるアーカート城へ来て、観光した。道路に面したビジターセンターは新しいビルで、そこで歴史のビデオを見た。土産物も売っていて人でごった返している。

ビジターセンターを通り抜けると、少し階段を下がった所に城がある。ネス湖に張り出した岩盤の草地の上に、廃墟となった城が広がっているのだ。ほとんど破壊されていて、それがかえって廃墟の美を生んでいるのだが、残っているのは城門、湖側に建つ大広間だったといわれている建物の壁、そしてグラント・タワーである。あとは石壁の一部や、その基礎部分があるだけ。

「やけにネス湖によく似合った廃墟だなあ」

と私がつぶやいたくらいで、侘《わび》しくて、おどろおどろしくもあった。

六世紀に水竜に遭遇したという聖コロンバが通った頃には、ここにはピクト人の砦があったと推測されている。

下って、一二三〇年にこの地に最初に城を建てたのはアラン・ダーワード卿《きょう》と考えられている。その時代のスコットランド王はアレキサンダー二世で、アーカート領で大きな反乱があったのを鎮圧し、信頼できる家臣のトーマス・ル・ダーワードにこの地を与えた。そしてその息子のアラン・ダーワードが城を建てたのだ。現在の廃墟となっているアーカート城にはその時代の部分も残っている。

一二九六年、イングランドのエドワード一世がスコットランドに攻め入り、多くの城が落城したが、アーカート城もイングランド軍の手に落ちた。その後、この地の貴族のアンドリュー・ド・マリ卿が城を取り戻そうとするも失敗。ただし、後にマリ卿はウィリアム・ウォレスとともにスターリング橋の戦いでイングランド軍を破り、アーカート城はスコットランドの手に戻る。

だが一三〇三年に再びエドワード一世のイングランド軍がやってきて、アーカート城はイングランドのものとなる。この時はイングランドに寝返っていたジョン・コミンが城主に任命された。この時に城は拡張された。

ところが一三〇七年、ロバート・ザ・ブルース（この時は既にスコットランド王になっていた）により、スコットランドに戻される。

なんだかあきれてしまうなあ。四〜五年ごとにスコットランドとイングランドがこの城を奪い合っているわけである。

ところがそこへ、別の敵が攻めてくるのだ。一三九五年、西部諸島の領主であるドナルド・マクドナルドがスコットランド遠征の途中でアーカート城を占領したのだ。この戦いの中でアーカート城は国王の手に戻ったり、再びマクドナルド氏の手に落ちたりを繰り返すが、国王はジョン・マクドナルドに一代限りの領主たることを認める。

だがそれで落ちつくわけではない。一四六二年、ジョン・マクドナルドがイングランドと密約を交したのを知った王はジョンの領土を取り上げ、一四七六年、アーカート城はハントリー伯ジョージ・ゴードンに委ねられる。

一五〇九年、アーカート領と城はフルーキー卿ダンカン・グラントが正式に拝領する。王国領から氏族の地に戻ったのだ。ダンカンの孫ジョン・グラントが長い戦いで荒れ果てた谷を復興することとなった。

しかし西からの脅威は去ったわけではなく、諸島領主のマクドナルド氏はアーカート城に兵を送り込み略奪と殺戮《さつりく》を繰り返し、三年間も城を占領することもあった。更には、一五四五年にも西から侵略者の大襲撃があり多くのものが略奪された。

その後西からの侵略者に脅かされることはなくなり、谷の領民に静かな日々が戻る。グラント一族は城の修復に取りかかり、この時新しく建築されたのがグラント・タワーである。

そして十七世紀になると中世の城の時代は急速に終りを迎える。貴族たちはもっと快適な住居を建てて移り住むようになったのだ。

一六四四年に最後の略奪があり、アーカート城は領主の館としての時代に終りをつげる。十七世紀中頃にはグラント一族は城を捨ててしまった。

これでアーカート城の奪い合いは終ったのか、と思いきや、その後もう一騒ぎあるのだ。一六八八年にイングランド王ジェームズ二世（スコットランド王ジェームズ七世）が名誉革命により亡命する。その後の混乱期にアーカート城にも駐屯兵が置かれる。

グラント一族はオレンジ公ウィリアム三世（一六五〇〜一七〇二）とメアリーの側に立ったので、城はジャコバイト軍に包囲されるが、駐屯軍はなんとか城を死守した。

そして一六九二年に政府軍が駐屯兵を引きあげさせる。その際、ジャコバイト軍が城を占領するのを阻止するために城を爆破した。

こうしてついにアーカート城は廃墟となったのだ。そして十九世紀になると、その廃墟の美がロマンチックなものとされ、価値が認められていったのだ。ネス湖の畔の滅びの城として人気が出てきた。

城の前に、中世の投石器のレプリカが置いてあった。それを見て、昔跳ね橋のあった城門から中に入ることができる。観光客の数は多い。グラント・タワーには何十人もが登っていた。

銃眼であるらしい石の壁の丸い穴から、向こうに黒ずんだネス湖を見たりする。なかなかにムードがあった。

「なんかわびしい感じだなあ」

「でも、こんな寒々しい湖面の風景とよく合っていて、人がいなかったらこわいようなムードがあるね」

妻とそんな会話をした。

でも実は、その滅びの美を見物している時は、そこがそんなにも複雑な歴史を持つところだとは知らなかったのである。知らないまま、ムードのあるところだなあと思っていたのだが、そういうことはよくある。

2

さて私たちはバスで少し南下し、フォート・オーガスタスの町へ来て、カレドニアン運河の閘門《こうもん》を見物した。そこはカレドニアン運河の重要拠点のひとつなのだ。カレドニアン運河はモレー湾のインヴァネスとリニ湾のフォート・ウィリアムズの少し北にあるコーパッホを結ぶ全長約九十七キロメートルの閘門式運河である。

運河はグレンモーの渓谷に並ぶネス湖、オイッヒ湖、ロッヒー湖、リニー湖の四つの湖と、それらを結ぶ人工の運河部分とからなっている。人工の運河部分は約三十五キロメートル、湖水利用部分は約六十二キロメートルだ。人工部分の深さは約五メートルで、運河全体で二十八の閘門がある。一八〇三年から一八二二年にかけて作られたが、小型船しか通れなかったので、一八四二年から一八四七年まで改修され五百トンの船まで通れるようになった。

土地の高低差の激しい地域を通る運河なので、パナマ運河と同様に閘門をいくつか設けて、閘室に水をため隣の閘室と水位を同じにし、門を下げて船を進めるというのんびりした運河交通である。

この運河はナポレオン戦争当時、フランスの海賊による通商被害を避ける目的で国営事業として着工されたものだそうだ。流通のためや海難事故の危険を回避する目的もあったらしい。しかし今は流通には使われていないのだそうだ。道路網が発達した現在はのんびり船旅を楽しむためやウォーター・スポーツを楽しむために使われているのだという。

日本の今の皇太子がイギリス留学時代、イギリスの運河交通の研究をしていた、という話をきいたことがあるが、このカレドニアン運河のことも研究したのだろうか。

フォート・オーガスタスで私たちは閘門を見物した。水をためるために、門の上から滝のように放水されていて迫力があった。しかし川幅は思ったより狭い。周囲には観光地らしく可愛いカフェなどが並んでいて、少しぶらぶらと歩き、観光地図を手に入れたりした。古き良き時代の雰囲気が残っていて気持ちのいい町だった。

その後、グレンモーの渓谷の道を進んでいく。あたりはすべて牧草地か荒地で畑はない。野兎《のうさぎ》や雉《きじ》をよく見かけた。時には野生の鹿を見かけることもあるのだそうだが、今回は見かけなかった。

牧草地には羊がいるが、仔羊《こひつじ》が生まれてちょうど一カ月くらいの時期なので、母羊が必ず赤ちゃん羊をつれている。

「あれは可愛いね」

と妻が言った。二頭の仔羊をつれている母羊を見てのことだった。小さなものが二つ揃っているのは可愛いものである。

前方に、ベン・ネヴィス山が見えてきた。標高一三四四メートルの、イギリス最高峰だ。あたりの山の頂には雪が残っている。

午後一時半頃、リーベン湖の畔のレストランで昼食をとった。

まず野菜スープ。次に鱒の野菜包みクリームソース添え。鱒の切り身をキャベツの葉で包んで軽く煮て、クリームソースがかけてある。付け合わせはポテト、黄色とオレンジ色のニンジン、ブロッコリー、カリフラワーのボイルだった。デザートのメレンゲを添えたアイスクリームにはナッツがかけられていた。

どちらかといえば薄い味つけだ。やさしい味といえるだろう。相変わらず付け合わせは野菜のボイルだ。イギリス人は野菜を見るとやたらボイルしたくなるのではないだろうか。それしか調理法を知らないのか、と言いたくなるほどだ。

午後もさらに渓谷の道を行く。もう牧草地もなく景色が荒々しいものになった。低い山が連なり、スコットランドらしい哀愁を帯びているような感じがする。低い雲が垂れこめてゆっくりと流れていく。天気がよければまた印象が違うのだろうが、こんな天気こそがスコットランドには似合う気がした。

フォート・ウィリアムはオレンジ公ウィリアム三世が築いた要塞のあった町であり、カレドニアン運河の最南端の町だ。フォートとは陸軍の要塞の意味で、一八九〇年まで要塞が機能していたのだそうだ。スコットランドを抑える目的で作られたのだという説明を受けた。十八世紀にはジャコバイト軍の鎮圧のため活用されたのだそうだ。

現在のフォート・ウィリアムは夏のリゾート地で、ベン・ネヴィス山や、グレンコーへの観光拠点となっている。

3

フォート・ウィリアムから南へ少し進んだところに、グレンコーの谷がある。背の低い草の生い茂る山々が幾重にも連なり、緩やかな曲線を持った谷を形成している。三つの連なりを持つ峰はスリーシスターズと呼ばれている。三姉妹の峰、というわけだ。ほとんどが荒地で家畜も見られない。美しいというよりドラマチックな感じのする景観だ。

バスが停止して、写真のためのストップです、と言われたから下車して周りの風景の写真を撮ったが、なぜこんな荒れた谷の写真を撮るのか、私にはよくわからなかった。

「ここはどういう場所なのかな」

「きっと何か歴史的な大事件があったところなのよ」

と妻が言ったが、それは正解だった。添乗員がこういう説明をしたのだ。

「ここは、一六九二年に、グレンコーの大虐殺という事件のあった場所です」

ざっとした説明をきいてみると、やはりそれもイングランドによるハイランド人虐殺の一例なのだった。スコットランドではそんな話ばっかりきかされるのである。

詳しく調べてみたらこういう事件であった。

当時スコットランドの氏族たちは、ロンドンで王位についたオレンジ公ウィリアム三世とメアリーの政府軍に与《くみ》する派と、フランスに亡命したジェームズ二世（スコットランドではジェームズ七世）のスチュアート家の復活を願うジャコバイト軍に与する派がいた。

オレンジ公ウィリアムを擁するロンドン志向の強い当時の国務長官ステア卿ジョン・ダリンプルはジャコバイト派のハイランド人を屈服させるため、全氏族長や指導者たちに、ウィリアム王への忠誠を誓う誓言書を提出させることを考えだした。この誓言書は一六九一年の年末までに出せ、という提出期限も設けられていた。そして、提出しない者には武力報復をする、という脅しもついていたので、ほとんどの氏族が誓言書を提出した。

ところがグレンコーのマクドナルド氏族長の老マキアンは提出をぎりぎりまで遅らせ期限直前に吹雪の中フォート・ウィリアムに出頭した。ところがそこで署名場が変更され、はるか南のインヴァレリーまで行ってキャンベル家出身の長官の前で署名しなければならないことを知らされる。

冬の厳しい気候の中、山々を越えてインヴァレリーまで行き、一六九二年一月六日になって老マキアンは署名をすませ家に戻った。

しかしこの署名は期限遅れを理由に拒絶される。署名場を急に変更した時から、マクドナルド氏を滅ぼそうという意思があったのだとしか思えないやり方だ。ステア卿とキャンベル氏族長のブレダルベーン伯が、二月一日、キャンベル氏族軍百二十名をグレンコーのマクドナルド氏のもとに送り込んだ。

そして、当初は嘘を言うのだ。我々は、この地方一帯での徴税作業をしに来たのであり、その間の宿を求めているのだと。すると、ハイランドでは客人をもてなす文化があったので、マクドナルド一族はキャンベル軍を歓待したのだ。二週間も手厚い接待をしたのである。

二週間後、キャンベル軍は攻撃命令を受け取る。氏族全員を皆殺しにせよという国王と国務長官の命令だった。

二週間接待させておいて、次の日の朝いきなり大虐殺を始めたのだ。この虐殺でマクドナルド氏は老マキアンと妻を含め三十八人が殺された。なんとか逃げた人々も雪の中で多くが凍死したのだそうだ。一族皆殺しだったのである。

マクドナルド氏はジャコバイト派であり、キャンベル氏はウィリアム国王派だったのだ。そんなことを何度繰り返したら気がすむんだ、と言いたくなるような対立である。

しかし、国王までがかかわったこの恥ずべき国家犯罪に対して、スコットランド全土で怒りの声が噴き上がった。いつもはハイランド人を軽蔑し、配慮してやる価値もないと考えがちなローランドの人たちまで、この虐殺には怒りの声をあげたのだ。

当局も、今度ばかりは行きすぎだったと気づき、ステアはしばらく政治の表舞台から遠ざからなければならなかった。だがしばらくして彼は返り咲き、ステア伯爵に昇進するのだが。

しかし、ウィリアム三世の責任は消すことができなかった。王はステア卿に「あの盗人の徒党を根絶やしにせよ」という命令を出しているのだから。

そもそもこの、オレンジ公ウィリアム三世はイギリスにとって奇妙な王である。彼はもともとオランダの王で、名もオラニエ公ウィレム三世だったのだから。

十七世紀は、あきんどの国オランダが海洋貿易で大躍進をした時代だ。しかし、大躍進をすればこれをつぶそうという動きも出てくる。

オランダの前に立ちはだかったのが、イギリスとフランスだった。イギリスはプロテスタントの英国国教会の国であり、フランスはカトリックの国だから相容《あいい》れないはずなのに、オランダつぶしという目的が共通して力を合わせたのである。

一六七二年、イギリス艦隊がオランダの商船隊を襲い、海戦が始まった。すると、ルイ十四世率いるフランス軍は、オランダへ進軍を始めたのである。すなわち、陸からはフランス軍が、海からはイギリス軍が攻めかかったのだ。オランダにとって国家存亡の危機であった。

この事態を打開するために、連邦最高司令官（統領ともいう）の職が復活し、その役にまだ二十二歳のオラニエ公ウィレム三世が指名された。このウィレム三世は生涯をフランスとイギリスからオランダを守ることにつぎこんだ人物であり、また、奇想天外なやり方でイギリスを盗《と》ってしまった男である。

一六八八年のこと、ウィレム三世はついにその奇策を実行する。彼の頭の中には次のような状況分析があった。

●とりあえず今はイギリスとの仲は小康状態だが、いずれオランダつぶしを再開するのは確実である。

●イギリス国王ジェームズ二世は、フランスのルイ十四世とますます親密となり、二国でオランダを挟み撃ちにするつもりだ。

●だが、ジェームズ二世はフランスに接近するあまり、イングランドでもカトリック信仰を公認しようかという方針でいる。イングランド人はカトリックを悪魔の宗教だというぐらいに嫌っており、ルイ十四世に抱き込まれたイギリスなど見たくもないという気持ちだ。すなわち、イギリス国民、及び議会は、国王ジェームズ二世には従わず、王は孤立無援である。

●私は、ジェームズ二世の娘メアリーを妻にしている。だからジェームズ二世の義理の息子である。

そこまで分析したウィレム三世は、ついにイギリスをフランスから引き離すための奇策に打って出る。

その年の十一月に、ウィレム三世率いるオランダの艦隊はイギリスをめざして出航した。艦隊は実に五百隻からなり、上陸用兵力は一万五千人だった。

このイギリス上陸作戦はみごとに成功した。オランダ軍の侵略を、イギリス人は呆然《ぼうぜん》と見ているだけだったのだ。そして三カ月後、ウィレム三世はイギリス議会を押し切ってイギリス国王の座についた。ジェームズ二世はフランスに亡命する。

事実上は侵略なのに、その非難をあびせられることはなかった。ウィレム三世は前国王の娘メアリーの夫だからである。ウィレム三世と妻メアリーの共同統治が始まるだけのことなのだ。

こうして、オラニエ公ウィレム三世はイギリス風にオレンジ公ウィリアム三世と呼ばれることになった。彼がイギリスを盗ったこの事件を、イギリス人は、国王が絶対的権力を持ちそうだったのを阻止して、立憲君主制を「無血のうちに」実現した輝やかしい革命なのだ、として、名誉革命と呼ぶのである。どう考えてもオランダの統領に王室を乗っ取られたということなのに。

というわけで、オレンジ公ウィリアム三世は実はよそ者の、少々乱暴な王なのである。

グレンコーの大虐殺はそういう土壌があっておこった事件なのかもしれない。

そういう事件があったことを教わってその谷を見ると、このドラマチックで荒々しい美しさを持つ渓谷が、「悲しみの渓谷」と呼ばれているのもわかるような気がした。スコットランドはどこか重く、暗いのである。

4

さて、バスはそれから更に少し南下して、ついにローモンド湖の見えるところにさしかかった。湖畔のラスという村でバスを降りる。

このラス村は小さな可愛らしい村で、平屋の石造りの家が多く、ほとんどの家がきれいな草花を家の周りに植えている。花に囲まれた家々という感じだった。

それがイギリスの村なのである。家々が皆フラワー・ガーデンのようになっていて、その美しさを競いあっているのだ。蔓《つる》バラ、チューリップ、クレマチス、アネモネ、アイリスなど色とりどりに花が咲いている。青いポピーもある。

そういう可愛い家並みを通り抜けるとローモンド湖畔に出た。

ローモンド湖は三味線のバチのような形をした湖で、長さ約三十九キロメートル、幅は広いところで約八キロメートル、水深は深いところで約二百メートルもあり、グレート・ブリテンの淡水湖では最も大きい。太古に氷河が削ってできた深い谷に水がたたえられた氷河湖である。

大都市のグラスゴーから三十二キロメートルというほどの近さなので、人気のある観光地になっていて、クルーズやカヌー、釣りなどが楽しめるスポットなのだ。湖には小島が多く点在していて、古城の残る小島もあるのだそうだ。

また、「ロッホ・ローモンド」というスコットランド民謡でも有名なのだという。この歌の歌詞はイングランド軍に捕らえられたジャコバイト兵の悲哀を歌ったものだという説が有力なのだそうだ。この歌を http://www.worldfolksong.com/ で聞くことができるので聞いてみたところ、スコットランド民謡らしい哀愁を帯びた美しい曲だった。

ローモンド湖は妖精たちの湖とも呼ばれていて、故郷を離れて亡くなった死者を妖精が我が家へと導くと言われているのだ。

「ロッホ・ローモンド」の歌詞に、「君は高い道を行き　僕は低い道を行く」という一節があるのだが、ケルトの伝承では、異郷で死んだ者のために妖精が地下に道を作って故郷へ導いてくれるという話があり、高い道を行くのは生き残った者、低い道を行くのは死んだ者、という意味あいなのだそうだ。

湖畔はあいにくの曇り空で湖の観光にはふさわしくなく、妖精たちの湖というムードもなかったが、それでも観光客は来ていて水辺で白鳥と戯れたりしていた。湖の写真を何枚か撮り、白鳥の写真まで撮ってしまって、もうやることがなくなった。

そこで、バスでグラスゴーに向けて出発した。一時間もかからずに、グラスゴーに着きホテルの玄関に。ホテルはグラスゴー・セントラル駅のすぐ隣であった。

そのホテルのロビーを見るともなく見ていたら、奇妙なお姉さんたちがたむろしている。かなりの寒さだというのに大変薄着で、濃い化粧をした目立つ女性たちだ。駅の近くという立地のせいもあって、そういう夜の女性の休憩場所になっているという様子に見えた。大都会なのだからそういう女性もいるわけなのだろう。

添乗員がチェックインの手続きをしている間に、私と妻はホテルの前の灰皿のあるところへ行ってタバコを吸った。イギリスではホテルの部屋の中でタバコが吸えないからだ。

そうしたら、薄着で化粧の濃いお姉さんの一人が、近づいてきてライターを貸してくれと言ってきた。自分のライターのガスが切れたんだというふうに振ってみせる。

ライターを貸すのはいいのだが、それではうまく火がつけられないのだ。私の百円ライターは、子供の事故防止用に少し面倒臭いつけ方になっている。指で押すところに小さなボタンがあって、それを前にスライドさせてから押すとつくのだ。しかし、そのことを英語で説明するのはなかなかむずかしい。

そこで私は自分でライターに火をつけて、その火をさし出した。そうしたらその瞬間にお姉さんの表情がパッと輝いた。ありがとう、ありがとうとさかんに礼を言い、タバコに火をつけた。

そしてなおもありがとうと言い、私のライターのガスが切れてしまったの、なんてことを言っている。タバコの火を貸しただけにしては異様なぐらいのお礼ぶりだった。

つまり、私がライターに火をつけてさし出したやり方が、相手をレディー扱いするものに見えたのだろう。いかにも怪しげに見える女性なのに、レディーとして扱われたと感激しているのであった。そんな珍しいふれあいがあって、私は微笑した。

部屋に入ったあと、一階のロビーの奥にあるカジュアルなレストランで夕食をとった。

その時、一悶着《ひともんちゃく》あった。例によって酒はバーのカウンターで買って自分で席に運ぶ方式だったのだが、バーはロビーにあり、ホテル側としてはロビーのバーにずらりと行列してほしくないらしく、酒は三々五々買いに行けなんてことを言う。無茶なことを言うなよ、と思ってしまった。観光から帰って疲れている我々としては、とにかく早く冷たいビールで一杯やりたいところだ。行列して酒を買っちゃいけないなんて指示に従っていられるものか。無視して並んでビールを買っていたらむこうがあきらめた。

そもそも、イギリス式の、酒はバーで自分で買え、というやり方は面倒なものだった。ビールをおかわりしようとすれば、またバーまで行って自分で買ってこなくちゃいけないのだから。席にすわったままウェイターに、ワン・モア・ビアと言えば持ってくるというほうがはるかに楽だ。あのイギリス式のやり方にどういういい点があるのか、私にはどうしてもわからなかった。

夕食のメニューは、トマトスープ、ローストポークのブラウンソースと、マッシュポテトとズッキーニとニンジンのソテー添え。デザートはレモンタルトだった。

「相変わらず薄味だね」

と私が言うと妻はうなずいてから、

「でも、いつも野菜の付け合わせがたっぷりなのは私は嬉《うれ》しいわ」

と言った。私の妻は野菜が切れると体調がおかしくなってくる、という人なのだ。

「スコットランドの旅もあと一日か」

と部屋で私は言った。

「そうよ。明日の夜はもうイングランドにいるのよ」

どんなふうに感じが変わるのか、私は楽しみにしていた。スコットランドは天気が悪く、きかされる歴史もどこか暗く、ちょっとムードを変えたい気分だったのだ。スコットランドの予想を超えた田舎っぽさは気に入っていたのだが。しかし、そこを旅するのもあと一日だ。

ネッシーの模型

カレドニアン運河の閘門

グレンモー（大きな谷）

ローモンド湖

ラス村の家

第五章

グラスゴーとハドリアヌスの長城

―― マッキントッシュの建築と駆け落ち婚の村 ――

グラスゴー市庁舎とジョージ広場

③インヴァネス
④ネス湖
スコットランド
④フォート・ウィリアム
④ローモンド湖
②セント・アンドリューズ
❺グラスゴー
①エジンバラ
❺ハドリアヌスの長城
イングランド

1

グラスゴーで泊ったホテルはセントラル駅のすぐ隣にあった。その駅は一八七九年に開業された駅で、鉄骨を組んでガラスをはめ込んだ大きな窓と、アーチ型の大きな窓を持つレンガ造りの部分がある印象的な建物だった。

さあ、グラスゴーの市内観光に出発しよう。このグラスゴーでのガイドはアランさんという中年男性で、ジャケットの下はキルトというスタイルだった。キルトの前にはスポーランというバッグをさげている。入れ物としての用途とキルトの前をおさえる用途があるのだそうだ。ホーズという靴下の中にはスケンドゥーという小型ナイフを隠している。

そのガイドの説明によると、グラスゴーは大阪のような街、エジンバラは京都のような街なのだそうだ。確かに、街並みも美しく古い建物が多く残り首都らしい端正さを備えたエジンバラとは異なり、グラスゴーの街はとりとめのない感じがする。古い建物もあるにはあるが点在しているし、新しい建物はモダンなデザインのものと、これといって特徴のないものが混じりあっている。その上、私はこの目でモスクがあるのも見た。

なんだかバラバラな印象の街なのだ。

グラスゴー・グリーンという、グラスゴーで最も古い公園に行った。グラスゴーの街を流れるクライド川に沿って広がるこの公園は古くからこの街の共有地で、住民はここで衣類を洗濯したり、牛を放牧したりしたのだそうだ。公園として整備されたのは、一八一五年から一八二六年にかけてである。

公園の中には、ピープルズ・パレスというグラスゴーの歴史を展示する博物館があり、ウインター・ガーデンズという大きな温室が背後に併設されている。

博物館の前には一八八八年のフェスティバルを記念して造られた立派な噴水があった。また、近くには昔じゅうたん工場だった建物もある。博物館も噴水も周囲の建物も赤茶色の砂岩で造られていた。

一七六五年のことだが、ジェームズ・ワットが日曜日にこの公園を散歩していて蒸気機関の改良の着想を得たのだそうだ。その記念碑もこの公園にある。ワットはグラスゴー大学付属の数学器械製造の職について大学内に仕事場をもらい、そこに住んでいたのである。

そんな散歩にうってつけの広々とした公園であった。

次に私たちはイーストエンドのグラスゴー大聖堂の周辺に行った。駐車場を出て歩いていくと、まずプロバンド領主館がある。一四七一年に建てられたグラスゴー最古の建物である。当時この辺りには教会関係の建物が多くあって、この建物も聖堂参事会員（大聖堂の役員）の住居として建てられたのだそうだ。現在は博物館になっている。いかにも古そうな石造りの建物で雰囲気があった。もともとが住宅なのだから、緑の多い庭があってチラリと覗《のぞ》けた。

その向かいにあるのが聖マンゴー宗教博物館だ。聖マンゴーとは六世紀の人で、グラスゴー大聖堂と街の礎を築いたグラスゴーの守護聖人だ。

この博物館は聖マンゴーの名前を名乗ってはいるがキリスト教だけでなく世界各地の宗教と宗教美術を展示しているのだそうだ。中へは入らなかったので展示は見ていないのだが、ガイドによれば、この建物はチャールズ・レニー・マッキントッシュにより設計されたものだそうだ。またあとで出てくるので、マッキントッシュの名を覚えていてほしい。

宗教博物館の先には古くからある病院の建物があり、その正面にはヴィクトリア女王の像がどっしりと据えられている。

さらに進むとグラスゴー大聖堂が現れる。現在修復中で、一部櫓《やぐら》が組んであった。

この地はスコットランドに初めてキリスト教をもたらした聖ニニアンがキリスト教徒の墓所を置いたのが始まりで、その時から千七百年以上も聖地として尊ばれているのだそうだ。そこに六世紀になって伝道者聖マンゴーが初めて教会を建てたといわれている。

現在の教会は十二世紀にデビット一世の命によりグラスゴー司教ジョスリンが建造に着手し、その後の時代に増改築が繰り返されて十五世紀に今の形になったのだ。

この大聖堂はスコットランドで唯一中世から現在まで使われてきた大聖堂である。宗教改革の時代に、スコットランドのほとんどの大聖堂が破壊されたのだが、ここだけは生きのびてきたのだ。これを守り抜いたのは、十五世紀にこの大聖堂に技術の粋を注いだ職人ギルドの誇りだったのだそうだ。

ゴシック様式の大聖堂は二重構造になっていて、地下の下部礼拝所には聖マンゴーの墓がある。そのため、宗教改革以前は巡礼の目的地となっていた。

内部は柱が林立するゴシックらしい空間だが、現在はプロテスタントの長老派の教会なのでごてごてした飾り物は置かれていない。木造の美しい天井が珍しいのだそうだ。

大聖堂の裏手の丘は共同墓地になっていて、かつての街の富裕層や名士の由緒ある墓が並んでいるのが見えた。

大きな聖堂に圧倒され、首をひねって木造の天井を見上げて頭がクラクラするという体験をした。

その次に私たちは街の中心部のグラスゴー市庁舎の前にあるジョージ広場へ行った。

グラスゴー市庁舎は宮殿のような立派な建物で、一八八三年から一八八八年までかけて建てられた。そのころのグラスゴーはとても繁栄していたということが強く感じられることだ。外観もさるこる豪華な建物だ。建物はイタリア・ルネッサンスの宮殿様式とのことだ。外観もさることながら内部が大変豪華なのだそうだが、中には入らなかったのでちょっと残念だった。

道路をはさんでジョージ広場がある。ジョージ広場の名前はハノーヴァー朝のジョージ三世にちなんだものだ。この王様の時、アメリカが独立したので、重要な領土を失ってしまったと、あまり評判のよくない王様だということだ。

ジョージ広場はヴィクトリア様式の建物に囲まれた広場で、市庁舎の側には二頭の白い獅子像《ししぞう》が見守る戦争記念碑がある。ヴィクトリア時代の雰囲気を残しているものだそうだ。そのすぐ前には、広島、長崎の原爆被災者を悼む慰霊碑が埋め込まれていた。こんな異国で広島と長崎の慰霊碑かと、意外の感にうたれたが、それほど世界的な悲劇だったんだなあ、と納得もした。

市街地の中にあるコンクリート地面の広場で、ひときわ高い柱の上にはサー・ウォルター・スコット（スコットランドの作家、詩人。一七七一～一八三二）の像がのっている。ほかには、騎馬姿のヴィクトリア女王の像、ロバート・バーンズ、ジェームズ・ワットなど、グラスゴーやスコットランド南部出身者の像がある。カラフルなオブジェも置かれていて親子づれなどが遊んでいた。鳩《はと》がたくさんいた。

広場の見物を終えた私たちは、街中から一キロほど離れたハウス・フォー・アン・アート・ラバー（芸術を愛する人のための家）というものを見るためにバスで移動した。

この時の私は、どんなものを見に行くのか何も知らずにいた。

2

バスの中からグラスゴーの街を見る。街の建物は赤砂岩で建てられているものが多い。一階が店舗、二階以上がアパートになっている建物が多かった。

道沿いに大きなゴミ箱を見たが、ゴミの分別は大変細かく、瓶でも透明、緑、茶など色別に分けるのだそうだ。古着、本、ＣＤなども分別して捨てる。そのため、ゴミ箱もいくつか並んでいるのだった。

クライド川を渡り街の中心部から離れていくと、モダンな建物が多くなってきた。国際会議場、コンサートホール、体育館、競技場などの大きい建物が点在している地域だ。リバーサイド博物館（交通博物館）はヨーロッパで最も革新的な博物館として賞を取ったのだそうだ。

ほどなくして、ハウス・フォー・アン・アート・ラバーに到着した。それはチャールズ・レニー・マッキントッシュとその妻マーガレットにより設計、デザインされた建物だ。聖マンゴー宗教博物館を設計したマッキントッシュの名を覚えておいて下さいと書いた、あの建築家だ。

この建物は、一九〇一年ドイツの建築コンクールに出品されたものだが、残念ながら締め切りまでに内部の設計図が仕上がらず、優勝は逃したものの、あまりに秀逸なデザインなので特別賞を受賞したのだ。その時には設計図だけで実際の建物は建てられなかったのだが、一九九六年になって設計図に基づいて建物が建てられたのだ。天才建築家マッキントッシュの作品として観光客に開放しているのだが、結婚式場としてもとても人気が高いのだそうである。内部におしゃれなカフェやショップもある。

十九世紀の終り頃のヴィクトリア様式は中世回帰趣味やゴシック様式などの折衷様式だったのだが、マッキントッシュの作品はそれらとは一線を画す二十世紀の幕開けを表現したような建物だった。

マッキントッシュは一八六八年にグラスゴーで生まれた。十六歳で建築家を志すが、当時はまだ大学に建築学科がなく、ギルドに属する建築家のもとに弟子入りをして実務を学んだ。そしてグラスゴー美術大学の夜間部で美術の基礎を学ぶ。

すでに学生時代から頭角を現し、一八九〇年頃から実際に設計をして建築に携わるようになる。活躍したのは一九二〇年頃までの三十年間ほどで、その間に作風は次々に変わっていった。

初めは、イングランドで興《おこ》ったアーツ・アンド・クラフツ運動に傾倒し影響を受けた。

といっても、私はアーツ・アンド・クラフツ運動のことを知らなかったのだが、調べてみるとこうだった。十九世紀末のイギリスで、ジョン・ラスキン、ウィリアム・モリスらの影響下に生まれた芸術運動で、伝統的な手仕事の復興、より素朴な生活様式への回帰、家庭の実用品のデザイン向上をめざしたのだそうだ。マッキントッシュはそこからスタートしたのだ。だが次第にマッキントッシュ特有の引き延ばされた曲線や淡い色彩のアール・ヌーボー様式へと変わっていく。そして晩年には、強い色彩や原色を使い、複雑な幾何学的形態の重厚な装飾を行い、アール・デコ様式へと向かう。そんなふうに時代の潮流を一人で先取りしていった人なのだ。

彼は、妻となったマーガレット・マクドナルドらとザ・フォーと呼ばれるグループを組み、独創的なグラスゴー・スタイルを打ち出した。しかしイングランドのアーツ・アンド・クラフツの推進者からはアウトサイダー（仲間じゃない）と思われていたらしい。彼は建築だけではなくインテリア、家具、照明器具、テキスタイルなど住いにかかわるすべてをデザインしている。

マッキントッシュは機械文明への予感に立脚したシンプルな造形、機能性を重視したモダニズムを実践していったので、まだアーツ・アンド・クラフツの傾向の強いイギリスではあまり評判にならず、より柔軟なヨーロッパ大陸で受け入れられていった。特にオーストリアでは名声を得る。

ちょっと時代を先行しすぎていた天才だったのかもしれない。一九一〇年頃から彼の設計の評判は落ちてゆき、自信を失った彼は第一次世界大戦の始まる一九一四年、グラスゴーを離れウィーンに行くが、大戦のせいでドイツやオーストリアの仕事を失う。また、スパイ容疑もかけられロンドンに帰国させられる。ロンドンで仕事を続けるがすでに彼の設計はほとんど日の目を見なくなっていた。

その後、一九二三年以降建築の仕事から離れ、心身の療養を兼ね南フランスで水彩画家となるが、舌癌《ぜつがん》に侵され、一九二五年治療のためロンドンに戻り、一九二八年に六十歳で亡くなった。

今にして思えば彼はアール・ヌーボーやアール・デコの先駆的役割を果たした人物といえる。今日では、世紀転換期において建築の分野で最も重要な貢献はマッキントッシュによるものだと言われているのだが、同時代の人々にはその才能を見極めることができなかったのだ。

それでは彼の作品をじっくりと見てみよう。建物を見てみると、外観は大変シンプルである。北側の入口から入るとロビーがある。細長い窓が並んでいて、それぞれの窓には花が飾られていた。吹き抜けにある二階部分のバルコニーは鳥をかたどっている。窓の反対側には大きい引き戸があって、ステンドグラスがはめ込まれているが明るい色調でマッキントッシュのバラという図柄が描かれている。照明器具もシンプルでありながら、ちゃんと装飾性があった。

このハウスの中を見ていって、妻が盛んに「あのデザインがおしゃれね」とか「あのインテリアが素敵」などと言う。それらのデザインが、シンプルでモダンでありながら、どこかしら女性的な優美さや、華麗さを持っているのだ。気持ちよく住めそうな家である。

南側の音楽室は壁も家具もすべて真っ白で、陽がたっぷり差し込む明るい造りになっている。この部屋の家具は直線的でモダンな感じだったが、一方壁面には柔らかい曲線の装飾が見られる。

次はダイニングルームだ。真ん中にシンプルなダイニングテーブル。背の高い独特の形をしたダイニングチェア。壁には淡い色調で卵型に描かれた女性のモチーフがずらりと並んでいるが、ひとつひとつが少しずつ異なる図柄である。

最後にマッキントッシュ本人の写真が飾られていたが、周囲には女性が大勢写っていた。「当時の美術学校は女性が多かったのだろうか」と私が言うと、妻はこう言った。

「女性にモテたのよ、きっと」

妻はハウス内のショップで、マッキントッシュのバラのモチーフの七宝のブローチを買った。それで、ハウス・フォー・アン・アート・ラバーの見物は終了。マッキントッシュをまったく知らなかった私は、いいものを見たと満足していた。

再びクライド川を越えて街中に戻る。川沿いは倉庫やモダンなアパートが建っている。

次はウエストエンドのグラスゴー大学に行った。大学はケルヴィングローブ公園の中にあって大変緑豊かな所だ。ただし大学の中には入れず外から外観だけを見物した。ケルヴィングローブ博物館&美術館の建物の近くから大学本部の建物を望む。

このケルヴィングローブ博物館&美術館の建物が大変に見事で、グラスゴーで最も美しい建物だといわれているそうだ。一九〇二年に建てられたヴィクトリア様式の赤砂岩でできた豪華な建物だった。

グラスゴー大学はスコットランドで二番目に古い大学で一四五一年の創立。イギリス全体では四番目に古い。

遠望する限りでは緑の中にゴシック様式の高い塔といくつかの建物の屋根が見えるだけだったが、バスに乗って正面側に回り込んでいくとたくさんの大学の建物が見えた。大学の周りをぐるりと一周して、ここは見た、ということにした。

3

昼食の時間になった。この日の昼食は中華料理であった。様々な料理が並べられ、好きなものを取って食べるという形式である。私は、どっさりと料理を並べられるとそれだけで食欲がなくなり、何かをちょっと食べてビールばかり飲んでいるタイプである。

一応、並んでいた料理を書き並べておこう。

レタス炒め、チキンの蒸し物、エビのフリッター、青菜炒め、魚の餡《あん》かけ、マーボードウフ、野菜スープ、ご飯、そしてオレンジであった。

イギリス料理は多くの場合塩気が薄くて、うなるほどうまいものはそうない。でも、イギリスに来ているのなら、イギリスの料理を食べようよ、というのが私の考えだ。中華料理は食べられなくはないが、世界中どこへ行ってもある妙に中途半端な中華料理であった。

「イギリスの中華料理はおいしいってきいたことがあるの。中国を支配していたこともあるから。でも、それはロンドンとかで食べたからの話なんでしょうね。田舎だと、やっぱりあまりおいしくないわね」

と妻ががっかりした声を出した。

昼食後、バスでグラスゴーを出て、南へと進む。めざすはハドリアヌスの長城である。ハドリアヌスの長城は、イングランドに入ってすぐのところにある。つまり、この旅の前半のスコットランド巡りがついに終るのだ。

複雑でなかなかに苦しい歴史を持つスコットランドを出るのだ。だからここで、グラスゴーの歴史をまとめておこう。

グラスゴーは既に述べたように六世紀に聖マンゴーが教会を建てたといわれる伝承の地に、デビッド一世が一一二四年主教座を設置し、一一三六年に大聖堂の建設を命じた。これが街の始まりである。

クライド盆地の中央に位置し、クライド川の水運にも恵まれた街だったが、エジンバラのような天然の要害がなかったため、軍事防衛が重要だった中世にはあまり発展することはなかった。

一四五一年にグラスゴー大学が設立され、一四九二年に大主教座の地位を獲得するとセント・アンドリューズと覇を競う宗教都市になった。しかし現在は大聖堂のほかに中世の面影はほとんど残っていない。宗教改革から産業革命の時代の改革者たちの手で一掃されてしまったからだ。

十七世紀頃から商業活動が目立ち始める。一六七〇年代には街の収入はスコットランドでエジンバラに次いで二位となる。当時は塩、ニシン、石炭などをフランスに輸出し、ノルウェーから木材を輸入していた。

一七〇七年のイングランドとスコットランドの合同までは、イングランド航海法のためアメリカの植民地との交易ができなかったのだが、その時英国国内の自由貿易を認める条約ができたので、グラスゴーは飛躍的に栄えることとなった。十八世紀にはアメリカ植民地とヨーロッパのタバコ貿易がグラスゴーを通して行われたので莫大な富がもたらされたのだ。

グラスゴーがイギリスの西海岸に位置していたのも有利に働いた。さらには、外港のポート・グラスゴー、ダンバートン、グリーノックにも繁栄はおよんだ。

街の発展とともに、十八世紀のグラスゴー大学はアダム・スミスやジェームズ・ワットなどを輩出してスコットランド啓蒙の拠点のひとつとなった。

十九世紀になるとグラスゴーは商業都市から工業都市へと変貌を遂げる。アメリカの独立によってタバコ貿易が大打撃を受けたのだが、代わって機械紡績産業を中心に産業革命が起こり、初め麻紡績、ついで綿紡績が盛んになった。ワットの発明がこの街を変えた、というふうに言ってもいいだろう。

工業化にともない、工場での人手が必要となると人口が田舎から都市に流れ込み、都市は人口過剰になりゴミゴミとして住居があふれ返りスラム街ができていった。

カローデンの戦いの後、「追い立て」にあって住むところを失っていたハイランドの人たちはグラスゴー周辺にも多く流れ込み、それまで比較的小さな街だったグラスゴーが現在のような巨大で境界なく広がる都市へと膨れあがっていった。

加えて、ちょうどこの時期アイルランド大飢餓が重なり、アイルランドからも職と食べ物を求めて大量の移民がやってきた。これら安い労働力はグラスゴーの工業化に組み込まれたが、労働者たちは劣悪な環境に耐えなければならなかった。

ハイランドからやってきたスコットランド人労働者とアイルランド人労働者の間には、宗教の違いなどから反目が生まれ争いや暴動も起きた。アイルランド人たちはさらに低賃金の労働者として扱われ、ゲットーに押し込まれた。

十九世紀後半には、グラスゴーは繊維産業、造船業、鉄鋼、鉱業など重工業で繁栄した。第一次大戦直前には、造船ではクライド湾地域で世界の船の五分の一を生産していたのだ。

一八八八年には豪華な市庁舎が出来上がり、ヴィクトリア女王列席のオープニング・セレモニーが執り行われた。グラスゴーはますます繁栄したのである。

イギリス帝国第二の都市となり、人口は一九〇〇年には七十六万二千人に膨れあがった。

この急激な人口増加と工業化に伴い、グラスゴー市内の住環境は伝染病の蔓延《まんえん》や公害の悪化などが著しく、鉄道網の発達で郊外の住宅街が開発されるようになった。また市内交通対策では蒸気機関の地下鉄が開発され一八九六年に開通した。

二十世紀前半にはイギリスの軍需産業の中心地となり、両大戦には多くの武器や艦船を調達したが、第二次大戦中にはじゅうたん爆撃を受けた。

繁栄したグラスゴーには豊かな工場経営者たちと貧しい労働者が交錯することとなっ

た。労働者は労働条件の向上を目指して戦い、一九一九年一月三十一日にストライキが呼びかけられ、市庁舎前のジョージ広場に十万人の労働者が集結した。政府は一万二千人の軍隊と戦車でこれを鎮圧した。これは血の金曜日暴動と呼ばれている。

二つの大戦の間の時期にはグラスゴー周辺の重工業は不振となる。第二次世界大戦が勃発して一九五〇年代までは持ち直すものの、一九七〇年代初頭には完全に立ちゆかなくなる。エジンバラと異なり労働者の街グラスゴーには不況に見舞われた時ほとんど打つ手がなく、失業、経済不況が市の代名詞となり都市型暴力がはびこった。

私は、この原稿を書くためにグラスゴーを舞台にした映画をいくつか見てみたのだが、その中の『ボクと空と麦畑』という映画は、話の展開がわかりにくくて凡作だったが、一九七〇年代初頭の街の荒れ具合はとてもリアルだった。ゴミ収集の会社がストライキをしていて、街中ゴミだらけでネズミが走りまわっているのである。主人公の少年の父は失業中だし、少年たちの行動もすさんでいる。そこにはリアリティーがあった。

市当局はその後、スラム街を撤去したり郊外に高層住宅を建てたりの都市開発事業によって繁栄を取り戻そうとしたが、生活水準はイギリス内では相変わらず低いままである。

とは言え、この十年ほどは経済も安定してきて、クライド川沿いの再開発も進み、文化都市をかかげて脱工業化をはかり、文化と芸術の都市というイメージになってきている。一番悪い時は終ってかなり陽が差してきたというところのように思える。
それがグラスゴーの現状なのだ。

4

バスはグラスゴーを出て南へと進む。かなり走って、グレトナ・グリーンという小さな街で、トイレと休憩をした。そこはスコットランド最後の街で、街から南へ行けばイングランドに入るのだ。イングランドから北上してきたとすれば、スコットランドに入るとこの街があるということだ。

この街は駆け落ち結婚で有名なところなのだ。そのわけはこうだ。一七五三年に、イングランドでは両親の承諾の得られた二十一歳以上のカップルでなければ結婚できないという法律が制定された。しかしスコットランドでは両親の承諾がなくても、十六歳以上ならば結婚できたのだ。

そこで、イングランドに住む二十一歳以下のカップルが、スコットランドの法の下で結婚しようと国境を越えてくるのだ。その最初の街がグレトナ・グリーンだったわけである。

グレトナ・グリーンでの駆け落ち結婚式は神父や牧師が執り行うのではなく、鍛冶屋《かじや》（ブラックスミス）が二人を結婚させるのだ。鉄を鍛える鉄床《かなとこ》の前で結婚式が行われる。鉄床はグレトナ・グリーンの駆け落ち婚のシンボルなのだ。鉄を打つ炎によって若い恋人たちの愛を結びつけるのだとも、鉄床の上で金属を溶接するように若い恋人同士を「溶接」するのだとも言われているらしい。

スコットランドでは非正規婚が認められていて、二人の証人の前で誓いを立てれば誰でも結婚式を主催できたのだそうだ。

現在のグレトナ・グリーンはブラックスミス・ショップ（鍛冶屋の仕事場）に隣接して何軒かのギフトショップやレストランの並ぶちょっとした観光地になっている。

今でもここで結婚式を挙げるためカップルがやってくるのだ。この日もトイレから戻ってきた妻がうれしそうに言った。

「鍛冶屋の前にウエディングドレスを着た花嫁と、花婿がいたわよ。私がコングラチュレーションと言ったら、ニコッと笑ってサンキューと言われちゃった」

駆け落ち結婚式の街とは、面白いではないか、と思って私はぶらぶらとあたりを歩きまわった。今は、二十一歳以下のカップルの結婚の場ということではなく、結婚式を挙げる名所になっている、という感じだった。そしてこの街を出れば、そこはもうイングランドだ。

そこで、バスでイングランドに入る。と言っても国境のようなものがあるわけではなく、風景だって全然変わりばえしないのだが。

少し走って、ハドリアヌスの長城に着いた。ローマ皇帝ハドリアヌスが一二二年に着工させた、大西洋岸のカーライルから北海岸のウォールズエンドまで全長百十七キロメートルの石積みの壁で、長城とも城壁ともいう。現在のイングランドの北端に近く、イングランドが一番細くなっている所にある。

つまり、イギリスで古代ローマの遺跡を見ているのである。世界文化遺産に登録されている。

しかしローマ帝国が滅びてブリテン島から去ってしまうと、この壁は用をなさなくなり、近隣に住む人々が石材を持ち出し、道路、石垣、住宅、教会を造るのに利用したので、現在では壁の基礎部分しか残っていない。

私たちが見物したのは、長城の門や兵舎などのあった場所で、いくつかの建物が復元されていた。ビジターセンターがあり、とても小さな博物館もあった。

壁は草むらの中に長く伸びていて周辺はすべて広々とした放牧地で、たくさんの子連れの羊が草を食んでいるというのどかな光景だ。羊たちは壁の隙間を自由に行き来している。

だが元々は、壁は五メートルの高さを持ち厚さは三メートルだったという。途中に十五の要塞が設けられ、五百人から千人の兵士が駐留していたのだ。そして、約千五百メートルごとに守備兵のための塔があった。

当時ローマはブリテン島を属州ブリタニアとしていたが、北方のカレドニアに住むピクト人はローマの支配に抵抗していたため、その境界線を設けたのだ。

壁はピクト人を遮断するためというより、ローマの統治を顕示する目的で作られたようだ。復元図を見ると大変立派な門や兵舎が築かれていたようで、辺境に住むピクト人たちはさぞかしびっくりしただろうと思われる。

門は一定の間隔で設けられていて、人々はその門を利用して往来し、家畜の放牧などに出ることができた。また門は税関の役割りもしていた。

復元図が所々にあるのだが、それによると門の周辺には民間人の家や店舗が建ち並び、人々が道を往来し、牛を追ったり、屋根を修理したり、水を運んだりと普通の生活をしている様子がうかがえる。その中にローマ軍の兵士が歩いていたりもする。発掘調査では様々な生活用品や木簡が出土していてそこからも普通の暮らしがうかがえるのだそうだ。

ハドリアヌスの次のローマ皇帝アントニウス・ピウス帝も、ここよりもっと北、フォース湾からクライド湾まで（エジンバラからグラスゴーまで、と考えてよい）の壁を建設した。これはアントニウスの長城と呼ばれる。こちらはスコットランドの一番細い部分にあり、全長約五十キロメートルであった。しかし両方の壁を守るにはローマの兵力が不足していたので、アントニウスの長城はまもなく放棄され、ハドリアヌスの長城が最終国境となったのである。

そういうローマ帝国の歴史に触れながら、私はふくらはぎまである草むらの中をのんびり歩いて観光した。見るものはあまりない。石壁の土台部分が長く続いているのを見るだけだ。羊が多いので、羊を見物しているような気分になった。そして、あたり一面に羊の糞《ふん》が落ちているので、用心して足を踏み出さなければならなかった。こんなに何もない世界遺産は珍しいな、なんて思った。

観光が終り、バスに乗った。イングランドの観光は明日からで、まずは湖水地方に行く。

夕刻、湖水地方のウィンダミア湖畔のホテルに到着した。

ホテルでとった夕食のことまでをこの章に書いておこう。

前菜はメロンとイチゴのフルーツソース添え。

「こういう半分デザートのような前菜が出るのが面白いわね」

と妻は喜んでいた。

メインはニジマスの香草焼きの温野菜添え。味は薄めであった。デザートはパイナップルのケーキ。

南アフリカのワインを注文したら、スクリューキャップのものが出て、自分で手でひねって開けて飲んだ。

さあ、イングランドはどんな地方なのだろう、と期待がこみあげてきた。

グラスゴー大聖堂

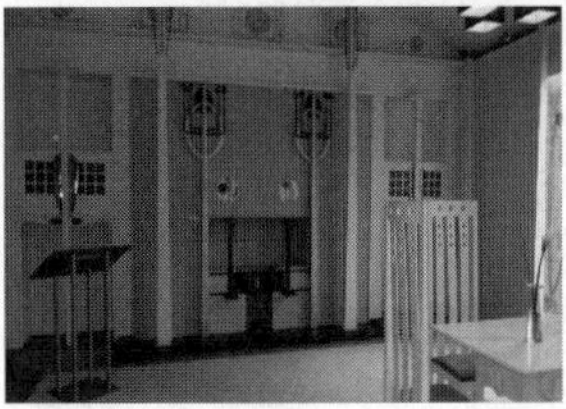

ハウス・フォー・アン・アート・ラヴァーの音楽室

グラスゴー大学

長城の門の復元図

ハドリアヌスの長城跡

グレトナ・グリーンの鍛冶屋の仕事場

長城跡で草を食む羊たち

第六章

湖水地方の自然と美

―― ウィンダミア湖からピーター・ラビットとワーズワースの家へ ――

ダヴ・コテージ

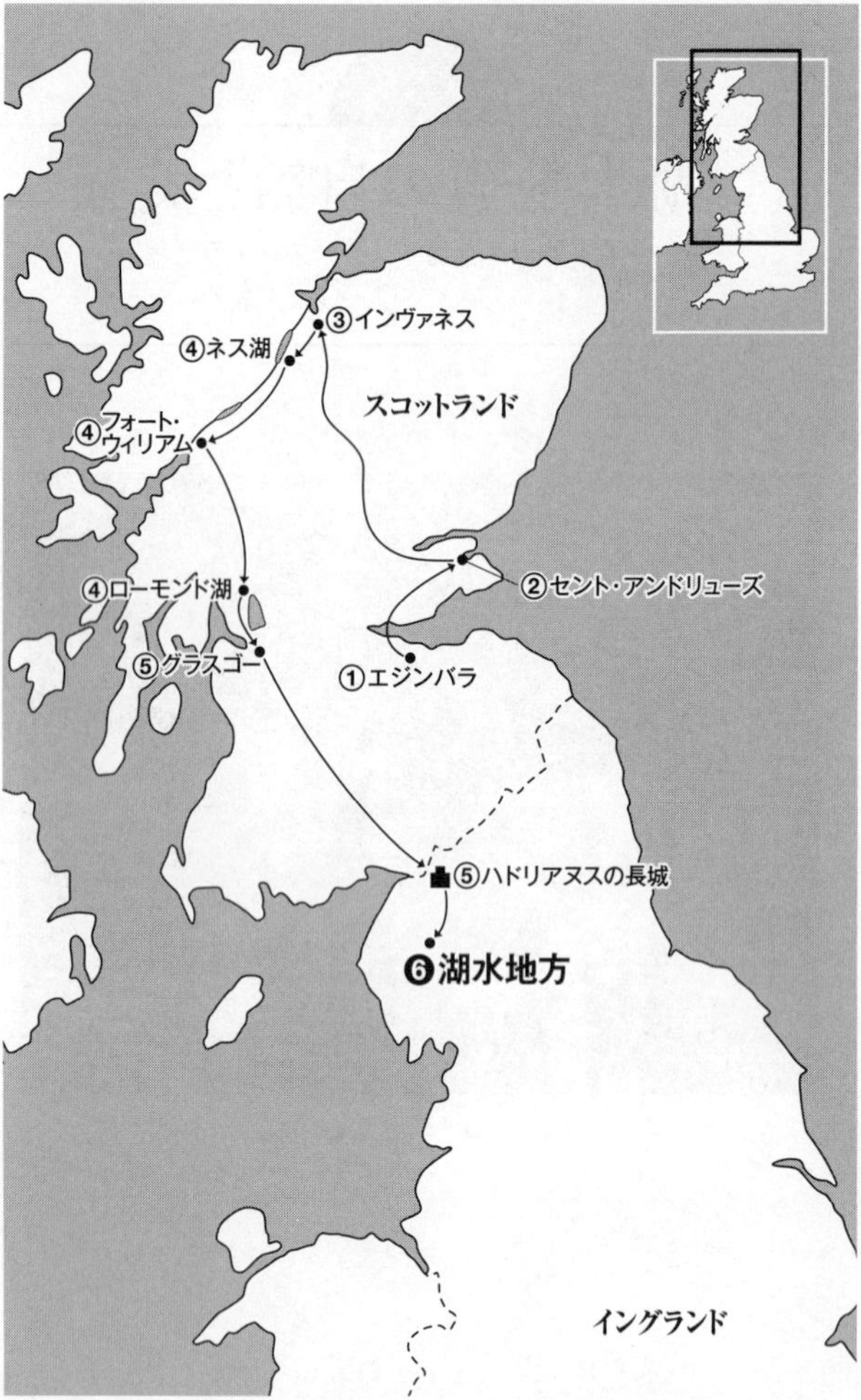

③インヴァネス
④ネス湖
スコットランド
④フォート・ウィリアム
②セント・アンドリューズ
④ローモンド湖
⑤グラスゴー
①エジンバラ
⑤ハドリアヌスの長城
❻湖水地方
イングランド

1

七日目の朝を迎えたホテルは、ウィンダミア湖に面して建っていた。湖よりかなり高い所を通る道路に面して一階があり、そこにフロント、ロビー、レストランがある。そして客室はウィンダミア湖に向かって階段で下っていく造りになっていた。私たちの部屋はその一番下の、階段を五階分下りたところにあった。だからレストランなどへ行くにも五階分階段を上らねばならず大変なのだが、そのかわり、部屋から直接美しい芝の庭に出られたのはよかった。芝の庭はゆるい坂になっていて、ホテル専用の船着き場まで続いていた。ちょうどルピナスの花が真っ盛りで色とりどりに咲いているのを見た。

ウィンダミア湖は静まり返っていて、眺めわたす限り優しく美しい景色だ。それはスコットランドの景色とは印象が大いに違うものだった。スコットランドの景色がどこか荒々しいのに対して、ゆったりと優しいのだ。

部屋から庭に出たところに小さなテーブルと椅子が置いてあった。部屋の中は禁煙なので、その庭へ出てタバコを吸う。すると、夕方も朝も、ロビンがやってきて近くをピョンピョン歩くのだった。こまどりである。イギリスでは春を告げる鳥といわれているこの鳥は、ちょっと頭でっかちで、体のほかの部分は茶色なのに胸だけがオレンジ色をしている小鳥だ。人を見てもまったく怖《お》じずに平気で近づいてくるところが可愛かった。カメラでかなり接写しても逃げないのだ。そんなことまでが、湖水地方ののどかさのような気がした。

ところで、湖水地方とはイングランドの北西部に位置するカンブリア州にある、カンブリア山地のほとんどを占める地方である。英国最大の国立公園で、東西五十二キロメートル、南北六十四キロメートル、総面積二千二百四十三平方キロメートルもあるイングランドを代表する景勝地である。

湖水地方には多くの湖が点在し、高い山の少ないイングランドにあって千メートル級の山々が連なる自然美と、そこに小さな村や町がいくつもあり人々が普通の暮らしをしているという独特の景観を持つ地域である。ガイドの語るところによれば、世界の国立公園の中では最も人口密度が高いそうだが、つまり自然と人間が混在しているということだろう。

湖水地方は英語では、レイクランドとか、レイク・ディストリクトなどと呼ばれる。地形は氷河期の終わりに氷河に削り取られてできあがったのだそうで、谷はU字形をしていて、湖のほとんどは川に沿って細長い形をしている。

とにかく、イングランドで最も美しい風景といわれているところで、雄大さという点ではヨーロッパのアルプスに及ばないものの、美しい自然と、石造りの家の並ぶ小さな村や、牧草地を仕切る石積みの塀などの組み合わせは、ナチュラルな美の好きな人をうならせるくらいのものだ。

ロマン派詩人のワーズワース（一七七〇〜一八五〇）や、ピーター・ラビットの作者ビアトリクス・ポター（一八六六〜一九四三）などの芸術家たちを魅了し、想像力の源となった自然風景は、今も新しい世代のアーティストにインスピレーションを与えているのだそうだ。

また湖水地方の景観美が守られてきたのは、この国立公園の土地の四分の一がナショナル・トラストの所有地だからだそうだ。ナショナル・トラストとは、正式名称を日本語でいうと「歴史的名勝および自然的景勝地のためのナショナル・トラスト」であり、イングランド、ウェールズ、北アイルランドの自然や歴史的建造物を市民の寄付や寄贈、遺贈によって取得して、保存、管理、公開することを目的とする民間のチャリティ組織なのだそうだ。

湖水地方がイングランド有数の観光地および保養地となったのはいつの時代のことであろうか。

産業革命時には危機もあったという。この地方には鉱山があり様々な鉱石が採掘された。また森林の木を伐採して燃料にすることもできたし、水も潤沢だった。湖水地方は隣接する大工業都市マンチェスターの影響もあり、工業地帯に変貌する可能性もあったのだ。

しかしイングランド人は湖水地方の自然を守るほうを選択した。十八世紀後半に産業革命により鉄道が発達すると、イギリスの上流階級の間で国内旅行ブームが起こる。これをピクチャレスク・ツアー・ブームというのだが、絵のように完璧な景観（ピクチャレスク）を求め多くの旅行者がこの湖水地方にもやって来るようになったのだ。

一八一〇年にワーズワースが『湖水地方案内』という本を出版すると湖水地方への観光客はさらに増え、一八四七年にウィンダミアまでの鉄道が開通すると訪問者はますます増加していった。一九五一年には国立公園となりイングランド有数の観光地となったのだ。年間二千万人以上の観光客がこの地方を訪れるそうだ。

さて今日の観光はウィンダミア湖のクルーズからスタート。ところが、南北に細長い湖の南端のレイクサイドから、湖のなかほどのボウネスまで乗船の予定だったのに、バスの運転手が間違えて到着するはずのボウネスに来てしまった。大急ぎでルートを変更するために添乗員が船を手配している間、私たちは湖畔のレストランでティータイムをすることになってしまう。

変更されたルートは、ボウネスから湖の北端のアンブルサイドまでのコースに乗船し、その後午後に予定されていたニア・ソーリー村を午前中に観光することになった。こんならずトラブルがあった時の添乗員は、真っ青になって必死で新しいコースを考えなければならず、大変であろうなあと同情した。

さて、ウィンダミア湖は幅約一・六キロメートル、長さ約十七キロメートルの南北に細長い、氷河の浸食作用により形成された湖だ。最深部は約六十七メートルもある。湖周辺の主な街は、ウィンダミア（湖畔からは一キロほど離れているが、この地方にやって来る鉄道の駅がある）、ボウネス、アンブルサイドなどで、観光の拠点になっている。

ウィンダミアの街やボウネスの街は昨日この地方にやってきた時、バスで通過したが、灰色の平たい石（スレート）を積んで造った建物に白い窓枠と三角屋根の家々が多く、丘陵地帯にできた街らしくカーブした坂道の具合なども素敵な街だった。

ボウネスの船着き場は結構大きい。クルーズのルートは三つあり、私たちの乗るボウネス～アンブルサイドはレッドクルーズ。本来乗る予定だったレイクサイド～ボウネスはイエロークルーズ。湖の中心部分を周回するのがブルークルーズという名だった。

いよいよ船に乗り込むが、そこがそれイギリスで、なんとも天気が悪いのだった。暗い雲が低く垂れ込めていて気温も低く、甲板《かんぱん》にいるにはダウンのコートを着ていなければならない。晴れていれば周囲の山々や森と、その間に点在するよく手入れされた素敵な石造りの建物などの景色がさぞ美しいだろうと思われる。

しかし、ヨットで遊ぶおじさんのグループや、カヌーの練習をする小学生たちもいて、イギリス人にはこの気候でも初夏なんだろうな、と思わせる。

寒々とした気分の中、四十分でアンブルサイドに船は到着した。ちょっと景色が暗かったが、自然と家々とが調和した景色にはムードが確かにあった。くつろいだ呼吸ができるようなムードであった。

2

先廻りしていた我々のバスに乗り換えニア・ソーリー村の近くのホークスヘッドの街まで行き、そこでミニバスに乗り換える。道が狭くて大型バスのすれ違いが困難だからだ。

ニア・ソーリー村はスレートの石造りで白い窓枠の家や、白漆喰《しろしっくい》に黒い梁のある家が並ぶ小さな村だった。家並みのむこうの丘にはがっしりした教会があった。あたりは緩やかな丘陵地帯で黄色い野花が咲き乱れる草地や柔らかな緑の林が連なっている。天気は少し回復し明るくなってきた。

観光客が多いので駐車場のあたりには土産物屋も並んでいる。土産物屋の建物もこのあたりの家と同じような造りだ。

ヒル・トップ農場に着いた。ここはビアトリクス・ポターがピーター・ラビットのお話の印税で購入した小さな農場と家だ。また現在はナショナル・トラストによって保存管理され観光客に公開している。

狭い入口から入ると小ぶりな建物があってそこはチケット売り場とショップだ。その先の小径をたどって行くとイングリッシュ・ガーデンがある。ビアトリクスが住んでいた頃と同じ植物が植えられているそうだ。藤や、ハマナス、バラ、西洋オダマキ、ルピナスなどがあった。

左手には牧草地があり子供の羊や野兎が草を食んでいる。仔羊は二月頃生まれるのだそうで、六月のこの時は親の半分くらいの大きさに成長していた。

さらに少し先に行くと灰色の二階建ての建物がある。建物は藤がつたわせてあって白い花をつけていた。入口にはピンクの蔓バラが植えられている。

室内に入るとまず玄関ホールがある。室内は窓が小さく薄暗い。玄関ホールの両側に部屋がある。右奥にキッチンがあり、正面に二階への階段があった。二階に上がると書斎、寝室、子供部屋などがある。

屋内はビアトリクスが住んでいた様子のままに保存されているのだそうだ。屋内は写真撮影禁止だった。

壁にはボタニカル・アートの絵画や、父、母、弟が描いた絵が飾ってある。家具類もビアトリクスが使っていたものだそうだ。各部屋には絵本が開いて置いてあり、絵本と挿絵のモデルとなった場所を見くらべられるようになっていた。

ここは、訪れた子供たちも楽しめるようになっていて、小鳥の写真をいくつか印刷した紙が置いてあった。実際に鳥を観察して、その名前を書き込みなさい、という趣向だ。

帰りにショップに寄ってみた。ピーター・ラビットだらけである。絵本、カード、ぬいぐるみ、マグカップなどの陶器類、マグネット、キーホルダーなどなど。金属で作ったロビンの置き物があったので、ホテルの庭に朝来ていたロビンを思い出してそれを買った。

ビアトリクス・ポターの人生についてざっとまとめておこう。

ヘレン・ビアトリクス・ポターは一八六六年七月二十八日、ロンドンでポター家の長女として生まれた。ヘレンという名は母と同じだったので、ビアトリクスと呼ばれて育った。

ポター家は祖父の代でキャラコ（平織白木綿）の捺染《なっせん》で成功した裕福な上位中流階級であった。

父は弁護士だったが仕事をすることはなく、絵画や写真を趣味とし、夏には三カ月の避暑、春には二週間の休暇に出かけるなど優雅な生活を送っていた。また土地の名士でもあったので、多くの政治家や文化人と交流があった。

当時の富裕層の子供は乳母《うば》が育て、女の子は自宅で家庭教師から勉強を教わるのが普通で、ビアトリクスも乳母に育てられ、家庭教師に教育を受けた。

スコットランド人の乳母から妖精の話をきいて育つ。五歳の時、弟のバートラムが誕生。六歳で家庭教師フローリー・ハモンドにつき正式な教育が始まる。

九歳の頃から、鳥、蝶《ちょう》、毛虫などの絵を描き始める。兎を擬人化した絵も描いている。

十五歳の時から、自分で考案した暗号で日記を書くようになった。ビアトリクスの死後、その暗号は解読されたが、暗号で書かなければいけないような内容ではなく、普通の日記であった。暗号を使う、ということがロマンチックに思えた、ということなのだろう。

一八八二年、十六歳で初めて湖水地方を訪れる。この年からポター家の避暑先がスコットランドから湖水地方に変わったためだ。そしてこの地でビアトリクスは、一八九五年にナショナル・トラストの創始者の一人となるハードウィック・ローンズリー牧師と出会い強い影響を受ける。

十七歳で二人目の家庭教師アニー・カーターにつく。アニーとは年齢が三歳しか違わなかったこともあり、生涯親しくつき合うことになった。

十九歳の時アニー・カーターは結婚しポター家を去る。

一八九〇年、二十四歳の時、ヒルデスハイマー&フォークナー社にクリスマスカードの絵が採用され、挿絵にもなる。

一八九三年二十七歳の時、アニーの息子に挿絵入り物語の手紙を送ったのが『ピーター・ラビットのおはなし』のもととなる。ビアトリクスはこの処女作を出版しようといくつかの会社にあたったが、どこの出版社からも出版を断られている。

一八九六年三十歳の時、初めてニア・ソーリー村で夏を過ごす。それまでは湖水地方のあちこちへ行っていたのだが、ここで大いに気に入ったニア・ソーリー村に出会ったのだ。

一九〇一年三十五歳の時、『ピーター・ラビットのおはなし』を自費出版し大反響を呼ぶ。

一九〇二年三十六歳の時、『ピーター・ラビットのおはなし』が、フレデリック・ウォーン社から出版され成功をおさめる。それからは年に一〜二冊をコンスタントに出版し、確実にヒット作を生む絵本作家として評価されるようになった。

一九〇五年三十九歳の時、ビアトリクスの本を出版していたフレデリック・ウォーン社の三男のノーマン・ウォーンと婚約するも、一カ月後にノーマンは白血病で急死してしまう。

その年の十一月にヒル・トップ農場を購入するのだが、婚約者を失った悲しみから立ち直ろうとしてのことかもしれない。彼女はその後も次々に湖水地方の農場や土地を購入していく。ただ絵本作者であるだけではなく、農場経営にも力を入れていたのだ。

一九一三年四十七歳の時、弁護士のウィリアム・ヒーリスと結婚した。

一九三二年六十六歳の時、『シスター・アン』をアメリカで出版したのが最後となり、創作活動を終了する。農場の仕事が忙しくなり、一九四三年にはハードウィック種綿羊飼育者協会の初の女性会長に選出されている。そのことをもってしても、牧畜業などにも本気で取り組んでいたことがわかる。

一九四三年十二月二十二日、七十七歳で死去。遺言で四千三百エーカーの土地、十五の農場、多数のコテージをナショナル・トラストに寄付した。ビアトリクスはナショナル・トラストを設立以前から見守り賛同してきたのだ。彼女の遺灰はジマイマの森に散骨された。

成功した人生だったと言ってもいいだろう。今でもピーター・ラビットは世界中で愛されているのだ。

ヒル・トップ農場には兎もいたのだが、その兎が今にも帽子をかぶって二本足で歩きだすような気がした。そういう、なんともメルヘンチックなところだったのである。

3

再びバスに乗りグラスミアを目指す。そこに、イギリスのロマン派の詩人ウィリアム・ワーズワースの住んだダヴ・コテージという家があるのだ。ビアトリクス・ポターより約百年前の有名人を訪ねるのだ。

道幅が狭くて大型バスはすれ違うのに時間がかかる。時にはかなりバックしなければならない。

車窓から外を見ていると、クラシックカーが時々走っている。そして、古そうだがきちんとしたツイードのジャケットなどを着こんだ老夫婦が乗っていることが多い。つまり、趣味でクラシックカーを買った人ではなく、昔からずっとその車に乗っているというわけだろう。その、古いものを長く使うということが、いかにもイギリスに似合いのことだった。

湖水地方に来て少し木の種類が変わってきている。白樺も多い。ナナカマド、シャクナゲ、ライラックなどをよく見かけた。

グラスミア村に到着。メイン通りとして緩い坂道が一本あるだけの、それに沿った細長い村だ。近くに川が流れていた。

まずそこで、道の奥のはずれにあったレストランに入り昼食をとった。

前菜はメロンのジャム添え。メインはローストビーフとヨークシャープディングに、ジャガイモ、ニンジン、ブロッコリーのボイルであった。デザートはチーズケーキ。もちろん一パイントのビールを飲んだ。

イギリスではローストビーフにはヨークシャープディングが付き物みたいで何度も出された。ヨークシャープディングといっても、いわゆるプディングではなく、シュークリームの皮のようにふわふわもちもちしたものだ。ヨークシャープディングは、型に小麦粉と卵、小量の食塩を牛乳と水で溶いて作った生地を流し込み、オーブンで焼いて作る。それをローストビーフと一緒にグレービーソースをつけて食べるのだ。グレービーソースとは、ローストやソテーなどを作った時の肉汁を一旦取り出し、焦げのついた鍋にワインや水、ビール、ストックを加えデグラッセする。そこに軽く炒《いた》めた小麦粉や片栗粉と肉汁を徐々に戻し、滑らかになるようにゆっくりと、しっかり混ぜて作る。

ローストビーフにヨークシャープディング、それにグレービーソースとホースラディッシュの四点は付き物のようになっているのである。この時のチーズケーキはレモンケーキかと思うほど酸っぱかった。

食後は来た道を戻り聖オズワルド教会に行く。教会には墓地のある裏側から入った。この墓地にはウィリアム・ワーズワースとその妻メアリー、妹のドロシー、娘ドラ、息子ジョンの墓があった。写真を撮ったが、偉大な詩人にしては質素な墓だった。教会の横には小さな川が流れていて、川岸にはスレートを積み上げた家が並び、対岸には大きな木々が茂りとても美しかった。少し先にはアーチ型の石橋もあった。教会は灰色のごつい造りの建物で大きな四角い鐘楼がついている。建物の横の切妻屋根の入口から中に入ってみた。中は質素な造りで天井部分は黒い梁がむき出しになっていた。いわゆるプロテスタントの教会という感じが強くした。教会を出てさらに歩いて、駐車場も通り過ぎ旧道の小道に入った所、つまり村の反対側のはずれにダヴ・コテージはあった。そこへ着いた頃はすっかり天気がよくなっていた。イギリスの天気は変わりやすいのだ。

ワーズワースは一七九九年二十九歳の時にこの家を購入し、妹ドロシーとともに移り住んだ。この家はかつて「ザ・ダヴ・アンド・オリーブ」という宿屋兼パブだったそうで、彼はパブだったところを居間として使っていた。当時は二階の彼の書斎の窓からはグラスミア湖が見えたのだそうだが、今は家が建てこんでいて湖は見えない。このダヴ・コテージで代表作となる数々の名作が生み出されたのだ。

彼は一八〇八年までの九年間この家に住んだ。その間の一八〇二年には、幼馴染《おさなな じみ》でありドロシーの親友でもあったメアリー・ハッチンソンと結婚、三人の子供をもうけた。大人三人、子供三人の大所帯となり、さすがに手狭になりライダル・マウントという家に引っ越した。

さて、ダヴ・コテージの内部を見物するのだが、その前に外観を見ると、二階建てで灰色の屋根を持つ白い建物だ。外壁には蔓バラが這《は》っている。

内部に入ると各部屋は狭く、窓が小さくて薄暗い。奥にある食料保存庫の床下には川が流れ室温を低く抑えられるようになっている。しかしその真上の二階部分には子供部屋があって、寒さから守るために壁一面に新聞紙が貼ってあり、ニュースペーパーの部屋といわれている。

二階は階下の部屋よりは明るく、ワーズワースの書斎や寝室がある。この書斎には当時「湖水詩人」と呼ばれたコールリッジやサウジーが集まったのだそうだ。ワーズワースはここで充実した作家生活を送っていたのだ。

二階から裏庭に出るためのドアがあり、それを抜けると傾斜地に家が建っているため二階と同じ高さの庭がある。庭の奥も傾斜地で一段高い所に東屋があった。

ワーズワースはこの家では質素な生活をしていたようで、手作りろうそくを使ったり、庭には菜園や果樹園を作ったりしていたそうだ。それは貧しかったというより、彼の理念である自然に対する畏敬の念のあらわれによるものだと言われている。

現在では裏庭にとりどりの美しい花々が植えられよく手入れされている。

隣にはショップがあり、入場チケット、ワーズワースの資料、土産物などが売られている。でも、ビアトリクス・ポターのヒル・トップ農場のショップのほうが物がよく売れていたような気がする。

そのまた奥にはワーズワース博物館があった。博物館はワーズワース関連の原稿の九〇パーセントを持っているのだそうだ。代表作の『序曲』（全十四巻）の原稿もある。また英国ロマン派の原稿、本、写真、ワーズワースの遺した書物や肖像画や風景画も展示されている。

それらを見物したところで、ワーズワースの生涯を簡単にまとめておこう。

ウィリアム・ワーズワースは一七七〇年、湖水地方のコッカーマスの街で、大地主の顧問弁護士の父ジョンと、織物商の家から嫁いできた母アンとの間に、五人兄弟の次男として生まれた。一歳半下に妹のドロシーが生まれる。裕福な子供時代で生家はジョージ王朝風の大きい家だったそうだ。

しかし、一七七八年八歳で母を失い、翌年からホークスヘッドの学校に行かされる。在学中の一七八三年十三歳で父を失うと、コッカーマスの自宅も売却されてしまう。

伯父の援助で子供たちは育てられるが、離れ離れで暮らすこととなり寂しい少年時代を送ることになった。ワーズワースは後年「うつ」の症状に悩まされることになるが、少年時代の寂しさが原因かと言われているそうだ。

ケンブリッジ大学のセント・ジョーンズ・カレッジを卒業後、学生時代に訪れたことのあるフランスへ行く。そこでアネット・ヴァロンと恋に落ちるが、英仏の関係悪化のため結婚は認められず帰国する。翌年アネットは一人で女児を産んだ。

一七九五年、友人レスリー・カルバートの遺産を年金の形で相続する。それによって職につくことなく詩作に専念できるようになる。

一七九八年にS・T・コールリッジと共著で『抒情《じょじょう》歌謡集』を出版し、大きな反響を呼ぶ。ドロシーとともにドイツを旅行し、自伝詩の大作『序曲』の制作に取り組んだ。しかしその作品は生前に発表されることはなかった。

一七九九年二十九歳の時、コールリッジと湖水地方を旅行した時に見つけたダヴ・コテージに妹ドロシーと移り住む。自然と共存する質素な生活を実践したわけだ。

才能を開花させ、『水仙』『不滅の頌歌《オード》』『マイケル』『虹』など数々の名作を生む。

一八〇二年メアリー・ハッチンソンと結婚。その後三人の子供をもうける（ダヴ・コテージで生まれた子供は三人だが、その後二人生まれて夫妻は合わせて五人の子供を持つ。しかしそのうち二人は早死している）。

手狭になったダヴ・コテージを出て、アランバンク、グラスミアを経て一八一三年四十三歳の時ライダル湖畔のライダル・マウントに落ちつく。

一八二八年、長年彼を支えてきた妹のドロシーが精神を病む。その後二十年間、ドロシーが亡くなるまでワーズワース夫妻は献身的に看病した。

七十三歳の時、ヴィクトリア女王より桂冠《けいかん》詩人の任命を受ける。桂冠詩人とはイギリス王宮に列する詩人で、大変名誉なことで年金もついてくる。

一八五〇年、八十年の生涯を終える。湖水地方の自然に溶け合うように生きた大詩人だと言っていいであろう。

4

ダヴ・コテージの見物を終えて通りに出てみると、グラスミアの村とは反対方向の細い道からリュックを背負った七〜八人のグループが出てきた。年齢はばらばらで日本人も交じっている。ガイドが一人ついていた。これからダヴ・コテージを観光するらしい。

歩いて観光している人たちがいるのだ。調べてみたところ、イギリスにはフットパスというものがあるのだ。フットパスとは英国発祥の、森林や田園地帯、古い街並みなどの昔からある風景の中を歩くことができる小径のことである。パブリック・フットパスともいう歩行者専用の道だ。

湖水地方には「ガイド・ウォーク」というガイドつきウォーキング・ツアーがたくさんあるのだそうで、各所の観光案内所に掲示が出ているのだとか。そして特に人気があるのが、ダヴ・コテージとライダル・マウントを結ぶワーズワースの小径だそうだ。

「この美しい自然の丘や村々を、歩いてまわろうというのがイギリス人なんだよな」

と私は言った。

「そういうのって、急ぎのバス旅行ではふれあえないようなものに出会えそうでちょっとうらやましいわね」

と妻は言ったが、私の顔を見てこう結んだ。「でも、清水さんなら十分歩いて音をあげるわね」

「いや、一時間、頑張れば二時間は歩けるよ」

と答えたのだが、あんまり信用していないような顔をされた。

ワーズワースもよく散策をしている。というか、ほとんどの作品が散策の中で生まれたものだそうだ。一緒に散歩している妹のドロシーや妻のメアリーがそれを書きとめ、自宅に戻って推敲《すいこう》し清書して発表することが多かったそうだ。

さて私たちは、グラスミアの村に戻って、三十分ばかり自由行動ということになった。

と言っても、土産物屋が並んでいるだけで特に見るところもないので、目をつけておいたオープンカフェで昼ビールを飲むことにした。やっぱり私はフットパス歩きをするタイプではないようだ。

パラソルの下の席にすわって待ったがなかなか注文を取りにこないのでちょっとイライラした。ついにはウェイターを手招きして呼びつけ、ビールを頼んだのだが、あとで、間違っていたかな、と反省をした。ここはイギリスのパブなんだから、イギリス式に自分でバーに買いに行かなければいけなかったのだ。

まあ、チップを払ったので文句は言われなかったが。イギリスでは、イギリス人のするようにしろ、というのを注意しよう。

さてそこで、幸せそうによく冷えたビールを飲みながら、私がこう言ったことにしよう。

「イギリスって、誰もが小綺麗《こぎれい》に牧歌的に生活していて、村や町も美しいよね」

すると妻が、

「それって、こういうことじゃないかと思うの」

そう言って、イギリス人の生活の中の美意識についての分析を語ってくれる、というふうに書こうかなと思ったのだが、考えて、やめにした。

そう書くと話の流れはいいのだが、それだと、私の妻はたった一日湖水地方を観光しただけでイギリス人の美意識の成り立ちを分析できてしまったことになり、優れものすぎることになってしまう。

実際には、イギリスを旅行中にはただムードを楽しんでいただけだ。そして、この旅行記を書くにあたり、妻は私の参考になればと、たくさんの資料を集めて読み、大いに勉強した。そこから、いろいろなことがわかってきて、寝る前の酒の時に、私にあれやこれや語ってくれたのである。

そういう妻の、イギリス人の美意識の成立に関する考えを、ここにまとめておこう。

妻の話はちょっと意外なところから始まる。

「一七六〇年代から一八三〇年代にかけて起こったイギリスの産業革命によって、イギリスには中流階級というものができたわけよ」

以下は論説文風にまとめる。

それまでイギリスには、王族、貴族、ジェントルマンといわれる領主たちがいた。ほかに、司法、行政を司る人々、宗教者、軍人、医師、オックスフォードやケンブリッジの教授などがいて、上流階級を構成していた。そういう上流階級と庶民という社会の成り立ちだったのが、産業革命により成功し富を蓄えた中流階級が出現した。中流階級も成功の度合いや職などにより三段階に区別するらしい。

さてそこで、イギリスの中流階級は、フランスの中流階級ブルジョワジー（中産階級ともいう）のようにブルジョワ革命を起こし、貴族の支配や絶対王権を葬り去ることはしなかった。むしろジェントルマンを肯定し、自らもジェントルマンになりたいとあこがれを持ったのだ。

そうなると、ジェントルマンの生活態度、礼儀作法、道徳観、趣味、教養などをまねるようになっていったと想像しておかしくはない。

まずは召使いを雇い、乳母や家庭教師を雇い、子供をパブリック・スクールからオックスフォードやケンブリッジに入れる。はたまた、議員になったり、田舎に所領と館を購入するなどといったことも行われた。

ビアトリクスのポター家の人々がスコットランドや湖水地方に出かけたのと同じように、他の多くの産業革命で成功した人も出かけたであろう。

そういう生活から、暮らし方の流行が出てきたのだ。たとえばよく手入れされたイングリッシュ・ガーデンを作ったり、部屋に風景画を飾ったり、アーツ・アンド・クラフツの家具や壁紙やインテリアを使い、ウェッジウッドなどの趣味の良い食器を使うというようなことが、上流から中流へと広がっていったのではないか。

イギリスの上流階級の趣味の良さ（場合によっては偽善的とも言われるが）を、中流階級の人々が身につけていった結果、イギリスは紳士の国といわれ、とても綺麗な牧草地だらけの風景や、手入れされた家や庭といったロマンチックな景観を手に入れたのではないか。

「もちろんこの話、第二次世界大戦後の今のイギリスと直接結びつくことではないわよ。それより前の時代のこと」

「実際には、産業革命の時代にも大都市の多くの労働者階級は劣悪な環境で暮らしていたんだけどね。ディケンズの小説や、『マイ・フェア・レディ』のイライザの暮らしぶりを見てもそれはわかる。でも、中流階級が出現したせいで、イギリスは小綺麗になったというのは面白い目のつけどころではあるなあ」

そんなことを話し合うのが何より楽しいという変わった夫婦なのである。

ここに紹介した分析がすべて正しいと断言できるまでの自信はないのだが、なかなかいい線を行っているのではないかな、と私は感じたのであった。

実際にはグラスミアの自由時間に、ビールを楽しんでいただけなのであるが。

その後、ホテルに戻り、休憩後に夕食をとった。

前菜はニンジンとズッキーニのスープ。メインはローストチキンで、白いポテト味のソースがかかっている。付け合わせはポテトケーキとニンジン、ブロッコリーのボイルだった。デザートはアイスクリーム。

メルローの赤ワインを飲んだ。ここのバーでは赤ワインを頼むとメルローかカベルネ・ソービニオンかときいてくるだけだった。産地は南アフリカ、オーストラリア、ニュージーランド、チリ、アルゼンチンあたりのものが多い。値段は比較的リーズナブルだった。
食事を終えて部屋に戻り、庭に出てみると湖の向こうの空はきれいな夕焼けだった。

ウィンダミア湖岸

ウィンダミアの街

ヒル・トップのイングリッシュ・ガーデン

ヒル・トップの屋敷

ウィリアム・ワーズワースの墓

聖オズワルド教会

ホテルの庭から見たウィンダミア湖

第七章

ハワースからヨークへ

―― ブロンテ姉妹の家と城壁のある街 ――

ブロンテ博物館

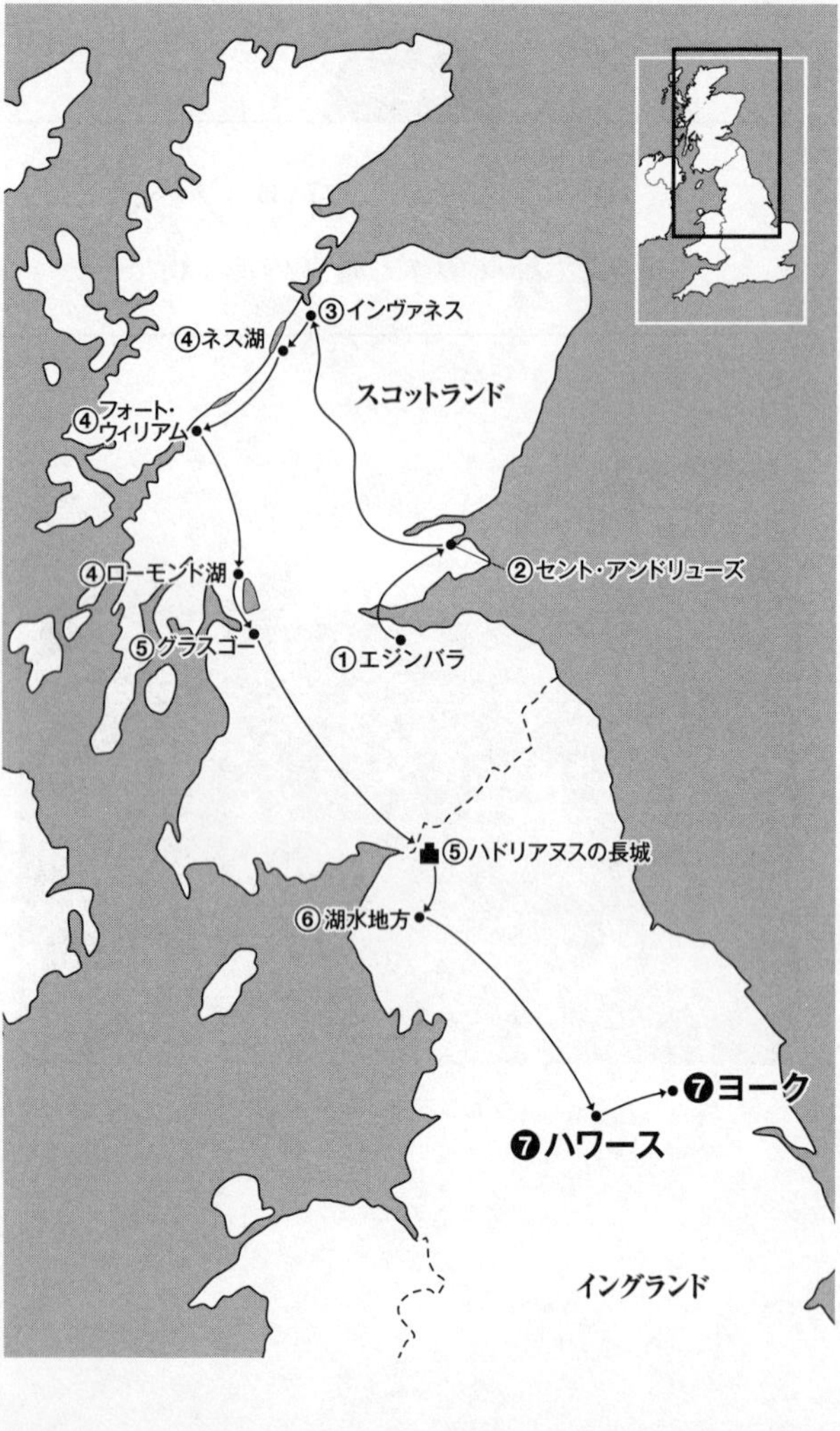

③インヴァネス
④ネス湖
スコットランド
④フォート・ウィリアム
②セント・アンドリューズ
④ローモンド湖
⑤グラスゴー
①エジンバラ
⑤ハドリアヌスの長城
⑥湖水地方
❼ヨーク
❼ハワース
イングランド

1

湖水地方のホテルをあとにして、向かうはハワースである。ハワースまでは約二時間の行程だ。

湖水地方を出ると、なだらかな丘の続く丘陵地帯になり、高い山はない。車窓から見える景色のほとんどが牧草地で、石積みの塀や生垣で区切られており、羊か馬か牛がそれぞれ飼われている。農地がほとんど見当たらない。これまでどこを移動しても農地を見かけなかったので、私たち夫婦は、イギリスの農産物はどこで作っているんだろうね、なんて話しあったりした。

大きな都市の郊外には工場もあるが、行程のほとんどが、美しい牧草地と小さな森と所々にある小さな町や村で、町にはがっしりした石造りの家が整然と並んでいるというイギリスらしい風景である。

ハワースに近づいてきたところで、バスの運転手が道に迷ってしまった。地元の車の運転手にきいてなんとか道はわかったのだが。

実は、バスの運転手についてはこの旅行中アクシデントがあったのだ。エジンバラではピーターさんという運転手で、セント・アンドリューズから最後のロンドンまではスコットランド人で、人当たりがよくスマートなブライアンさんが一人で運転してくれるはずだったのだ。ところが、ブライアンさんの家で何かトラブルがあったとかで、グラスゴーを出る時に運転手は太りぎみのアンディーさんに変わってしまった。このアンディーさんにちょっと問題ありで、きのうはウィンダミア湖で行先を間違えるし、今日はハワースへの道がわからないということになってしまった。

だが、アンディーさんの身になって考えれば、突然ピンチヒッターとして駆り出されたわけで、何の準備もしてないのだからしょうがないとも言える。湖水地方で泊った時、ホテルのバルコニーで長いこと電話をかけていたけれど、その様子はしきりに誰かに謝っているみたいだった。推察するに、突然の出張を奥さんに怒られて謝っているように見えた。ちょっと気の毒な運転手ではあったのである。

ところで、ハワースといえば、『ジェーン・エア』と『嵐が丘』のあのブロンテ姉妹の住んだところである。そういう文学的な名所を私たちはめざしているのだ。

ハワースの村に入る道路が線路を跨《また》いでいて、下に機関車の車庫が見えた。蒸気機関車やディーゼル車が何台も停まっていた。スコットランドでもこの北イングランドでも鉄道線路はよく見かけたが、電化はあまりされていないみたいで、蒸気機関車も現役で動いているのだ。古いものでも長く使うというイギリスらしい考え方なのだろう。

ハワースは北イングランドのほぼ真ん中に位置している。ウエスト・ヨークシャー州にある小さな村だ。このあたりはどこまでもなだらかな丘が広がるヨークシャーらしい風景で、その丘のひとつにハワース村はある。村の中の坂道にある家々の間からは周辺に広がる丘陵が見えた。

バスを降り、雨の中傘をさして、まずはブロンテ博物館に行く。そこはブロンテ一家が住んでいた牧師館だ。一七七八年に建てられたジョージ王朝様式の二階建ての建物である。

入口には鉄製の透かし彫りの表示板が下げられているが、女性が羽ペンを持って書き物をしている様子のシルエットが描かれている。なかなかしゃれた趣向だ。

門から入ると青々とした芝生の庭があり、周囲には様々な花が植えられている。庭のレイアウトはブロンテ家が住んでいた当時のままにされているのだそうだ。

庭先には三姉妹の銅像が置かれていた。ブロンテ姉妹はもともと五人だったが、長女と次女は幼くして亡くなっており、残った三姉妹が小説を残している。上から、シャーロット、エミリー、アンの順である。

建物は灰色の石造りで、きちんと並んだ白い窓枠がすっきりとした印象を与え、きれいに手入れされていて端正な感じだ。しっとりと雨に濡れているせいですがすがしい感じであった。

ここはブロンテ一家が一八二〇年から一八六一年まで住んでいた家だ。内部は一家が住んでいた当時の様子を細部に至るまで細かく再現している。

一階中央に入口があり、向かって右手に父パトリックの書斎がある。左手に食堂兼居間があり、奥にキッチンと物置がある。二階は居間の上がシャーロットの部屋、入口の上がエミリーの部屋、その右側が父パトリックの寝室、ブランウェル（シャーロットの次の男児）の画室などがある。

パトリックの書斎には暖炉があり、立派な本棚や小さい竪型《たてがた》ピアノがある。ピアノは主にエミリーが弾いていたそうだ。

食堂兼居間は姉妹がいろいろなことをして過ごした場所である。アンが好きだったというロッキングチェア、エミリーがその上で亡くなったというソファもあった。

シャーロットの部屋には姉妹の使っていた当時の衣装や身のまわりのものなどが並んでいて、ブロンテ姉妹の生活がしのばれる展示になっている。

エミリーの部屋はかつて子供部屋だった。彼女たちはここでおもちゃの人形を使って物語を作って遊んだ。

ブランウェルの画室には、画家志望だった彼の作品の何点かが置いてある。

建物を拡張した部分は展示室になっていて、ブロンテ家の家族の歴史と題された特別展が常設されている。その他数多くの遺品や遺稿も展示されている。姉妹が子供の頃に作ったという豆本なども置いてあった。

次に、パトリック・ブロンテが牧師をしていた教会に向かうのだが、それは家のすぐ隣にある。普通にはハワース・パリッシュ教会と呼ぶのだが、正式名称は聖ミカエル&オールエンゼルス教会である。今でもこの地域において重要な教会なのだ。

教会は石造りでがっしりしているが、あまり大きなものではない。時計のついた塔と教会部分があるのだが、ブロンテ師の後任者によって、一八七九年に時計塔を除いて取り壊され、一八八一年に再建されたのだそうだ。だから、ブロンテ姉妹が目にしていたのは現在の教会では時計塔だけということになる。塔にある時計は、青い文字盤に金色の針がついているという印象的なものだ。

教会の左手には日曜学校があり、かつてシャーロットが教鞭《きょうべん》をとっていたそうである。

イギリスのプロテスタントの教会によくあるように、正面から横にまわり込んだ所に小さな入口がある形式である。

教会の中では正面にあるステンドグラスがやや目立つが、全体に静かで落ち着いた雰囲気だった。

教会の床にはシャーロット・ブロンテとエミリー・ブロンテの墓標が埋め込まれている。ブロンテ家の人々の墓は、末娘のアン（アンはスカーバラに滞在中に客死したのでそこの聖メアリー教会に葬られた）のものを除いて、この教会の墓地に埋葬されたが、後になって教会の地下納骨堂に移されたのだそうだ。

教会の外に出るとそこは村のメインストリートだ。教会は村の中では高い所にあって、下り坂の坂道が左右にのびている。石畳の坂道は雨に濡れていた。

村は本当に小さく、教会のすぐ近くには、アヘンと酒で身を滅ぼしたブランウェルが入り浸っていたパブ兼宿屋の「ブラック・ブル」がある。彼がアヘンを購入していた薬局もその向かいにあった。父親の勤める教会の目と鼻の先で長男ブランウェルは堕落していったわけで、狭い限られた生活空間だったのだなと思わざるを得ない。

石畳の道を下っていった。石造りの堅牢《けんろう》だが質素でくすんだ建物が建ち並んでいて、どこか中世の雰囲気も漂っている。しかし現在はブロンテ姉妹の活躍した地ということで観光地として有名で、多くの観光客が押し寄せる所である。ブロンテ姉妹の関連商品や土産物を売る店になっているところが多い。

私は、詩についてはセンスがないのでよく味わえなくて、小説は大いに愛好する男なのだ。だから、ワーズワースの家へ行った時にはそんなに感激もしなかったのだが、『嵐が丘』のエミリー・ブロンテの家にはずっと感激していたのである。

ただし、ブロンテ博物館やハワース・パリッシュ教会を見て、村の中を見てまわったりしても、もの足りなさを感じていた。それは、あの『嵐が丘』の荒々しい風が吹きすさび、ヒースの咲き乱れるムーア（荒地）の雰囲気がまるでないことに対してだった。『嵐が丘』を読んでる人はみな同じ思いだとみえ、メンバーの中には、「ヒースの丘はどこに……」なんて言っている人がいた。

実は、教会の裏手から始まるフットパス（歩いて行く道）があり、ハワースの村から南西方向にムーアが広がっていて、『嵐が丘』のモデルとなったトップ・ウィズンズという農家の廃屋につながっているのだそうだ。ヒースの咲き乱れる丘はそのあたりなのかもしれない。でも片道五キロメートルで二時間半の道のりだそうで、とても歩いてはいけなかった。それに、ヒースの花期は八月頃だから、六月のこの旅の時に行っても花は見られないのだったが。

2

ブロンテ三姉妹シャーロット、エミリー、アンが小説を書いた時代はヴィクトリア時代の前半にあたる。産業革命によりイギリス社会が激しく揺れ動き、大きく変貌を遂げた時代である。

商工業で成功したものは中流階級を作り、実利主義、物質主義、俗物的道徳主義が幅をきかせるようになった時代でもある。

女性が置かれていた立場は、参政権運動、結婚の法律の改正、教育や職業の機会を広げるなどの動きもあったものの、相変わらず地位は低く様々な束縛を受けていて、女性の野心や激情は罪悪視される状況だった。

ブロンテ姉妹の父のパトリック・ブランティ（ブロンテは後に改名した姓）はアイルランド人で貧農の長男として生まれた。ケルト族の血を引いていてロマンチックで豊かな想像力、激しい情熱、雄弁さを持っていたようである。

パトリックは読書好きで利発でプライドの高い子供だった。独学で学び、十六歳で教会付属の小学校の教師になり二十二歳まで続けた。その後その教会の牧師の子供の家庭教師になる。彼は熱心であり、牧師の才能があり、学問にも意欲的だった。それが認められ一八〇二年、二十五歳の時、牧師の援助でケンブリッジ大学のセント・ジョンズ・カレッジに入学する。

当時はアイルランドの貧農の息子がケンブリッジ大学に入るなど前例のない驚くべきことだったそうだ。彼は大学の給費生となり、自分より若い金持ちの学生の世話をしながら勉強を続けた。成績は優秀だった。野心家であり、努力家だったのだ。その大学時代に姓をブランティからブロンテに変えている。

一八〇六年、二十九歳で卒業すると北イングランドのヨークシャー州でイギリス国教会の牧師となった。牧師の年収は二百ポンドで決して豊かとは言えないが、ケンブリッジ大学卒業により中流階級の条件を手に入れたことになる。

一八一二年、マリア・ブランウェルというコーンウォールの裕福な商人の娘と結婚した。

文学に素養のあったブロンテ師はいくつかの宗教詩や散文を出版している。それが子供たちにも伝わり文学的素地となっているのだろう。

ハーツヘッドで牧師をしている時、長女のマリアと次女エリザベスが生まれる。そしてソーントンの教会に移り、三女シャーロット、長男ブランウェル、四女エミリー、五女アンが生まれる。

アンが生まれて間もなくの一八二〇年、ハワースで終身牧師となったため、一家はハワースの教会へ引っ越す。当時のハワースはヨークシャー西部の羊毛産業の中心地に隣接していて、ハワースにもいくつかの毛織物工場があった。

ところがハワースに移った翌年、母マリアが癌で亡くなる。立て続けの出産で身体が弱ってしまっていたらしい。マリアが亡くなった時、子供たちは長女マリア八歳、次女エリザベス六歳、三女シャーロット五歳、長男ブランウェル四歳、四女エミリー三歳、五女アン一歳八カ月だった。

子供時代に母を失ったことがブロンテ姉妹の性格と文学に大きな影響を与えたことは

間違いない。終生心の中に不安感を抱え、外の世界に適応しにくくなったのである。

ブロンテ師は独身だったマリアの姉エリザベス・ブランウェルをコーンウォールから呼び寄せ、子供たちの教育を頼んだ。この後エリザベスと二人の召使いが子供たちの面倒を見ることになった。

またブロンテ師は子供たちに村の子供と遊ぶことを禁じた。子供たちを甘やかすまいとする厳格な教育方針のため、家には子供のためのおもちゃも子供向けの本もなかった。そのため、きょうだいだけで遊び、ムーアに出かけ親しんだ。ブロンテ師は健脚でよくムーアを歩いたのだそうだ。それにならい子供たちも六人揃ってムーアに散歩に出かけ、そこで遊んだ。四季折々に表情を変えるムーアの自然は彼女たちの豊かな感性を育んだ。

ブロンテ師の書斎には多くの蔵書があった。子供たちはその大人用の本から豊富な知識とロマンチックな文学趣味を養った。十九世紀のイギリス女性作家の多くが牧師の娘や妻だったそうである。生活は豊かでなくても彼女たちは中流階級に属するインテリだったのだ。

一八二四年、上の四人の娘をランカシャーのカワン・ブリッジにあるクラージー・ドーターズ・スクールに入学させる。ところがこの学校の環境が劣悪で、マリアとエリザベスはチフス熱に感染してしまう。ちなみに、この学校は後にシャーロットが『ジェーン・エア』の中に書いたローウッド女学院のモデルになっている。

一八二五年二月、マリアは自宅に戻り五月に十一歳で亡くなる。エリザベスも五月に戻り六月に亡くなる。十歳だった。驚いたブロンテ師はシャーロットとエミリーを自宅に連れ戻す。

一八二六年、ブロンテ師は所用でリーズに出かけた時、一ダースの木製のおもちゃの兵隊人形をブランウェルのために買ってきた。子供たちはそれぞれ自分のお気に入りの人形に名前をつけ物語を作り、やがてその物語を人形のサイズに合わせた豆本に作るまでになった。空想ごっこ、小説ごっこである。

一八三一年一月、シャーロットはロウ・ヘッド・スクールに入学し、翌年の五月までそこで教育を受ける。二人の友人もできる。

そしてシャーロットは同校に一八三五年七月に教師として赴任する。この時エミリーが生徒として入学したが、ホームシックにかかり十月には退学する。そして入れ替わるように一八三六年一月にアンが入学するが、体調を崩し一八三七年十二月に退学し帰郷する。家を出て学校で学ぶことができないくらいにひ弱な姉妹たちなのだ。

シャーロットは一人で教職の重荷に耐えていたが、とうとう一八三八年末、医者の勧めで退職する。

一方、ブランウェルは一八三五年にロンドンのロイヤル・アカデミーに入るために上京したが、酒に溺れ一週間で帰宅してしまう。

この頃からブロンテ姉妹は文学に大望を持つようになり、ワーズワースやコールリッジに手紙を出したりしている。

しかし一方では現実問題として生活費を稼がねばならず、エミリーは一八三八年九月頃、サザラム村のミス・パッチェット・スクールに音楽教師として赴任している。しかし重労働に耐え切れず六カ月で退職してしまう。

一八三九年にはアンがマーフィールドのインガム夫人の家の住み込み家庭教師になる。次いでシャーロットがストーンギャップのシジウィック家の住み込み家庭教師になる。両家とも彼女たちを女中同然に扱った。当時の家庭教師は子供たちの勉強をみるだけでなく、躾《しつけ》や生活全般の責任を持たされていたのだ。夜は夜で女主人からたくさんの縫い物をさせられた。

しかし当時あまり豊かでない中流家庭の女性たちが、プライドを失わずに自立できる職業はガヴァネス（女家庭教師）だけだった。

一八四二年シャーロットは学校経営に取り組もうとしたが、可能ならば大陸に留学してフランス語に習熟し、箔《はく》をつけたほうがよいと忠告されエミリーとともにベルギーのブリュッセルのエジェ塾に留学する。彼女たちは大きな目的意識を持って勉強に取り組んだ。

ところが、その年の十月、長年姉妹の面倒を見ていた伯母のエリザベスが亡くなり、姉妹は帰国する。この頃ブランウェルは鉄道会社で働いていたが酒に溺れ職務怠慢で解雇される。

翌年一月、今度はシャーロット一人でブリュッセルに戻り、今度はエジェ氏に英会話を教えることになる。シャーロットはこのエジェ氏に恋心を抱くが、彼は妻帯者であったので苦しみしかない恋だった。

一八四四年一月シャーロットは傷心を抱いて帰国する。この恋愛の苦しみは彼女の作品に大きな影響を与えたのだそうだ。

帰国後シャーロットの中で文学への情熱が燃えあがっていった。一八四五年秋、エミリーの詩の原稿を見つけ、三姉妹詩集を計画するのだ。有能なシャーロットは出版社を見つけ、翌年五月に『カラー、エリス、アクトン・ベル詩集』を自費出版した。男性の名前を使ったのは、当時は女性の作家がほとんどいない時代だったからだ。だが、その詩集は二冊しか売れなかった。

次にはシャーロットと妹たちとの小説の競作ということに取り組んだ。書き上げられたのは一八四六年六月二十七日頃だったそうだ。シャーロットは『教授』、エミリーは『嵐が丘』、アンは『アグネス・グレイ』を書いた。

七月四日に三作まとめて出版社に発送し、『嵐が丘』と『アグネス・グレイ』はトマス・コートリー・ニュービー社が出版を引き受けてくれた。だが、シャーロットの作品は引き受け手が見つからず、あちこちの出版社に転送された。そして最後の出版社スミス・アンド・エルダー社が出版は断ったものの、忠告をくれた。もっとドラマチックで長い小説なら見てあげる、と。その時シャーロットは三巻本の『ジェーン・エア』を書き上げていたのだった。

『ジェーン・エア』を気に入った出版社は原稿発送からわずか五十三日で出版してくれた。そしてたちまちベストセラーとなり、文学界の話題をさらった。

そのためあまり出版に意欲的ではなかったニュービー社もあわてて『嵐が丘』と『アグネス・グレイ』を出版してくれたが、こちらはあまり人気を得ることができなかった。

今日では、『嵐が丘』の文学的価値が高く評価され、偉大な傑作とされているのに、出版した時はそのあまりの深刻さから、人気を得ることがなかったのだ。それに対し、『ジェーン・エア』は一大メロドラマで、ベストセラーになったのだ。

だから、エミリーは自分が大成功したことをついに知ることがなかった。姉さんの小説は受けたけど、私のはダメだったな、と思ったまま亡くなったのである。

それにしても、三姉妹は作家になれたのである。ところがその時、ブロンテ家に不幸が襲いかかるのだ。

一八四八年九月二十四日、家庭教師先の夫人と不倫に陥ったりの乱れた生活をしていたブランウェルが、アヘンと酒で身を持ち崩して死ぬ。

そのブランウェルの葬式でエミリーは風邪をひき、こじらせて十二月十九日に死亡。まだ三十歳だった。

アンも肺結核が悪化して、翌年五月二十八日転地先のスカーバラで亡くなった。

この悲劇の中でもシャーロットは作品の執筆を続けていた。いくつか小説を発表し、結婚もしたが、一八五五年に、妊娠中に風邪をこじらせて三十八歳で亡くなった。

すべての子を失った父は、その後も寂しく生き、六年後に八十四歳で死んだ。

ブロンテ家の話は、それだけでも長編小説のようにドラマチックなのである。

3

さて私たちはハワースのメインストリートの坂道を下り、昼食をとるためにレストランへ行った。

メニューはまずズッキーニのスープ。メインディッシュはキドニーパイとポテト、ニンジン、カリフラワーの付け合わせ。キドニーパイは牛の腎臓、牛肉、玉ネギ、マッシュルームを煮込んだものを詰めたパイで、キドニーとは腎臓のことだ。パイはパリッとした感じではなくしっとりしていた。煮込みソースの味はコクがありなかなかよかったが、内臓料理が苦手な私たち夫婦はあまり食べられなかった。

「ハギスといいキドニーパイといい、時々内臓料理が出てきて食べられないよなあ」

と私は不平をこぼした。

「でも、キドニーパイって、イギリスですごく有名な郷土料理なのよね」

と妻は言っていた。

デザートは温かいケーキのクリームとドライフルーツ添えだった。

昼食後はイングランド北部のノース・ヨークシャー州にある都市、ヨークに向かう。多くのガイドブックに引用されている「ヨークの歴史はイングランドの歴史である」という言葉は元ヨーク公だったジョージ六世（エリザベス二世の父）のものである。

イングランド北部で最も美しい街といわれ、ウーズ川とフォス川の合流地点にある。その立地からブリトン人の時代から交易の要所だった。

カール・エブラウクと呼ばれていたその土地に、紀元七一年、北からのピクト人の侵入を防ぐ城塞としてローマ人によって建設された。ローマ時代には属州ブリタニアの首都でエボラクムと呼ばれた。ローマはロンドンからヨークに至るローマ街道（アーミン街道）を建設し、当時の旧市街を囲む城壁も建設した。

一二二年にはハドリアヌス帝がここを訪れ、ハドリアヌスの長城の建設を命じた。おとといわずかに残った跡を見たあの長城である。

三〇六年は、コンスタンティヌス帝が父コンスタンティウス一世の後を継いでこの地で軍隊に推されて皇帝を宣言した。そして大陸に戻りライバルを撃破してローマに凱旋《がいせん》したのだ。

四一〇年にローマがブリタニアを放棄した後は、アングロ・サクソン人、デーン人、ノルマン人と多くの民族の攻防と交流を見てきた街である。

アングロ・サクソン人の時代にはエフォウィックと呼ばれノーサンブリア王国の首都になっている。六二五年にローマの聖職者パウリヌスがこの地を訪れ、王と貴族を全員キリスト教に改宗させた。六二七年にエドウィン王がこの地で洗礼を受けた時、最初の木造教会が建てられたが、それが後のヨーク・ミンスターの始まりだそうだ。

七世紀には早くも大主教座が置かれ、南のカンタベリーと宗教上の首位権を争った。ここの教会は大聖堂（カテドラル）ではなく、大会堂（ミンスター）と呼ばれ区別されている。イングランドの首席主教であるヨーク大主教の座所として宗教上の一大中心地である。

八世紀には西方キリスト教世界の学問と文化の中心地として、その名を全ヨーロッパに知られていた。カール大帝の宮廷で学問を講じたアルクィンもヨークの出身である。

また当時の大司教によりミンスター付属の学校が建てられ、多くの学生がこの地に集まった。

ヨークという名前は、九世紀にこの地を制圧したヴァイキング（デーン人）によってヨルヴィークと名づけられたのが元になっている。デーン人はここを首都にして、略奪の習慣を改め、街は商業の重要な拠点となった。

ノルマン征服以降の十二世紀後半にはヘンリー二世から特許状を受け自治都市となった。十四世紀には市庁が置かれて州と同格の地位を得て、北部の行政の中心地となる。この頃にヨーク・ミンスターの建設も始まり街は繁栄した。

宗教改革の時代にはヘンリー八世のもと、修道院が解散させられ、反徒の攻撃を受けて一時衰退したが、北部の統治を進めるために国民評議会をこの地に置いたので、次のエリザベス一世の時代には復興した。

ピューリタン革命時は、熱烈な王党派だったヨークにチャールズ一世の宮廷が移った。しかし、一六四四年議会派軍に敗北してしまった。ただし議会派の指揮官がこの地の出身者だったので街も大会堂も破壊をまぬがれた。

一六八八年の名誉革命の頃のヨークの人口は約一万人ほどだった。

中世後期から近代初めにかけて、良質の羊毛加工をするヨークシャー地方の毛織物産業の発達により市場として繁栄した。

産業革命が始まり、イングランド北部にいくつもの工業都市が興隆すると、ヨークの商工業は衰退していった。ヨークシャーの政治と経済の中心地はリーズに移ってしまった。

一八三九年ヨークに、ジョージ・ハドソンにより鉄道が敷かれることとなった。そういうわけで陸運交通の要所で、農畜産物の集散地、また観光地として栄えている。海外からの観光客よりイギリス国内からの観光客が多いそうだ。

ヨークの街はイギリスの中でも治安のよい街で、夜でも安心して歩けるのだそうだ。ヨークの住民の多くは中流以上の白人系イギリス人で、年齢層も他の都市にくらべて高いそうで、ゆったりと落ち着いた雰囲気がある。

雨の中、私たち夫婦は雨合羽《あまがっぱ》の姿になって静かな街をのんびりと歩いた。ヨークといえばその名前から、ヨークシャー地方の中心地と勝手に思っていたのだが、むしろ近代工業化に乗り遅れたことにより、古都の面影を強く残す古くておっとりした街だったのだ。妻がしみじみと、

「イギリスの小京都ってところかな」

と言った。

ヨークにはイギリス国立鉄道博物館があり古い機関車から新しい電車までズラリと展示していて、鉄道関係の博物館としては世界最大級なのだそうだ。日本の新幹線（0系）もおさめられているのだとか。

4

さて、雨の中を歩いてヨークの観光をしてみた。

まず、大型バス用の駐車場から歩き、ブーサム・バー（北門）という門からヨークの城壁内に入る。このブーサム・バーはローマ時代にあった門の跡地に建っているのだ。バーとは門のことで、ヨークの城壁には四つの主要な門があり保存状態がよいそうだ。

ヨーク・ミンスターへ行く。もともとこの場所にはローマ時代のバシリカ（集会場）があり、七世紀には同じ場所にノーサンブリア王国のエドウィン王が木造の教会を建てたのだ。ノルマン王朝時代の一一七〇年には石造りでロマネスク様式の教会が建て始められてもいる。

現在の教会は一二二〇年から二百五十年以上の歳月をかけて一四七二年に完成したものである。アルプスの北側では最大のゴシック建築だとガイドは説明した。

イングランド最大のゴシック建築であることは事実で、東西の長さは百六十メートル、南北は七十六メートル、正面の二つの塔の高さは五十六メートル、中央の明り取りの塔の高さは七十一メートルである。薄茶色の堂々たる建造物である。

長期にわたって建設されたため随所に様々な時代の様式が見られるらしい。地下にはローマ時代の基礎や、エドウィン王の教会の基礎、ノルマン時代の基礎や地下室部分、柱などが残っている。また、ゴシック建築が変遷したその各段階をすべて見ることができるのだそうだ。

ヨーク・ミンスターは全イングランドの首座主教座のあるカンタベリー大聖堂に次ぐ二番目の地位を持つ。

内部はかなり広く天井が高い。内部は縦の線が強調されていて、より天井が高く感じられる。天井の装飾も美しかった。歴代の王の彫像が並ぶ聖歌隊席も見事だし、五千三百本のパイプのあるオルガンも繊細で豪華な作りだった。

そして、ステンドグラスが大変美しい。残念ながら修復中だった東の大窓のステンドグラスは世界最大級のもので、天地創造と世界の終りをモチーフにしている。大きさはテニスコートほどのサイズがあるそうだ。

南翼廊のバラ窓はバラ戦争の終結を記念して作られたもので、チューダー朝の赤と白のバラがモチーフだ。北翼廊の五つの細長い窓には、繊細で美しい五人姉妹の窓と呼ばれるステンドグラスがある。

北翼廊の右奥にチャプター・ハウス（聖職者たちの会議室だそうだ）という八角形の美しい部屋がある。ぐるりとステンドグラスで取り巻かれていて、柱には動物や悪魔などの面白い彫刻がほどこされている。床のタイルもとてもきれいだった。

ところが、十字架は木で造られたとても質素なもので、キリスト像などはない。ただ白い布が意味ありげにかけられていたが、これ以上シンプルな十字架はない、という印象。それはやはりプロテスタントだからなのだろうか。首が痛くなるほど上をあおぎ見て見物する教会であった。

ヨーク・ミンスターを出て、旧市街のシャンブルズというヨークの中心地域にある路地へ行った。もちろんそこも城壁の中で、中世の街並みが残る趣のあるところだった。『ハリー・ポッター』のダイアゴン横丁のようだとガイドは説明した。

細い石畳の道が曲がりくねって続いている。雨がかなり激しいので狭い通りは傘の波だ。観光客が多い。

道の両側の建物はチューダー様式の木骨造りで、一階より二階、二階より三階が張り出した作りになっていて、上の方では隣家とくっつきそうになっていて空が狭い。

ここは百年前には肉屋街で三十一軒の肉屋が並んでいて、張り出した部分には肉をぶら下げていたんだ、という説がある。もうひとつの説は建物の建っている土地の面積で税金がかけられ、延床面積は考慮されなかったから一階が小さい、ということだ。

通りの名前は、食肉処理場や肉屋で肉を並べる台を意味するアングロ・サクソン語のシャメルからきているそうだ。一軒だけ肉を並べる台だというものが残っている店があった。

現在は、土産物屋、美術品や工芸品の店、靴屋、服屋、雑貨店など様々な店が並んでいる。

通りを抜けると左側に小さな教会があり、T字路の正面には木骨造りの家があった。その家は床が歪んでしまっていた。

この街ではどこを歩いていてもヨーク・ミンスターが見える。正面でなくてもちょっと振り返ったり、脇道をのぞいたりすれば必ずと言っていいほどそこにヨーク・ミンスターがあるのだ。

ペトロ・ゲートを通り、ブーサム・バーへ戻る。この街ではバーが門の意味で、ゲートは通りという意味なのだ。

ブーサム・バーから城壁に登った。城壁は古くはローマ時代にヨーク・ミンスターのあたりを中心に二キロメートルほど作られた。その後次々にやってきた支配者たちに取り壊され、再建され、拡張されたのだ。現在の城壁は十二〜十四世紀頃に補強、修復されたもので、その時代に城門や見張り台の塔などがつけ加えられた。

城壁の高さは四・五から六メートル、長さは約四・五キロメートルある。旧市街のほぼ全域を取り囲んでいて、途中で三カ所ほど途切れているが、登って一周することができる。

城壁の上をのんびりと歩いた。どこからも様々な角度の美しいヨーク・ミンスターが見える。私たちが歩いたブーサム・バーからモンク・バーの間は城壁内部に聖職者の家が多く、美しい緑の庭を持った瀟洒《しょうしゃ》な住宅が並んでいた。城壁の外側はレンガ造りの家の並ぶ住宅街だった。

私と妻は雨合羽を着て機嫌よく歩いていた。その雨合羽は、ブルガリアを旅行した時に、同行メンバーの八十代の爺《じい》さんが着ていたもので、あれは便利そうだな、と思い、探して買い求めたものだった。ゆったりとかぶる形式のもので、ショルダーバッグを肩にかけた上に着られるのだ。腹のところに大きなポケットがあり、カメラを入れておける。その上、その合羽は脱いだ時、バサバサと振るだけで水が切れてほとんど乾いてしまうのだ。

雨の多いイギリスでもこれがあれば大丈夫だろうと持ってきたら、まさしくその通りだったので二人ともいい気分だったのである。

モンク・バーまで来た。それは最も保存状態がよく、凝った装飾がほどこされている門で、階上に小さなリチャード三世博物館がある。また、狭い牢獄や落とし格子も残されているのだった。

城壁歩きを終え、モンク・バーの近くのレストランで夕食をとった。

前菜はメロンのジャム添え。メインはローストビーフとヨークシャープディングにポテト、ニンジン、カリフラワーの付け合わせ。デザートはレモンケーキだった。

二度目のローストビーフとヨークシャープディングの取り合わせだったが、ここで食べたもののほうがおいしかった。

しかし、どうも食事が変わりばえしない。この前日の昼食がローストビーフで、夕食はローストチキンだったのだ。北イングランドでは肉のローストしか料理がないのか、と言いたくなるではないか。まさか、そんなことはないだろうと思うのだが。

夕食後、街の中心から五分ほどのホテルに入って、この日の観光は終了したのであった。

ハワース・パリッシュ教会

ブロンテ姉妹の墓標

パブ兼宿屋の「ブラック・ブル」

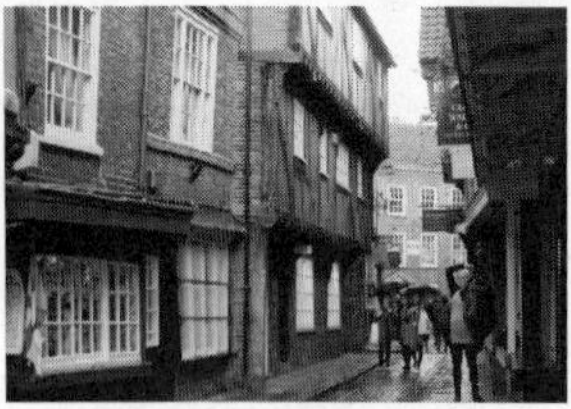

シャンブルズ

ヨークの城壁

ヨーク・ミンスター

ヨーク・ミンスター内部

第八章

チェスターとストラトフォード・アポン・エイヴォン

―― ハーフティンバー様式を見て、シェイクスピアの街へ ――

ザ・クロスにいたタウン・クライヤー

③インヴァネス
④ネス湖
スコットランド
④フォート・ウィリアム
④ローモンド湖
②セント・アンドリューズ
⑤グラスゴー
①エジンバラ
⑤ハドリアヌスの長城
⑥湖水地方
⑦ヨーク
⑦ハワース
❽チェスター
イングランド
ウェールズ
❽ストラトフォード・アポン・エイヴォン

1

旅の九日目は、ヨークにあるホテルを出発してチェスターに向かった。ヨークからチェスターまでは南西へ約二時間半の行程である。

この地方には、リーズ、マンチェスター、リヴァプールなどの工業都市があるので、道路の沿線には時々大きな工場が見られる。スコットランドや北イングランドが牧草地ばかりだったのとはちょっと違う印象だ。

チェスターはディー川の河口近くにあり、ウェールズとの境界にあるので、ウェールズへの北の玄関口の街とも呼ばれている。

ここはイギリス国内で最も保存状態のいい城郭都市のひとつだ。旧市街が城壁に囲まれていて、木骨造りの古い建物が数多く残っている。規模は大きくないが古都の味わいを持つ雰囲気のいい街である。

資料を調べてわかったことだが、イギリスにはチェスターのほかにも、○○チェスターという名前の街が多いが、チェスターの語源は「カストラ」で、陣地や砦を指すラテン語だそうだ。

この街の歴史は大変古く、ローマ時代に遡る。紀元四三年頃ブリテン島へのローマ軍の本格的な進攻が始まると、古くから住んでいたケルト人は辺境へと追いやられていった。イングランドの西に隣接するウェールズ地方もそのひとつだった。ちなみに、ウェールズというのはサクソン語で、よそ者、という意味だそうだ。ローマはウェールズのケルト人を制圧するため、ウェールズとの国境のこの地に七五年頃に「ディーヴァ」という要塞を築いたが、それがこの街の始まりである。その要塞はローマがウェールズを閉じこめるための防衛の城でもあった。ローマは街を城壁で囲み守りを固めた。ディー川の河口に面していたのも軍事拠点として着目された理由である。

城壁は最初盛り土と木柵で作られたが、街の近辺で砂岩が採れたので、一〇〇年頃には石の城壁となっていった。城壁内はローマの街として整備され、碁盤の目のように道路が敷かれ、運河が作られ、住宅や円形劇場も作られた。ローマが撤退した後の五～六世紀には、チェスターにアングロ・サクソン人が侵入、移住してきた。彼らはヴァイキング（デーン人）の侵入を防ぐため城壁を拡張していった。

十世紀にはヴァイキングの侵略を受けたが、ウェセックス（チェスターを含むイングランド内の国）のアルフレッド大王の娘エセルフリーダが撃退に成功したのだそうだ。

その時、街の城壁もさらに強固なものに改築された。

エセルフリーダはマーシアの貴婦人と呼ばれた、女ながら当時一級の武将で、軍を率い、城塞網を構築してデーン人の侵略に対抗した人物だそうである。

十一世紀にはイングランド全土を支配したノルマン人が移住してくる。一一二〇年頃にはノルマン人により城壁はさらに拡張され、街の四方を完全に囲むようになったのだ。

ウェールズ攻略に繰り出すイングランド軍は、いつもチェスターのブリッジゲートと呼ばれる城壁の南門から出陣した。そこのオールド・ディー橋がウェールズへの唯一の渡河地点となっていたためだ。しかし、ウェールズは頑強に抵抗を続け、屈服しなかったのである。

その後チェスターはディー川の水運を利用した通商都市として繁栄していった。チューダー朝からヴィクトリア朝までの間に、黒い梁と白漆喰壁の家々が建てられて、整然とまとまりのある美しい商業の街としての景観が作られていったのである。

ピューリタン革命時の一六四五年、王党派の都市であったチェスターに国王チャールズ一世が逃げ込んできたため、クロムウェル軍が追いつめ、街を包囲した。十八カ月に及ぶクロムウェル軍の攻撃を受け城壁は大きな損傷を受けたが、ほどなくして元通りに修復された。

その後、チェスターは大きな問題を抱えることになる。ディー川の上流から流れてくる土砂が堆積し港を埋め始めてしまったのだ。大型船の出入りができなくなると港としての機能が衰えてくるわけで、通商都市としては致命的なことだった。

代わって、少し北にあるリヴァプールが新たな港湾都市になっていく。リヴァプールは奴隷貿易で多くの利益をあげ、さらに産業革命で飛躍的な発展を遂げ繁栄していくこととなる。

ところがチェスターは近代の発展からは取り残された。だがそれが城壁や美しい街並みを残す結果につながったのだ。このこと、きのう観光したヨークと事情がよく似ている。ヨークは産業革命に乗り遅れ、第一の都市の座をリーズに奪われたために、古都の面影を残す古くて美しい街となったのだが、チェスターもほぼ同様の事情により古都の味わいを保ったのだ。産業革命時には、工業化されたリヴァプールやマンチェスターから富裕層がチェスターに移り住むようになった。

その後、鉄道網が発達するとチェスターに新しい時代が訪れる。観光地としての価値が付け加わったのだ。今日のチェスターは美しい街並みとローマ時代の遺跡が共存する街として観光客で大変賑わっている。

さて、そういうチェスターを観光してみよう。バスの駐車場を出て歩いて街に入る。赤っぽい砂岩でできた立派なタウンホール（市役所）の前に出た。タウンホールの脇を通る道は、かつてのローマ街道だそうだ。その道はまっすぐにのびていた。

タウンホールの前には、ほど近くのチェスター動物園開園七十周年を記念した子象の銅像があった。

すぐ近くのチェスター大聖堂へ行く。この大聖堂は、サクソン時代の十世紀に、ヴァイキングを撃退したと語ったアルフレッド大王の娘エセルフリーダが、夫でマーシアの大守エゼルレッドの建てた聖ペテロ・聖パウロ教会に、聖ワーバラの聖遺物を祀《まつ》り聖ワーバラ教会と改めたのが基になっている。

ノルマン人ウィリアム王の征服後の一〇九二年に、第二代チェスター伯ヒュー・ルパスがベネディクト派の修道院に変え、新しい聖堂建設を始めた。その後数回の改築を経て、一二五〇年頃現在の姿になったといわれている。

一五四〇年にヘンリー八世の宗教改革により修道院が廃止され、翌一五四一年に大聖堂として復活した。

十九世紀のヴィクトリア時代に大がかりな改装が行われたが、十二世紀の歩廊や、周囲の建物には修道院時代の構造が残っているのだそうだ。ノルマン様式やゴシック様式などさまざまな建築様式が混在した建物になっている。

すっかり黒ずんでしまっているが、赤砂岩で造られたかなり大きい規模の教会である。堂内に入ると身廊の広い空間が現れる。派手ではないが荘厳で立派な造りで、ステンドグラスも美しい。

コンサートなども行われるようで、椅子が並べられ、グランドピアノが置かれ、ちょうど調律師が調律をしていて、そのピアノの音が響きわたっていた。

「教会でピアノの音を聞くのは珍しいわね」

と妻が言う。

「教会は普通パイプオルガンだからな」

「それもあそこにあるわよ」

と妻は指さした。大きなパイプオルガンが確かにあった。

なかなかの大聖堂であることは認めよう、と私はひとりうなずいていた。

2

大聖堂を出てちょっと歩き、ノースゲートから城壁の上に登り、城壁の上を歩くことになった。チェスターの中心街をぐるりと取り巻く城壁は全長三キロメートルあり、幅は人が悠々すれ違えるほどある。一二〇〇年頃に現在の姿になったのだそうだ。きのうのヨークに続いての城壁歩きだ。ちょっと高い所から街を見下ろすことになり気分がいい。

大聖堂が近づいてくるが、木々が茂っていてなかなかいい写真が撮れない。しかし木から木へ飛び移るリスの姿は見ることができた。

やがてイーストゲートが近づいてくる。ゲートの上の目立つ所にイーストゲート・クロックという時計が据えつけられている。この時計は一八九七年、ヴィクトリア女王即位六十周年を記念して取りつけられたものだそうだ。イギリスではビッグ・ベン（ロンドンのエリザベス・タワーにある）に次いで有名な時計なのだそうだ。

赤地に白の文字盤があり、緑の屋根のついた時計はちょっと派手でよく目立ち、チェスターのシンボルと言われている。

このあたりは城壁の上から美しい街並みと賑わいの様子がよく見えるところだ。ゲートの両側に続く道は商店街で、木骨造りの建物とレンガ造りの建物が混在している。高い所から見る街並みはおもちゃの街を見るようで面白い。

さらに進むと今度は両側に家が迫ってくる。お店になっている所も多い。

そしてしばらく行くと、左手にローマ時代の円形劇場跡が見えてくる。そこの近くのニューゲートで城壁から降りた。このゲートは二つに分かれていて、昔の古い小さなゲートと新しく作った車用のゲートがあった。

円形劇場は石で作られた観客席も一部残っているが、ほとんどは芝で覆われていた。

そしてそこでは、ローマ兵の服装をした男性が、グレーのポンチョを着て黄色い楯《たて》を持った二十人ぐらいの小学生に何かを教えていた。思うに、ボランティアの大学生あたりが、小学生にローマ兵の格好をさせ、体験歴史授業をしていたのであろう。ローマ時代からの都市チェスターならではのことなのだ。保護者も何人か見守っていた。

劇場を出て少し行くと今度は公園がある。ここはローマン・ガーデンズと呼ばれていて、チェスターで発掘されたローマ時代の柱、床暖房装置、モザイク画などが並べられた野外展示場だ。

公園を抜けるとディー川のほとりに出る。川幅はそんなに広くはない。遊覧船や遊具のボートが何隻も停泊している。

左手を見ると一八三二年までウェールズに向かう唯一の橋だったオールド・ディー橋がある。橋の向こうの緩やかな丘陵地帯はウェールズというわけだ。もともとは木製の橋だったが洪水のたびに流されるので十四世紀に石橋に作りかえられたのだ。アーチ型の橋桁を持つきれいな橋だ。川の中ではカワウが遊んでいた。

さてここからは街中に戻る。レンガ造りの家もあるが、目立っているのは木骨造りの家だ。この建築様式はハーフティンバー様式といって、チューダー朝の頃から作られるようになったものだ。チューダー様式の建物を石でなく木材で作ってみようという感じのものらしい。地方貴族が台頭してきた時代で、お殿様の石造りのお城を木で真似《まね》して作るという意味で作られたというものなのだ。

建物は柱や梁、筋違《すじか》いなどの木造部分を外壁にむき出しにし、その間をスタッコという化粧漆喰で埋めた壁を持つ。ハーフティンバーの語源は、木材の部分と壁の部分が半々になるからという説や、半割の木材を外面に見せるからという説などがあるそうだ。

三角屋根を持つ家の形は似ているが、その外壁に見られる柱や梁は筋違いなどの真っ黒な部分が一軒一軒とても個性的で面白い。木部の黒と化粧漆喰の白のコントラストがとてもきれいだ。素材感を生かした素朴で懐かしい感じのする建物群である。

現在でもこのハーフティンバー様式は好まれていて、この様式で家を建てる人たちもいるらしい。チェスターのチューダー朝時代のハーフティンバー様式の建物のほとんどはヴィクトリア時代に再建されたものだそうだ。

さて、家々を見ながら道を歩いて、中心街のザ・ロウズにやってきた。

ストリートに面した建物は隙間なく並んでいて、一階は少し階段を下りる半地下のようになっている。これは十三世紀に作られた当時の姿のままで、かつて一階は倉庫として使われていたのだ。

階段を上ると二階部分は道路に沿って複数の建物をつなぐアーケードがのびている。店の入口はそのアーケードに面しているのだ。つまり道路の脇の二階にもストリートがあるという二重構造になっている。ほとんどの建物が四～五階建てなので、その二階のストリートには屋根があり雨の日でも濡れずに買い物ができるというわけだ。

「建物の二階に人の歩く道があるのって面白いね」

と言っていると、ガイドがアーケードの端の平台を指さして、「ここに下から吊り上げた荷物を置いたんですよ」と教えてくれた。

ロウズの成り立ちはよくわかってはいないが、昔ここにはローマの街があったわけで、その瓦礫《がれき》の上に中世の商人たちが家を建て、もっと後から来た人々はその土台の上に家を建てた結果、今日のような姿になったのではないかと考えられる。

並んでいる店は様々で、もちろん土産物屋は多いが、ファッション店、貴金属店、銀製品の店、アンティーク屋、雑貨店、玩具屋、携帯電話の店、レストラン、カフェなどなんでもそろっている。

ロウズの中心の四つ辻《よつつじ》はザ・クロスという。目印の塔が建っているが、現在の塔は一九七五年に再建されたものだ。そこから東西南北にロウズがのびているのだ。

クロスにはクラシックな服装で大声で何かを告知している人がいて、観光客が取り巻いて見物していた。巻き物を広げて見せながら面白おかしく口上をのべている。

これは観光用のパフォーマンスで、正午にヴィクトリア時代の衣装に身を包んだ、タウン・クライヤーという触れ役の男性の大きな声が響きわたるのだ。今日の出来事や予定を伝えるわけで、当時は新聞の代わりにそんな触れ役が情報を伝えたのだろう。なかなかの熱演をするので、つい写真をいっぱい撮ってしまった。

さてそれでチェスターの観光は終わり、近くのレストランへ昼食に行った。

この時のメニューは、まずトマトスープオレガノ風味。メインはソーセージとマッシュポテトにフルーツジャムとブラウンソースを添えたもの。デザートはリンゴのクランブルという、クッキーを砕いたものをリンゴにのせたお菓子だった。

この日のランチは比較的軽くて、食べやすかった。

3

午後は、ストラトフォード・アポン・エイヴォンまでバスで移動する。三時間とちょっとの道のりだ。

バスの中にはその地方のガイドが同乗しているのだが、ガイドの中にはその国の情報のあれこれを教えてくれる人がいる。この時のガイドがそれで、イギリスの国情の話をしてくれた。

それによれば、イギリス人の平均月収は三十六万八千円で、税金などいろいろを引かれて手取りは二十七万円ぐらいだそうだ。中流の人はだいたい同じくらいだという。

イギリスでは貧富の差が大きい。

中流以上の人（金融関係が多い）しか行けない店がロンドンに増えていて物価を上昇させている。そう言ったガイドの口調は恨みがましかった。

イングランドでは畑はヨーク周辺にあって、麦やジャガイモを作っている。後で地図を見てみたら、イングランドは東南に平地が多いことがわかった。

イギリスには階級社会が残っている。階級によって使う言葉が違っているので、言葉でわかってしまう。これは、私たちもなんとなく感じ取っていたことだった。高貴な家柄、中流階級、下流と、くっきりわかれている感じがするのだ。

アッパーミドルは大型犬を二、三匹つれて週末には別荘に行くという感じだそうだ。

夫は会社員で部長クラス以上。妻は子供の送り迎えをする。

子供の送り迎えはするという国が多い。同じことをイスラムの国々でもきいたものだ。映画などを見ていると、アメリカでもそのようである。治安の問題なのであろう。子供だけで登下校している日本のほうが珍しい国なのかもしれない。

乗っている車によってもその人のタイプがわかる。レンジ・ローバーはハイソな人のオフロード用。ロールス・ロイス、ベントレー、アストン・マーチンに乗る人は貴族か成金。ジャガーやフォードは成功者の車。ベンツは、イギリス人はドイツが嫌いなのだが、この車は好き。ＢＭＷはややお金のある若い人が乗る軽薄な印象の車。ローバーの六〇〇シリーズは部長クラスで、首相の送り迎えにも使われる。大衆車はメトロ。

この話はガイドが少し冗談ぽく言っているわけであろう。でもなかなか面白い話ではある。

マンチェスターやリヴァプールには工場が多い。火力発電所もある。

ストラトとはストリートの古い形。フォードは川を徒歩で渡れる地点のこと。ストラトフォードやオックスフォードなど。

マーケットは週市のことで、一週間に一回市が開かれる。

フェアは一年一回の楽しみで、周辺からも人々が大勢やってくる。家畜と羊毛の取引きが中心である。

と、ここまで話してくれたところで、ストラトフォード・アポン・エイヴォンのホテルに到着した。住宅街の中にあり、前庭が広く、大きな木が何本もあり、木陰にテーブルと椅子が出してある、二階建ての瀟洒なホテルだった。

ところで、このホテルに着いたところでバスの運転手のアンディーさんのお役目が終了した。家にトラブル（何だったのかは不明）があって代わってもらっていたブライアンさんが翌日からカムバックするのだ。急なピンチヒッターご苦労さん、とみんなで拍手した。

この日はホテルのレストランで夕食をとった。前菜はイギリスには珍しくカプレーゼ（トマトとモッツァレラチーズ）だった。メインはボイルしたサーモンにホワイトソースがかかっていて、ポロネギとポテトを添えた料理。塩をふって食べればまあおいしい。デザートは焼きメレンゲに生クリームとベリーのソースがかかっていた。この日はフランスの赤ワインを飲んだ。

ストラトフォード・アポン・エイヴォンとはエイヴォン川の上のストラトフォードという意味で、シェイクスピアの生まれ育ったところである。だから、翌日、旅の十日目は朝から観光したのだが、とにかくこの街はシェイクスピア一色で観光スポットもそればかりだ。

ワーズワース、ブロンテ姉妹と、文学にゆかりの地方を見てきて、ついにシェイクスピアにたどり着いたのだ。そうそう、スコットランドでは『マクベス』の舞台となったコーダー城も見たではないか（マクベスの時代より三百年後に建てられた城だったが）。

シェイクスピアには、私も胸躍らせてしまうというものだ。イタリアのヴェローナには『ロミオとジュリエット』のジュリエットの家と称するものがあって、大変賑わっていたではないか。その作者のシェイクスピアの出身地へ来たのだから感激である。スペインのラ・マンチャ地方の丘の上の風車を見て、ドン・キホーテに思いをはせるのと同じくらいに価値あることである。

ドン・キホーテといえば、その作者のセルバンテスはシェイクスピアと同時代人で、亡くなったのが同じ日だという説もある（暦が違っていて別の日らしい、という説もあるのだが)。セルバンテスにひけを取るものではないシェイクスピアの地に来たのかと、心躍る私であった。

まずは、ホーリー・トリニティ教会へ行った。ここはウィリアム・シェイクスピアが洗礼を受け、そして埋葬された教会だ。

エイヴォン川に沿ったこの地に最初の教会が建てられたのは八四五年。その跡地に一二一〇年から一五二〇年の間に現在の教会が建てられた。細かく見ていくと、一二一〇年には翼廊、一二八〇年〜一三三〇年には身廊と塔が建設され、一四八〇年から四十年かけて今の姿になったのだ。

中にはシェイクスピアが洗礼を受けた洗礼台も残っている。身廊の奥の内陣の中にある中央祭壇の近くにシェイクスピアと家族の墓がある。壁にはシェイクスピアの像も飾られている。

教会に入るのは無料だが、シェイクスピアの墓のある部分は有料だった。

次はシェイクスピアの生家に行く。手前の交差点には『夏の夜の夢』のパックの銅像があった。

中に入ると一階は家事室、食堂、厨房、父親ジョンの工房と店がある。二階に上がると元寝室だった部屋が展示室になっていて、ここを訪れた有名人のサインがたくさんあった。シェイクスピアが生まれた部屋もあり、ゆりかごや子供用の服が展示されている。

各部屋に展示されている家具、調度品はシェイクスピア家が使っていたものではなく、当時の同じ階級の人々が使っていたものを収集して再現してあるのだそうだ。父親ジョンの職業は革手袋職人だったので、工房には当時の手袋の制作工程や完成品も置かれていた。

庭は木や花が植えられ、実際に庭師が入って手入れをしていた。ウィリアム・シェイクスピアがここに生まれ育ったんだなあと、息をひそめるように見物した私だった。

4

次は、バスに乗りシェイクスピアの妻になったアン・ハサウェイの生家へ行く。街の中心からは少し離れて、田舎びた風景の中を進んでいく。すると、所々に茅葺《かやぶ》き屋根の家があってとても雰囲気がいい。バスの車窓からそういう家の写真を撮ろうとするのだが、バスがくねくね進んだりするので、うまく写真が撮れなかった。心残りであった。

ところが、いよいよアン・ハサウェイの生家へ着いてみたら、その家が見事な茅葺き屋根の家だったのである。あわてることはなかったんだ、と少しおかしかった。

ここはアンが一五八二年に結婚するまで住んでいた家である。広くて木や花がいっぱい茂った庭に囲まれて、茅葺き屋根を持つハーフティンバー様式の大きな家がある。豪農の娘だった、というのがうなずける。様々な植物が植えられた庭から、柔らかくカーブを描いた灰色の茅葺き屋根と三本の煙突を持った家を眺めると、牧歌的で郷愁を誘う古きイングランドのイメージに心が和む。現在も現役の農家として機能しているのだそうだ。

家の中に入るとまずホールがある。陶器のコレクションが壁を飾り、暖炉には鍋ややかんがかけられ、長椅子が置かれ、窓辺には花が飾られている。この家の家具、調度品はハサウェイ家が実際に使っていたものが展示してあるのだそうだ。

階段を上って二階に進むといくつかの寝室があり、ベッドには炭を入れてベッドを温める道具や、当時男性がはいていたタイツが置かれていたりした。

階段を下りると厨房《ちゅうぼう》にはパン焼きオーブン、家事室にはたらいや水桶《みずおけ》が置いてあった。

それにしても、雰囲気はあるのだが、シェイクスピアの妻の実家まで見物するのか、という気がしてくる。しかしそれで驚くのは早い。この街では、シェイクスピアがらみのものをもっと見るのだ。とにかくシェイクスピアづくし、という観光なのである。

バスで街中まで戻り、クロプトン橋の近くでバスを降り、ストラトフォード・アポン・エイヴォンの散策をした。シェイクスピアの銅像がある。遠くにはロイヤル・シェイクスピア・シアターが見えた。エイヴォン川には多くのナロー・ボート（運河航行用の幅の狭いボート）が停泊している。白鳥がいた、なんてことはどうでもいいことのようだが、それも川の美しさの一部なのだ。

この街にもハーフティンバー様式の家が多い。街並みを見ながらイギリス最古のパブ、ガーリック・インへ。一五九四年に建った店だ。梁のデザインが、曲線をうまく使っていくつかの円が並んでいるように見えて面白い。日本の造り酒屋のように杉玉のようなものがいくつもぶら下げてあった。

タウン・ホールの黄土色の建物の前を通り過ぎて、ナッシュの家へ行く。ここはシェイクスピアの孫娘エリザベスと夫のトーマス・ナッシュが住んでいた家だ。ほら、孫の家まで見物するのだ。中には入らなかったが。

しかし、ナッシュの家には見るべき価値がある。その家の庭に、シェイクスピアが引退後、没するまで過ごしたニュー・プレイスの跡地があるのだ。今は土台しか残っていないのだが、晩年のシェイクスピアは孫娘の家の敷地にある家を購入して住んでいたのか、ということがわかって興味深いのだ。なぜニュー・プレイスが今は残っていないかというと、見物客が押しかけるのが煩わしいと、一七五九年に当時の家主が取り壊してしまったのだそうである。残念なことをしてくれたなあ、とも思うが、無理もないか、という気もした。

さて、私たちはまだ歩く。やたら歩きまわって観光する日なのだ。シェイクスピアが通っていた学校の前を通り、ホールズ・クロフトへ行った。ここはシェイクスピアの長女スザンナとその夫で医者のジョン・ホールの家である。はいはい、今度は娘の家ね、という気分になる。医者の家らしく、美しく立派な外観であった。ここも中には入らなかった。

さて、その家の前でバスと待ち合わせをして、ストラトフォード・アポン・エイヴォンの観光は終りだ。午前中ずっと、シェイクスピア関連の場所をまわっていたわけである。

私は興に乗って、シェイクスピアの生家の前では、顔ハメ看板で写真まで撮ってしまったのだが、私の顔にシェイクスピアのあの長い髪がある姿は、おそろしく似合っていなかった。

ウィリアム・シェイクスピアは一五六四年四月二十三日に、ストラトフォード・アポン・エイヴォンのヘンリー街で生まれた。正式な生誕記録は残っていないが、ホーリー・トリニティー教会で洗礼を受けた四月二十六日から推測されているのだ。その頃のストラトフォード・アポン・エイヴォンは名も知られぬ市場町だった。

ウィリアムは四男四女の八人きょうだいの三番目で長男だった。上の姉二人は幼くして亡くなったので実質上の長子だった。

父親のジョンは革手袋職人で、羊毛取引などで成功し、ウィリアムが四、五歳の頃には町長にまでなった地元の名士だった。母親のメアリー・アーデンはジェントリ（大地主）階級の出身だった。

恵まれた環境で育ち、名士の息子でもあったので街ではお坊ちゃまだったのだが、父親はウィリアムが十代の初めの頃には経済的に行き詰まり、家を抵当に入れて借金をしたりしている。そして一五七七年頃には地位も財産も失ってしまう。この大きな環境の変化がウィリアムに人間を奥深くまで見る目を育てたのかもしれない。

ウィリアムは六歳の頃から街のグラマー・スクール（ラテン語文法を中心教科とする中等学校）で学んだ。

ウィリアムの幼い頃のことはほとんどわかっておらず、一五八二年十一月、十八歳の時に近隣のショッタリー村の農家の娘で八歳年上のアン・ハサウェイと出来ちゃった結婚をした。翌年五月、長女スザンナ誕生。一五八五年二月、長男ハムネットと次女ジュディスの双子が生まれる。ウィリアムは三人の子供の父親になったのだ。

一五八七年、二十三歳の頃にロンドンへ出る。上京の事情については諸説あるが、豪族の庭園から鹿を盗んで故郷にいられなくなったとか、ストラトフォード・アポン・エイヴォンにはよくロンドンの劇団が巡業してきたが、ウィリアムは幼い時から芝居が好きで巡業に来た劇団に加入してロンドンへ行ったとかの説があるが、どれも確証はない。ロンドンでは初め役者をやっていたらしい。後にもいくつかの舞台に立っている。

一五九〇年か一五九一年頃『ヘンリー六世第二部』（第二部が処女作。次に第三部が書かれ、その次に第一部が書かれた）が執筆され、一五九〇年から一五九二年の間に初演されたようだ。その後毎年多くの作品が執筆され劇作家として成功する。一五九五年、三十一歳の時に一流劇団「宮内大臣一座」の幹部になる。

故郷とのつながりは絶ったわけではなく、ロンドンにいながら故郷に住む家族のため、地元での地位を確固たるものにしていく。一五九六年には三十二歳で、父親が果たせなかったジェントリ階級になる。その翌年には地元で二番目に大きな邸宅「ニュー・プレイス」を購入する。

その後も広大な不動産を購入したり、四百四十ポンドを投資して十分の一税（教会に対して収穫物の十分の一を納める税金）の徴収権を得て安定収入を増やすことに成功したりした。シェイクスピアは高額納税者となり、一族は死後地元教会の内陣に埋葬されるまでになる。

一五九六年には長男のハムネットが幼くして死亡。一六〇一年には父親が、一六〇八年には母親が亡くなった。

一方、一六〇七年には長女スザンナが結婚、一六〇八年には初孫のエリザベスが誕生している。

一六一二年頃、故郷のニュー・プレイスに戻ったシェイクスピアは、一六一六年二月に次女ジュディスの結婚を見届けた後、三月二十五日に二人の娘と孫に多大な財産を残し、身内の者それぞれにもなにがしかを与える遺言状に署名した。

妻アンには二番目によいベッドとその付属品を与えるとしか遺言を残さなかったので、夫婦不仲説もあるのだが、当時は夫の遺した財産の三分の一は妻のものになると決まっていたので、シェイクスピアは特に遺言を残さなかったのだそうである。そして一六一六年四月二十三日、奇しくも誕生日と同じ日に亡くなった。劇作家として有名なシェイクスピアだが、ビジネスの才能や、一家の長としての責任を果たしたことなど別の一面もあったのだ。

それにしても、シェイクスピアが偉大な劇作家であることはよくわかっているが、その生まれた街がこんなにもシェイクスピア一色の観光地になっているのは驚きであった。シェイクスピアはイギリスの誇りとなっているのであろう。

イーストゲート・クロック

ザ・ロウズのハーフティンバー様式の
建物2階がアーケードになっている

ホーリー・トリニティ教会内の
シェイクスピアの墓

シェイクスピアの生家

アン・ハサウェイの生家

イギリス最古のパブ、ガーリック・イン

第九章

コッツウォルズの田園風景

―― 昔のままの田舎の村が美しい ――

カッスル・クーム村

④ネス湖
③インヴァネス
スコットランド
④フォート・ウィリアム
④ローモンド湖
②セント・アンドリューズ
⑤グラスゴー
①エジンバラ
⑤ハドリアヌスの長城
⑥湖水地方
⑦ヨーク
⑦ハワース
⑧チェスター
イングランド
ウェールズ
⑧ストラトフォード・アポン・エイヴォン
ボートン・オン・ザ・ウォーター
❾コッツウォルズ
バイブリー
ブリストル
カッスル・クーム

1

シェイクスピア一色だったストラトフォード・アポン・エイヴォンの観光を午前中にすまし、十日目の昼はチェルトナムのフォッシーマナーというマナーハウスホテルで昼食をとった。

マナーハウスのマナーとは荘園という意味で、イギリスでは下級貴族やジェントリに属する地主が建てた屋敷や邸宅をさす。それが現在はホテルやレストランとして使われていることが多いのだ。

というわけで、外観はトラディショナルな雰囲気を守っていて、内装は近代的な設備を備えているところが多い。

このフォッシーマナーは薄茶色の石造りで三階建てだった。濃い緑の蔦《つた》がからまったなかなか魅力的な建物だったが、前庭は広い駐車場になっていて殺風景で少し残念だった。

レストランはモダンな内装で白く清潔な感じがした。結婚式に使われることもあるのだそうだ。

食事は、前菜がシーザーサラダ。メインはポークのヒレ肉にベーコンを巻いて焼いたもので、付け合わせはマッシュポテト、フライドオニオン、ニンジンのボイルだった。デザートはポセットというビスケットにレモンクリームを重ねてラズベリーのソースをかけたお菓子。相変わらず味は薄めだがだんだん慣れてきて、まずまずおいしいか、なんて思えてしまう。薄味なりに丁寧に料理された感じで洗練された味であり、サービスも行き届いていた。味が薄ければテーブルの上の塩をふりかければいいわけだし。上等の食事だったというべきだろう。

さて、この日の午後から翌日の午前中にかけて、私たちはコッツウォルズの村々をいくつか見てまわるのだ。コッツウォルズとは、イングランドのちょうど真ん中あたりに広がる丘陵地帯で、六つの州にまたがっている。標高は最も高いクリーブヒルで三三〇メートルだから、なだらかで優しい地形と言っていいだろう。そういう地方に、時間が止まってしまったのかと思うような昔のままの風景を保った小さな村々が散らばっているのだ。その時を超えたような村のたたずまいが、イギリスで最も美しい村々だとも言われるのである。ただし、世界遺産に指定されたり、国立公園になっているというような華やかさはなく、地味な村がいくつもある、ということである。だから感じない人にとっては、小さな田舎の村がいくつかあるだけじゃないか、ということでもある。コッツウォルズに感激するかどうかはその人の感受性の問題なのだ。

先にコッツウォルズの歴史をまとめておこう。この地方の歴史は古いのだ。先史時代にはストーン・サークルよりも古い遺跡を数多く残している。紀元前三五〇〇年頃には大陸から渡ってきた民族がこの緩やかな丘陵地帯に住みついた。当時の細長く盛り上がった墳墓が七十基近く残っているのだとか。

青銅器時代（紀元前二六〇〇〜紀元前一九〇〇年頃）にはビーカー人という民族がやってきて丘に砦を築いた。ケルト人がやってくる以前からこの地には文明があったと言ってよいらしい。

紀元四三年にケルト民族征服のためにローマ軍がやってくる。彼らは守るに容易なこの緩やかな丘陵地帯に目をつけ、軍隊のための駐屯地や道路を建設していった。コッツウォルズ各地にはローマ軍によって作られた真っすぐな道ローマン・ロードの遺跡が残っている。チェドワース村には当時の高級軍人の屋敷ローマン・ヴィッラ跡が残り、本拠地が置かれたサイレンセスター村には町を囲っていた城壁の一部や円形劇場跡が残っていて、かつて栄えた面影を残しているのだそうだ。

その後五世紀頃にはアングロ・サクソン人によりこの地は支配された。コッツウォルズという地名はサクソン語がもとになっているそうで、丘陵地をウォルドといい、そこの領主の名がコッドといったので、コッツウォルズとなったという説と、羊を飼うための囲いをコッドといい、そのコッドがたくさんある丘陵地でコッツウォルズとなったという説があるそうだ。

羊はローマ人によって持ち込まれた。長い毛を持ったコッツウォルド・ライオンという品種で、この地方のシンボル的存在なのだそうだ。

一〇八五年のノルマン王国の検地帳（ドゥームズデイ・ブック）の記録には、当時すでに今日の村のほとんどと、大量の羊を放牧する開放耕地制があったことが示されている。

十二世紀の終り頃にはフランドル地方の織物業者への羊毛輸出が始まったが、一時ペストの大流行でその動きはストップしてしまった。それが十四世紀の終りには、羊毛加工技術の向上と需要の拡大により回復した。

十六世紀になると羊毛加工業の経済的重要性が増大し、コッツウォルズの町や村には毛織物工場や縮絨《しゆくじゆう》工場が集まり、活況を呈することとなる。羊毛産業で財産を築いた貴族や地主たちは大邸宅を建てた。

かくして、産業革命が始まる前までの景気がよかった時代に、コッツウォルズの町や村は、はちみつ色の、と形容されるライムストーン（この地方の石灰岩）で造られた美しい町並みを持つようになった。

ところが、産業革命が始まるとコッツウォルズの町や村は急速に時代から取り残されてしまうのだ。イギリスはインドと中国を支配下に置き、その暑い地方には毛織物の需要がなく、急速に綿織物の時代になってしまい、その綿織物業は機械化されて大量生産の時代へ移行してしまったのだ。

コッツウォルズの毛織物の出る幕はなくなってしまい、それまで賑わいを見せていた町や村や街道もしだいに衰退していき、ここでの時間は止まってしまった。

そうして、一度は忘れられてしまったコッツウォルズの村々が、思いがけず十九世紀後半に意外な形で再評価されるのだ。詩人で、アーツ・アンド・クラフツ運動の先駆者であったウィリアム・モリスを始めとする数々の文化人が、ここに昔のままのイギリスの田園と村の風景があると注目し、その素晴しさを大いに称えたのだ。昔のままに残されたライムストーンのはちみつ色の家々や、教会や橋、歴史ある町や村々、放牧地や田園などの原風景が近代における歴史的遺産として再発見されることになった。そして、重要な観光地になったのである。

そうなれば、そこに住む人も昔のままの景観を守ろうとするし、庭に美しい花を咲かせて人の目を楽しませるように努力もする。だんだんと、イギリスで最も美しい風景のあるコッツウォルズ、ということになっていった。

一九六六年には、特別自然美観地域に指定され、今日もその美しさを保ち、多くの観光客の目を楽しませてくれているのだ。

私たちが見て回ろうとしているのは、そういう憧れのカントリーサイドなのである。

2

さて、まずはボートン・オン・ザ・ウォーターという村を訪れた。ここはウインドラッシュ川のほとりに十七〜十八世紀に建てられた家並みが残る村である。

川幅七メートル、水深二十センチほどの浅い川に流れる水はきれいに澄んでいて、川底の敷石が見えるくらいだ。その流れに架かる低い石橋と、ライムストーンの石造りの町並みがマッチしていて美しい。

石橋の最も古いものは一七五六年に造られており、その他にも眼鏡橋や三角の橋など様々な形のものが五つ架かっている。川にはたくさんの鴨が浮かんでいた。

川の両岸は緑の芝生で木々も青々として木陰が涼しそうだ。緑の地帯がゆったりとあってそのむこうに家並みということなので、土地が広く感じられる。木陰に家族連れやカップルがくつろいでいた。ただし、大型観光バスがいっぱい来ていて、狭い村に観光客が多すぎて人ごみに疲れてしまう。

この村はコッツウォルズのベニス（ヴェネツィアのことだが、イギリスではベニスという）とか、リトル・ベニスと呼ばれているそうだ。川と橋があるからだろうが、ベニスという感じはまるでなかった。ベニスと違って緑があふれているし、浅い川が一本あるだけでベニスはちょっと無理がある。

ただ、観光産業に熱心な村だということはひしひしと感じた。水車小屋を改造した自動車博物館、村の家々のミニチュアを並べたモデル・ヴィレッジ、モデル鉄道展示館、ガーデンを併設した香水工場、バードランドなどの観光施設が多く作られているのだ。ただし、どこへも入ってみる気はしなかったが。

散策していて、狭い路地を見つけて入ってみても、川と道路が一本あるだけの小さな村なのですぐ表通りに出てしまう。観光客でカフェも満員なのでビールを楽しむということもできない。仕方がないので川沿いのベンチにすわりあたりを眺めて過ごした。村の雰囲気はのんびりしているのだが、そこに人がいすぎるのだった。

ロンリープラネットのガイドブックには、観光バスのいなくなった夕方か、または真冬に行くといい所だと、ちょっと皮肉をきかせて書いてあるが、そう言いたくなる気持ちはわかった。

「福島県の大内宿に行ったことがあるじゃない」

と妻がとんでもなく場違いなことを言った。

「うん。行ったね」

「あそこも古いままの小さな村だけど、昼間は観光客が列をなして歩いているような賑やかさだったでしょう」

「そうそう。箸じゃなくネギで食べるそばの店が大いに賑わっていたりしたね」

「でも、私たちは村にある民宿に泊ったから、夕方人通りがなくなってからの村の風情とか、夜、村の家々の行灯《あんどん》のような明かりがついているのを見て、いい雰囲気だったでしょ」

「うん。ちょっと寂しいような、懐かしいような」

「この村もああいう雰囲気で見たらいいところなんだろうと思うんだけど」

天気がよくて、陽気な明るさに包まれていて、そこに人がぞろぞろ、というのがムードをそこなっていた感じは確かにあった。古い家々などはなかなか美しかったのだけれども。

ボートン・オン・ザ・ウォーターの観光はそんなふうに、いい村なのにムードに欠けるという印象であった。

バスに乗って、次に行った村はバイブリー村だ。ここはウィリアム・モリスがイングランドで最も美しい村と称したところだそうだ。

駐車場を出てきれいな川に架かる石橋を渡る。コルン川という川だ。透き通った流れの中には川藻がたくさんそよいでいた。

川には白鳥の親子が悠然と浮かんでいた。川に野生の白鳥がいる、というのが美しい村の印象を強めている。すぐ目の前はスワンホテルという蔦のからまるチャーミングなホテルがあるというのも、できすぎた話のようである。

それにしてもイギリスでは野鳥をよく見た。都会の広場にいっぱいいたハトは別としても、白鳥、雉、鴨、ロビン《こまどり》などを見た。それが人なつこくて、人が近くへ寄っても逃げようとしないのだ。

このすぐ近くには一九〇二年に開かれた鱒《ます》の養殖場があるそうだ。

川と道路が並走していて、その道路に沿って道の片側に家が並んでいる。家ははちみつ色のライムストーンで造られていて、どの家も草花や木々がきれいに手入れされている。蔓バラを這わせている家もあった。川の向こう側は草の生い茂る中州で、野花が美しく咲いている。

少し先にはアーリントン・ロウのコテージが十軒ほど並んでいるのが見える。ここが最もコッツウォルズらしい絵になる風景の所だそうだ。確かに、草花で飾った平屋の家が並んでいる眺めは美しいものだった。

歩いてアーリントン・ロウまで行く。ここはかつては別の村だったそうだが、今はバイブリー村に含まれているのだそうだ。屋根も壁もこの地で産出するライムストーンで造られている。三角屋根が並ぶ可愛らしい長屋だ。ここも観光客が多いが、ボートン・オン・ザ・ウォーターほどではなかった。

アーリントン・ロウのコテージは中世に建てられたもので、もともとは修道院のウール倉庫として使われていたのだそうだ。それが十七世紀に織物工が住むためのコテージとして改築されて今の形になったという。

現在はイギリス文化財第一級建造物として登録され、ナショナル・トラストが管理している。ナショナル・トラストはここを賃貸で貸し出しているので今も人が住んでいるのだ。

ところが、草花の手入れの美しさで人が住んでいることはわかるものの、この地の住人が村の中を歩いているような姿はまったく見かけなかった。観光客だらけのところを歩きたくないってことなのだろうか。住人を見かけないので、展示物としての村を見ているような奇妙な感じもした。

さて、コッツウォルズの三つの村を見物する予定なのだが、二つ見たところで夕方近くなってしまった。そこで、三つめは翌日見ることにして、ほど近い港町ブリストルへとバスで運ばれた。ブリストルのホテルで、その夜と翌日の夜の二泊するのだ。

ブリストルは大都市で、エイヴォン川の河口に位置する港町だ。かつてはヨーロッパ中の船が集まるところとうたわれていたのだそうだ。奴隷貿易の廃止により一時衰退したが、一八四一年、鉄道の開通により繁栄を取り戻し、今でもイギリスを代表する港町のひとつとなっている。

ホテルは港から離れていたので海は見えなかったが、ホテルの前の道路で二羽のカモメがゴミを奪いあっているのを見た。そんなものを見るのは、私たちがホテルの玄関前でタバコを吸っていたからだが、カモメがじゃれあっているのを見て港を感じるというのがなんだか強く印象に残った。

この日の夕食はビュッフェで、料理の品数が少なく、何を食べたのかあまり覚えていない。

ブリストルでも、ホテルのある界隈は静かなところだった。

3

翌日は旅の十一日目。朝食をとった後、コッツウォルズのもうひとつの村をめざして出発した。コッツウォルズの南端のカッスル・クーム村だ。

カッスル・クーム村はイギリスの「最も古い町並みが保存されている村コンテスト」で何度も表彰を受けている村である。クームは古い英語で谷あいという意味だそうだ。

少し離れた駐車場でバスを降り、二十分ほどだらだらと緩い下り坂を歩くと村に着く。

少し雨が降っていたが、例の雨合羽を着ているから私と妻はへっちゃらで、朝早いので人通りもない林の中の道をぽくぽく歩いた。

林の中の道を行くと、馬の絵が描かれた道路標識があった。馬専用の道が道路を横切っている地点らしい。つまり林の中に騎馬の人のための道があるってことで、まさに時が止まった村という感じがした。

村の入口の三叉路《さんさろ》にある小さな広場に着いた。そこにはマーケット・クロスという石造りの東屋のような建物があった。ここで週市が行われていたのであろうが、この日は無人で雨に濡れていた。

広場に面してこぢんまりした聖アンドリュー教会がある。そこからさらに緩くカーブした坂道ザ・ストリートを五百メートルほど下るとバイブルック川の清流に架かるバックホース・ブリッジという石橋が見えてくる。道の両側には美しいライムストーンの石造りの家が整然と並んでいる。それがカッスル・クーム村のすべてだ。ほんとに小さな村なのだ。

石橋から村を眺めるとカッスル・クーム村がほぼ一望できる。家々の壁面は思い思いに草花が飾られ、窓辺には可愛らしい置物や花が置かれ、観光客の目を楽しませてくれる。

でも、三十分の自由時間をもらっても、家々以外に見るものがなくて時間をもてあましてしまう。川の向こうには深い森に囲まれたマナーハウスの門が見えたが、そこへは行かなかった。地図で見るとここのマナーハウスはかなり広そうだったが、わざわざ行くほどのところでもないと思えたのだ。

この村は羊毛業の集散地として栄えた十七世紀以来あまり変わっていないのだそうだ。羊毛業が衰退してからは、街道からも鉄道駅からも遠く離れていたため村は置き去りにされてしまったのだ。しかしそのせいで当時の町並みを今日まで残す結果となった。

とにかく、百年前に撮られた写真とくらべてもほとんど変わっていないという驚きの村である。そこで、この村の町並みは映画のロケ地としてよく使われるのだそうだ。

この村を観光したのは午前中の早い時間だったし、しかも雨が降っていたため私たちのグループ以外に観光客がいなかったので、美しい村をたっぷりと堪能できた。

そしてこの村は、かなり離れた所に駐車場を造っていることでわかるのだが、極端な観光開発を望んでいないようである。だから、「古い町並みが保存されている村コンテスト」で表彰されるわけなのであろう。

かくして、コッツウォルズの村を三つ回ったことになるが、感想をまとめてみるとそうシンプルに、わー美しかった、ということではない。

ひとつには、古い村といっても石造りのがっちりした民家が並んでいるわけで、木造建築の家を見慣れた私たち日本人からすると、古い、とか、素朴だ、という感じがあまりしないのである。それよりは美しく造った村、という感じだ。

そしてもうひとつ思ったのは、三つの村で観光客は大いに見たが、そこに住んでる住人の姿をまったく見かけなかったことだ。その辺を歩いていたり、作業していたりという姿は見られなかったのだ。草花の手入れなどは観光客のいない時間にするのだろうか。だから、これは見せるがための村なんだな、という気がしてしまった。住民が生活している雰囲気がなく、ただ美しいだけなのだ。

美しい村なんだからそれで十分じゃないかということだが、古い村での生活ぶりが見たかったような気がした。

しかし、イギリスの田舎の家というのは総じて、可愛らしく、美しくしている。コッツウォルズではその集大成を見たとまとめてもいいかもしれない。

さて、コッツウォルズを見終った私たちは次の街へ観光に行くのだが、イギリスの古い村を続けて見たところで、イギリスの歴史をざっくりとまとめておこう。なんとなくわかった、というぐらいの大ざっぱなまとめの、まずは前半である。

しかし、イギリス史をまとめると言ってもイギリスのくくり自体がわかりにくい。現在のイギリスはイングランド、スコットランド、ウェールズ、北アイルランドで構成されているが、古い歴史の話をする場合は大ブリテン島とその周辺を含むイギリス諸島とでも考えておくしかないようだ。

イギリス諸島に人類が住みついたのは紀元前二五万年頃のことで、これは旧人である。

当時の石器が出土しているそうだ。

そして、いったん人類の痕跡は途絶えるが紀元前五万年以降は連続して人類（これは新人）が居住していた証拠が見つかっている。

イギリスが島として大陸から分離したのは紀元前五〇〇〇年頃とされ、紀元前三〇〇〇年以降、新石器人がこの島にやってきた。

ストーンヘンジが建造されたのは紀元前二四〇〇年より後のことだ。ストーンヘンジが作られていた頃、新たな人々ビーカー人がやってきた。ビーカー人は、鐘状のビーカー（銅器）を作っているのでそう呼ばれる。初めは銅器、後に青銅器を使ったそうである。

ケルト系民族が大陸からやってきたのは紀元前七〇〇年頃のことだ。ケルト人は鉄器を使用し進んだ農耕技術をもたらし、ブリテン島に定住していった。

大陸でローマ帝国とケルト人が対立しガリアの戦いが始まると、シーザーはブリテン島には紀元前五五年と紀元前五四年の二度にわたって侵攻してくる。

それからおよそ百年後の紀元四三年にローマ皇帝クラウディウスが大軍を率いてブリテン島にやってきて、この島を征服する。

その後五世紀の初めまで約三百五十年間、ローマの属州ブリタニアとなる。その間ローマはスコットランドのピクト人やウェールズのケルト人と戦った。

五世紀になってローマが撤退すると、現在のドイツの北西部あたりからゲルマン民族のアングロ・サクソン人がこの島に渡ってくる。ブリトン人との激しい攻防の末、アングロ・サクソン人が優勢となりこの島の支配者となる。言葉もアングロ・サクソン語が主流となっていく。イングランドとは「アングロ人の土地」を意味するそうだ。アングロ・サクソン人はイギリス全土を統一したのではなく、いくつかの王国に分かれ闘争を繰り返していた。いわゆる「七王国の時代」だ。七王国以外にも小国が多数存在した。

本稿の初めのほうに出てきたエジンバラを作ったのはノーサンブリア王国のエドウィン王だし、チェスターのところで出てきたのはヴァイキング（デーン人）と戦ったウェセックス王国のアルフレッド大王やマーシア王国のエセルフリーダ妃だ。それらはこの七王国の一部である。

またこの時代に大陸とアイルランドからキリスト教がもたらされた。ホイットビーの宗教会議（六六四年）の結果、大陸から来たキリスト教がイギリスの公的宗教となった。

七〜八世紀になると北欧を根拠地とするヴァイキングがイギリスの東海岸を襲うようになる。彼らは最初海岸地方を略奪するだけだったが、次第に河川伝いに内陸部に侵入し定住するようになった。

デーン人はイングランドの大半を手に入れたが、アルフレッド王はこれと激しく戦い、デーン人とアングロ・サクソン人はウォトリング街道を境に支配しあうことで和睦を結んだ。

十世紀になると再びヴァイキングの侵入が激しくなる。一〇一六年デンマーク王子クヌートがイングランドを支配しデーン王朝を樹立する。クヌートはデンマーク王を継承し、ノルウェー王を兼ね、スウェーデンの一部も支配し帝国を築いたが、彼の死後帝国は崩壊しデーン王朝も絶えてしまった。

デーン王朝の間、母親の出身地のフランスのノルマンディー公国に亡命していたウェセックス王国のエドワードが帰国し王位に就く。しかし彼には嗣子がなく死後は王位継承争いが起こる。エドワードの義兄ウェセックス伯ハロルドと、エドワードの遠縁でエドワードから王位継承の約束を得たと主張する、ノルマンディー公ギョームの王位争いである。

ギョームはノルマン人騎士軍を率いてイングランドに上陸、ヘイスティングズの戦いでハロルド軍を破りハロルドを戦死させた。

その後ギョームはウィリアム一世（ウィリアム征服王）としてイギリスの王位に就く。すなわちノルマン征服王朝の成立である。

それにともない多くのフランス貴族が支配階級としてイギリスに移り、それまでのサクソン貴族にとって代わった。貴族階級はフランスの文化や習慣を持ち込み、言葉はフランス語を使い英語にもフランス語の影響が及んだ。現在でもイギリス貴族はフランス系が多いのだそうだ。

ウィリアム一世の出身地であるノルマンディーは北の人の土地をさす言葉で、彼らの先祖はデーン人だった。だがすでに彼らはデーン人の言葉や風習を捨てフランス化し、北フランスの文化や風習を身につけていた。

ノルマン王朝の時代にフランス封建制度の影響を受け、しだいに封建制度が確立されていく。

ウィリアム一世はイングランド独自の集権力の強い統治を行い、全国に検地を行いドゥームズデイ・ブック（土地台帳）を作り、ソールズベリーに全国の領主を集め、自分に直接忠誠を誓わせる「ソールズベリーの誓い」を行った。

ノルマンの征服を最後に民族の大規模な侵入の時代は終りを迎えた。この後、ケルト、アングロ・サクソン、ノルマンの諸民族の融合、混成の結果イギリスが構成されていくこととなる。

ノルマン征服王朝は四代で終る。それを引き継いだのはウィリアム一世の孫娘マチルダとアンジュー伯ジョフロア・プランタジネットの息子ヘンリー二世のプランタジネット王朝である。この国はイギリスに加えて、フランスにあるノルマン王朝がもともと持っていたノルマンディー公領とアンジュー伯領を加えた広大なもので、アンジュー帝国とも呼ばれる。

ヘンリー二世の死後、息子のリチャード一世が即位する。この王様は獅子心王と尊称される王で、第三次十字軍に参加してアイユーブ朝のサラディンと戦ったことで有名である。彼はその治世のほとんどを外征やフランスとの戦いに費やし、自国にいたのは半年ほどだったそうだ。

次の王はリチャード一世の末弟のジョンで、対外的にはフランス王フィリップ二世との戦いに敗れ、フランス内の領地をほとんど失ってしまったので、失地王という異名で呼ばれる。

このフランスとの戦いは膨大な軍事費を必要としたので、ジョン王は国民に重税を課した。そのため貴族や教会の支持を失い、一二一五年、ジョン王に不満を募らせた貴族たちが自分たちの権利の確認を王に迫り「マグナ・カルタ」に調印させる。

「マグナ・カルタ」はもともと貴族の権利を王に認めさせるものに過ぎなかったが、後に拡大解釈され、あらゆる人々の自由を定めたものとされ、政治利用されることになるのだった。

4

さて、ジョン王の孫にあたるエドワード一世の時代になると、イングランドはウェールズやスコットランドに軍事介入をしていく。また、わずかに残ったフランス内の領土アキテーヌをフランスに没収されると、フランスとの領土争いを本格化させてもいった。

当時ウェールズは小王国の抗争が続いていた。エドワード一世は一二七六年にウェールズ侵攻を始め、その後四回にわたって遠征を行った。

ウェールズ軍を率いたのはルェリン・アプ・グリフィスという人物で「プリンス・オブ・ウェールズ」を名のっていたが、圧倒的なイングランド軍の力によってついにウェールズは敗北した。

一三〇一年エドワード一世は息子（後のエドワード二世）に「プリンス・オブ・ウェールズ」の称号を与えることでイングランド王家がウェールズを支配したことを明確にした。

それで、現在でもイギリスの皇太子は「プリンス・オブ・ウェールズ」と呼ばれるのである。

ウェールズではこの後、十五世紀に大規模な反乱がおきるが、その鎮圧後は大規模な反イングランド闘争はなくなり、一五三六年には合同法によりイングランドに併合される。

一方、スコットランドでは一二八六年、スコットランド王アレクサンダー三世が死亡した時、男子の嗣子がいなかったので、ノルウェー王妃だった娘の子マーガレットがまだ幼かったけれど王位を継ぐことになった。エドワード一世はこの機をとらえ息子エドワードとマーガレットの結婚を画策するが、マーガレットはスコットランドに渡る途中で亡くなってしまう。空位になったスコットランドの混乱に乗じてエドワード一世の介入が始まる。

エドワード一世はスコットランド王の候補者の中からジョン・ベイリアルを王に選び、自らに忠誠を誓わせる。スコットランドからすればイングランドの属国になったようなものだったため、スコットランド貴族に後押しされたジョン王はフランスと反イングランド同盟を結ぶ。

一二九六年、これに怒ったエドワード一世はスコットランドに進軍し、屈したジョン王は王権と王国をエドワード一世に譲り渡してしまう。この時、スコットランド王即位のための玉座「スクーンの石」をイングランドに持ち去り、ウエストミンスターのイングランド王戴冠式用の椅子にはめ込まれた。この石は一九九六年に返還されるまで七百年間スコットランドの屈辱のシンボルとなった。

スコットランド支配は強い抵抗を受け、一二九七年にはウィリアム・ウォレスが反乱をおこし翌年鎮圧される。一三〇六年にはロバート・ザ・ブルースがロバート一世を名のり反旗を翻す。エドワード一世はスコットランドに向かうがその途中で病没した。

一三一四年、ロバート・ザ・ブルースは、跡を継いだエドワード二世の軍をバノックバーンの戦いで破り、スコットランドの独立を達成する。しかしロバート・ザ・ブルースの死後、スコットランドは混迷しなんとか独立は維持するもののイングランドの脅威にさらされ続けていく。

エドワード二世は王妃イザベルと反国王派貴族により、一三二六年に廃位され、翌年には暗殺されてしまう。

跡を継いだのは息子エドワード三世でまだ十四歳だった。政治の実権はイザベルとその愛人ロジャー・モーティマが握ることになった。

しかしエドワード三世は政治の実権を取り戻すため、一三三〇年モーティマを処刑し、イザベル派を壊滅させ、自ら親政に乗り出した。貴族との関係も良好で、そうした背景を基盤に対フランス戦争に突入する。「百年戦争」の始まりである。

この戦争の発端はフランス国内にあったイングランド領アキテーヌを、フランス王フィリップ六世が没収すると宣言したことである。

フィリップ六世はアキテーヌを含むフランス全土の支配をもくろみ、エドワード三世の方にはスコットランドとの同盟により圧力をかけてくるフランスを排除して、かつてのアンジュー帝国を回復したいとの思いがあった。国民はフランスとの戦争を支持していた。

戦いは初めイングランドに有利に進んだ。一三四六年イングランド軍は皇太子エドワード（着ていた甲冑《かっちゅう》が黒かったことから黒太子と呼ばれる）の指揮下、クレイシーでフランス軍を破る。一三五六年には黒太子がポワティエの戦いでフランス王ジャン二世を捕らえた。

パリを包囲したエドワード三世は一三六〇年講和条約を結び、広大な占領地を得た。しかし、一三七〇年頃から事態はイングランドにとって不利に展開していく。黒太子が病に倒れ（一三七六年死去）、再開された戦いで苦戦が続き占領地を失っていった。この後戦争は十五世紀まで休止期間に入る。

この戦争でイングランド国内では英語が復権する。イングランド貴族たちはフランス語を使っていたが、敵国の言葉を使っていては士気にかかわるということでエドワード三世は軍隊でのフランス語の使用を禁じたのだ。

十四世紀は戦争だけではなく、大きな災難が続いた。降水量が増え寒冷化が進み、凶作や家畜の病気が広まった。そして一三四八年にコンスタンチノープルからイタリア、フランスに上陸したペストは瞬く間にイングランドにやってきた。羅患すれば助かることはないと言われたこの伝染病でイングランドの人口の三〇～四〇パーセントにあたる約百二十万人が亡くなったとされる。

人口の減少は労働力不足を生み、賃金の上昇をもたらしたり、農民が地主たちから土地を借りるのに有利になったりした。そのため農民の生活水準は改善されることになった。

当時教会では腐敗が進み、教皇が免罪符を売りまくっていた。

一三七六年には黒太子も亡くなっているし、エドワード三世も高齢となり、黒太子の弟のジョン・オブ・ゴーント（ランカスター公）が国政をとり戦争を遂行していた。この頃公爵の制度ができて彼はランカスター公爵になる。

イングランドはカレーを除いてフランスのすべての領土を失う。

黒太子の息子リチャードが十歳で王となりリチャード二世となる。まだ若いリチャード二世にかわり叔父のランカスター公など有力な諸侯による評議会が政治を取り仕切る。戦費調達のため人頭税の導入が試みられたが人々の強い反発を受けた。

一三八一年、民衆は課税への抗議や政治への不満から、ワット・タイラーを先頭に反乱をおこす。彼らはロンドンへ押し寄せ、放火、略奪、乱暴のかぎりをつくした。リチャード二世は彼らの要求をすべてのむが、市長がワットを刺殺してしまう。リーダーを殺され乱は終息する。

危機を乗り切ったリチャード二世は有力貴族を遠ざけ、寵臣を重用すると貴族の反発が強まる。リチャード二世は叔父のランカスター公が亡くなると、その息子ヘンリーに所領の相続を拒否した。これに対しヘンリーは有力貴族パーシィ家やネヴィル家の支持を得て王に反旗を翻し、ついにリチャード二世は廃位され翌年獄中で亡くなる。

ランカスター公の息子ヘンリーが王位に就きヘンリー四世となり、ランカスター朝が始まる。しかしヘンリー四世を王位に就けた貴族が反乱をおこしたりして国内での戦争に奔走する。その間フランスとは休戦していた。

息子のヘンリー五世の時代になると対フランスの戦争が本格的に再開される。一四一五年のアザンクールの戦いでは目覚ましい戦果を挙げる。ヘンリー五世の統治十年間の大半はフランスとの戦争に費やされた。

この間、フランス内の内紛もあり、勝利を収めたヘンリー五世は一四二〇年ブルゴーニュ公の斡旋でトロワ条約を結び、ノルマンディーなどの占有地を確保する。またフランスの王女カトリーヌ（キャサリン）を妻に迎える。

一四二二年ヘンリー五世と、フランス王シャルル六世が相次いで亡くなると、ヘンリー五世とキャサリンの息子ヘンリーが、ヘンリー六世となり英仏両国の王として即位する。ヘンリー六世はまだ赤ん坊だったため、政治は叔父のグロスター公が、対仏戦争はもう一人の叔父ベドフォード公が担った。フランスではシャルル六世の息子シャルルが南フランスをおさえ、イングランドに抵抗していた。

ベドフォード公はシャルル側の拠点オルレアンを包囲したが、そこで登場するのがジャンヌ・ダルクである。ジャンヌはなかなかの戦上手《いくさじょうず》で、彼女によるオルレアンの解放により形勢は逆転し、ついにシャルルはランスでシャルル七世として戴冠する。ジャンヌ・ダルクはその頃はイングランド側だったブルゴーニュ公に捕まり、イングランドに引き渡されルーアンで火炙《ひあぶ》りにされた。

ヘンリー六世もフランス王としてパリで戴冠式が執り行われたが、もはやイングランド軍の退潮は止められなかった。イングランドに失望したブルゴーニュ公はフランス側についてしまい、一四三六年パリは陥落する。

休戦協定が結ばれ、ヘンリー六世とフランス王家に繋がるアンジュー家の娘マーガレットの結婚が行われた。しかしイングランド内では和平派と主戦派が対立していた。

休戦協定後フランス側についたブルターニュ公を攻めたことが協定違反とされ、一四五〇年北フランスの占領地を失い、一四五三年には残るアキテーヌもフランス軍の手に落ち、イングランドはすべてを失って百年戦争は終結した。

この百年戦争の終結までを、イギリス史の前半ということにしよう。後半はまたどこかでざっくりとまとめる予定である。

ボートン・オン・ザ・ウォーター村のウインドラッシュ川

ボートン・オン・ザ・ウォーター村

バイブリー村

アーリントン・ロウのコテージ

カッスル・クーム村のマーケット・クロス

第十章

バースとストーンヘンジ

── ローマ時代の残像と先史時代の奇観 ──

ストーンヘンジ全景

③インヴァネス
④ネス湖
スコットランド
④フォート・ウィリアム
④ローモンド湖
②セント・アンドリューズ
⑤グラスゴー
①エジンバラ
⑤ハドリアヌスの長城
⑥湖水地方
⑦ヨーク
⑦ハワース
⑧チェスター
イングランド
ウェールズ
⑧ストラトフォード・アポン・エイヴォン
ボートン・オン・ザ・ウォーター
⑨コッツウォルズ
バイブリー
ブリストル
カッスル・クーム
⑩バース
⑩ストーンヘンジ

1

コッツウォルズの観光を終え、十一日目の午前中にバースの街にやってきた。雨はすっかりあがっていた。

ローマ時代の公衆浴場跡があることで有名な街バースである。一九八七年に街全体が世界遺産に登録されている。

温泉は今でも湧いていて、イギリスで唯一ミネラルを含んだ湯が出るのだ。

まずは街の中心にあるアビー・チャーチ・ヤードという広場に面したローマ浴場跡に行く。現在はローマン・バス博物館となっている。

正面はローマ風の立派な作りで、エントランスホールは天井が高くドーム状になっていて、豪華なシャンデリアが吊り下げられている。

オーディオガイドがあって、日本語版も用意されていた。番号を押して日本語の説明をきくのだ。内部はかなり広く、何層にもなっていて複雑な造りだ。観光客が多くてごったがえしているから、人の流れに合わせて進んでいくしかない。

グレート・バスと呼ばれる大浴場の二階の回廊部分に出る。昔は屋根があったそうだが今はないので、露天風呂のように見える。回廊にはシーザーを始め、ローマ皇帝などの彫像がいくつも立っている。下を見下ろすと二十五メートル×十二・二メートルの長方形の風呂があり、緑色に濁った水を湛《たた》えている。深さは一・五メートルほどで泳ぐのにちょうどよいくらいだそうだ。

回廊の反対側にはパンプ・ルームという、上流階級の人々が集う社交場として使われた大きな部屋がある。ヴィクトリア女王を始め、ネルソン提督や作家のディケンズなども足繁く通ったのだそうだ。現在はレストランになっている。

さらに進むと別の風呂が現れるが、これもかなり大きい。形は変則的だ。階段を降りるとグレート・バスの一階部分に出る。周囲の柱は十九世紀に造られたものだが、敷石や鉛の浴槽はローマ時代のものだ。水質の衛生問題があるため、絶対触っちゃダメと言われたので、水の温度を確かめることはできなかった。

パンプ・ルームの下にある室内には、床下にスリス・ミネルヴァ神殿の跡がガラス越しに見えるようになっている所もある。

内部は順路がかなり入り組んでいてわかりにくかった。とにかく流れに沿って進んでいく。

展示室では一七二七年に発掘された女神ミネルヴァの頭部のブロンズ像が目立つ。もとは六層に重ねた金メッキで輝いていたそうだ。その他、ギリシア神話のゴルゴンに似た女神スリスの彫刻が施されたペディメント（屋根の下の三角形の破風）の復元や、碑文を彫りこんだ数々の石碑など、様々な発掘品が展示してある。いちいち日本語のガイドをきいていくのが面倒になるほどだ。

さらに進むとまたローマ時代の部分が現れる。温泉の湧出口がありお湯が湧きだしている。現在でも四六・五度の湯が一日一二五万リットルも出るのだそうだ。

その他、お湯を引く水路、冷たい風呂、床下に暖気を通したサウナのような風呂の設備などを見た。

バースの温泉は、先史時代からその存在を知られていたらしい。伝説によれば、トロイから送られてきたブラダッド王（リア王の父）は温泉の効能を発見し、この地に紀元前八六三年に町を建設し宮廷を置いたという。王は泥の沼に入浴し病気の治療をしたといわれている。

紀元四三年になるとローマ人がやってきて、各地に道路を建設し、要塞や植民市を造った。ローマ人は錫《すず》と鉛の産地に近く、三つの天然温泉が湧くことに目をつけ、この地にアクアエ・スリスという街を建設した。それが現在のバースの始まりである。

そして先住民であるケルト人の、聖なる泉の女神スリスと、健康と治療を司るローマの女神ミネルヴァを共に祀った神殿と、大規模な公衆浴場を造ったのだ。六五年頃、皇帝ネロの時代のことである。

ローマ帝国のブリテン島支配はローマ人がブリトン人にとって代わるのではなく、ブリトン人をローマ化していく方法だった。そのためにはローマの様々な文化や習慣の魅力や快適さをブリトン人に味わってもらうことが必要だったのだ。公衆浴場もそのひとつだったのだろう。その他にも多くのヴィッラ（田舎の立派な邸宅）やモザイク、壁画、彫刻、アンフォラ（底が尖《とが》った壺）などの道具類が持ちこまれた。

また宗教では、ローマ人はそれぞれの土地の地元の神々を取り入れることに寛容だった。その土地の有力な宗教的力とは折り合いをつけるという実践的な感覚を持っていたのだ。スリス・ミネルヴァ神殿が建てられたのはそのせいである。

三九二年に皇帝テオドシウスによりキリスト教がローマの国教になると、異教の神殿の閉鎖を命じたため、スリス・ミネルヴァ神殿も手入れされることがなくなり朽ち果てていった。

五世紀の初めにローマ軍が全面撤退すると公衆浴場は荒れ果ててしまい、六世紀にはアングロ・サクソン人によって浴場は破壊されてしまう。ただし、アングロ・サクソン人はこの街をアングロ・サクソン語の「温泉」にちなんだ名で呼び、それが現在のバースの名前の由来になったそうだ。そしてそれが浴室を表すバス（ルーム）という英語になっていったのだ。

中世の頃にはバースはコッツウォルズの街々と同様に羊毛産業で栄える。

ただし、当時も温泉の効能は知られていたようで、名誉革命で追われることになるジェームズ二世も妻と湯治に訪れ念願の妊娠に成功した。十八世紀初めに女王だったアンもここを気に入り宮廷ごとここに移動したのだそうだ。

そのようなことで十七世紀の終り頃から、温泉の治療効果が見直されるようになり、再び人気を集めるようになる。

ただしその頃は街も温泉設備も貧弱で、道路は土がむき出しで、照明もなく、物乞いやスリが街にあふれていたそうだ。羊毛産業が衰えたからであろう。

そこで十八世紀初めになると街は再開発に乗り出し、リチャード・ナッシュという男が再開発の責任者に選ばれた。この男は社交界でボウ（伊達男）と呼ばれる怪しげな人物だったが、有能でもあったのだろう。ロンドンの社交界の人々をバースに呼ぶことに成功したのだそうだ。彼は後に「バースの王」と呼ばれ社交界を牛耳り、この街に五十年も君臨したそうだ。

またバースの郵便局長だったラルフ・アレンは採石権を得てクーム・ダウンに採石場を開発し、バース・ストーンという黄みがかった砂岩を採掘し、建築家のジョン・ウッド親子を雇って街の建設を依頼した。そしてこの街にジョージアン様式の華麗で優雅な建築物が次々と建設されていき、街はイギリスの社交界の中心地のひとつとなった。

一八八〇年にはローマ浴場全体が発掘され、調査結果に基づき神殿の一部とローマ浴場が完全に復元され、公開された。世界で最も保存状態のよいローマ浴場跡である。

振り返ってみると、私たち夫婦はローマ浴場跡を世界のいろいろな旅先で見物している。チュニジアのアントニヌスの浴場、モロッコのヴォルビリス遺跡のガリエヌスの浴場、トルコのエフェスにあるヴァリウスの浴場、ブルガリアではヴァルナの浴場などを見ているが、どこも完全な遺跡で水はなく、保存状態のいいものは少ない。バースのローマ浴場は十八世紀頃から作りなおされているので、これまでに見たローマ浴場とはまったく印象が違っていて興味深かった。

十九世紀になると戦争や海水浴の流行のせいで、人々の足はバースから遠ざかり、温泉は細々と医療のために使用されるだけになった。しかし、ジョージアン様式の美しい街とローマ浴場が残っていることは強みで、現在ではイギリス有数の観光地のひとつになっている。面白いものを見たな、という感想を抱いたのだった。

2

ローマン・バス博物館を出て、広場に面してすぐ隣のバース・アビーへ行った。バース・アビーはバース寺院とも訳されるが、アビーは修道院と関連した教会をさす言葉だそうだ。

アングロ・サクソン人が六七六年、今のバース寺院のある場所に修道院を建てた。それがバース・アビーの起源である。

統一イングランドの初代のエドガー王の戴冠式が行われた由緒ある教会である。

十二世紀頃からは何度も修復が行われたようだが、一四九九年に、司教のオリバー・キングが夢の中で天国と地上の間で梯子を天使が登り降りする姿を見て、「寺院を再建せよ」とのお告げをきいたことがきっかけとなり、本格的な再建工事が始まり、一六一六年に完成して現在の形になった。パーペンディキュラー様式（ゴシック末期の垂直様式）の建築である。

一五三九年、ヘンリー八世の時代に宗教改革により修道院は廃止となり、市の教会となる。十八世紀には温泉と娯楽を求めてやってきた上流階級の人々からの寄付により、寺院は活況を呈したのだ。

外観を見て、特に印象的なのは、西側のファサードの両側にある梯子を登り降りする天使の彫刻である。オリバー・キング師が見た夢がモチーフになった彫刻で、「天国への梯子」とか「ヤコブの梯子」と呼ばれている。その天使をつい望遠レンズで撮りたくなってしまう。

内部に入ると柱から伸びる扇形の花びらのようなアーチが天井を埋めつくしていて大

変美しい。これは十九世紀に付け加えられたものでファン・ヴォールトという建築様式だそうだ。また壁画のモニュメントのコレクションはウエストミンスター寺院に次いで二番目の数なのだとか。

旧約聖書のシーンを描いた大きな西窓のステンドグラスやキリストの生涯を五十六枚に分けて描いた東正面の祭壇後部のステンドグラスも大変見事だ。窓が多くあり自然光が降り注ぐのもよい。

エリザベス一世はこの寺院を「イングランド西部の灯火」と名づけたのだそうだ。

さて寺院の外に出ると広場はたくさんの人々でとても賑わっている。広場の周囲には様々な店があり、カフェは広場にテーブルと椅子を出している。人々はのんびり歩いたり、写真を撮ったりしている。音楽を演奏している人もいた。

広場の周囲の道を少し散策したが、街の中心というだけあって大変賑やかだ。様々な店があり繁盛している様子である。建物はすべて黄みがかったバース・ストーンで造られていて、景観はとても美しく統一されていた。

街の中を歩いてランチのレストランに行く。途中の小さな広場で八百屋が露天の店を出していた。屋外のマーケットをイギリスで見たのは初めてだったので面白く見物したが、品揃えは豊富で様々な野菜が美しかった。

元駅舎だったというレストランに着く。なんとなく室内の作りやインテリアが駅の待合室っぽかった。

前菜はシーザーサラダ。メインはポークソテーで、ポテト、ニンジン、インゲン、ブロッコリー、カリフラワー、グリーンピースなど豊富な野菜が付け合わされていた。野菜が新鮮なので、火が通ってはいたがとてもおいしかった。デザートは温かいオレンジにベリーソースをかけたちょっと変わったお菓子だった。

午後はバスでソールズベリー平原に行き、ストーンヘンジを観光するのだ。駐車場でバスを降り、近くのカウンターでオーディオガイドを借りる。それを首から下げて歩いてビジターセンターに向かう。あたりは一面の草原で、アマポーラの赤い花がどこまでも続いている。空が広く、雲は出ているが天気はよかった。

ビジターセンターの建物は新しくモダンな感じで大きい。そしてさらに無料の連結バスに乗り、二キロメートル程先にあるストーンヘンジまで行くのだ。

連結バスを降りて歩いていくとまずストーンヘンジの上部が見えてくる。次に見えてくるのはストーンヘンジの周辺に群がるおびただしい見物人たちだ。さすがにイギリスきっての観光地である。もちろん世界遺産だ。

周囲はぐるりとロープが張ってあり、近づけないようになっているのでロープ沿いを歩いて見物することになる。ストーン群とロープまではかなり距離があるので、あまり巨大な感じがしないが、草原に忽然《こつぜん》と奇怪な岩が立っている状況は、不思議な感じである。これは一体何だ、という気がした。

資料をいろいろあたってみても大きさについてはあいまいだ。ロープのすぐ内側にはストーン群を堀と土塁が環状に取り巻いていて、その直径は百メートルほどらしい。その中心に三重の環状列石が並んでいるが、内側の二つは馬蹄形である。環状列石の直径はわからない。立っている石の高さは四〜五メートルほどで、重さは最も重いもので五十トンを超えるそうだ。ビジターセンターで買ってきたストーンヘンジのガイド本にも詳しいサイズは書かれていなかった。

ストーンヘンジはあるひとつの時代に一気に造られたものではない。紀元前三〇〇〇年頃ストーンヘンジは外側の環状の堀と土塁から造られ始めた。

紀元前二〇〇〇年頃ブルーストーンと呼ばれる花崗岩で内側の環状列石が造られた。この石は二百五十キロメートルも離れたウェールズ南部から運ばれたのだそうだ。

紀元前一五〇〇年頃、主要な石が運び込まれ外側の環状列石と、その上に横石（リンテル）が渡され、トリリトンという二つの縦石に一つの横石を渡したものが造られた。このトリリトンに使われている砂岩は三十二キロメートル離れたマールバラ・ダウンから運ばれた。この頃内側の環状列石が馬蹄形に並び変えられ、中央に祭壇石が置かれたのだそうだ。

内側の馬蹄形は夏至の日の日の出の位置と合致しているので、この遺跡が暦のようなものではないかという仮説の根拠となっている。

さらに外側には五十六の堅穴が環を描いていて、木の柱が立てられていた跡なのだそうだ。

その他、堀の内側にも外側にもいくつかの石がある。北東の方向にアベニューという参道が伸びていて、そこにはヒールストーンと呼ばれる目印の石が立っている。アベニューはエイヴォン川までつながっているのだそうだ。

また周囲の丘にはストーンヘンジを取り巻くようにたくさんの古墳群があり、その年代調査からストーンヘンジは青銅器時代（ヨーロッパの青銅器時代は紀元前一九〇〇年頃まで）まで重要な施設だったのだそうである。

ストーンヘンジは誰が何のために建てたのかという謎があるのだが、ストーンヘンジで買ったガイドブックには神殿とはっきり書かれていた。

とにかく、年間百万人もの観光客が押し寄せる超有名スポットである。見せ方がやや大袈裟すぎる気がしないではないが、神秘的で奇怪だなあ、という感想にはなった。

ただし、妻はストーンヘンジにはもうひとつ乗りきれなかったようである。

「古さに値打ちがあるんだな」

と言っても、

「古さならエジプトのピラミッドも負けていないわ。ピラミッドと比べたらこれは屁のようなものだわよ」

と答えた。確かに、ピラミッドと比べられたらお手上げかもしれない。とにかく、やや大袈裟で、いくらか感動的な遺跡ではあった。

それを十分に見てから、バスで昨日のブリストルのホテルに戻った。ホテルのレストランで夕食である。

ポテトとマッシュルームのスープ。メインははビュッフェスタイルだったが、私たちはビーフの煮込みを選び、そこには、ポテト、ニンジン、インゲン、サヤエンドウのソテーがついた。どうも付け合わせが毎回変わりばえしないが味はしっかりついていて食べやすかった。チョコレートケーキのチーズクリーム添えがデザート。私たちは赤ワインを飲んだ。

旅の十一日目は静かにふけていった。

3

長い旅も十一日目まで終ったわけだが、十四日目には帰国の途につくわけである。イギリスを観光するのはあと二日しかない。

そこで、このあたりでイギリスの歴史の後半をざっとまとめておこう。いかにしてイギリスが日の沈まない大英帝国になったのかを中心に。

一四五三年に百年戦争が終ったが、王だったヘンリー六世は精神を病んでいて、その隙にヨーク公リチャードが王位への野心を持つ。自分の方が正当な継承権を持っていると主張するわけだ。

一方、ランカスター家のヘンリー六世の妃マーガレットはわが子エドワードの王位継承権を守ろうとする。百年戦争からの帰還兵が大量に有力貴族に召し抱えられていたため、どちらも戦力は豊富にあった。

つまりエドワード三世の子供のうち、ランカスター公の子孫とヨーク公の子孫の対立である。この対立に諸侯、騎士、ジェントリなどがそれぞれ思惑を持って連なった。

一四五五年、ついにバラ戦争が始まる。ヨーク派とランカスター派の間で一進一退の戦いが繰り返されるのだ。

ちなみに、バラ戦争という呼称は後世のウォルター・スコットの発案による。ヨーク家の記章の白バラとランカスター家の記章の赤バラが由来とされるが、実はランカスター家が記章として赤バラを採用したのは戦争末期だったそうだ。

さて、バラ戦争のなりゆきはとてもややこしくてまとめて語ることもむずかしい。王位を狙う者が次々と戦死したり、病死したりして、最終的にはヨーク派のリチャード三世だけが残った。反リチャード派はもう誰もいなくなってしまったので仕方なくリッチモンド伯ヘンリー・チューダーの元に集結し、一四八五年、リチャード三世を破ってついにバラ戦争は終結した。

ヘンリー・チューダーはイギリス王位を継ぐには正当性が薄かったが、ヨーク家のエドワード四世の娘エリザベスと結婚し、ヘンリー七世としてチューダー朝を開いたのだ。

この頃から、農奴や封建制度などの中世的なものがなくなっていく。また大航海時代になりスペインなどが世界の新しい土地を次々と再発見していく。

ヘンリー七世の時代は有力な貴族の家系が断絶したおかげでおおむね平和で、吝嗇《りんしょく》家《か》だったといわれる彼は王権を確たるものにしようと邁進した。彼は娘をスコットランド王ジェームズ四世と、息子のアーサーをスペイン王の娘キャサリンと結婚させた。アーサーが若くして亡くなると未亡人のキャサリンは弟のヘンリーと結婚する。

そのヘンリーが後のヘンリー八世である。十七歳で即位した彼はルネッサンス的教養人で、父が遺した潤沢な王室財産を持っていた。彼はヨーロッパにおける覇権を求めてフランスやハプスブルク家としのぎを削ったり、スペインと組んで対フランス戦争に乗り出したりした。

この、ヨーロッパでの一流国をめざした大国主義は、ヘンリー七世の遺した財産を食いつぶし王室財政を逼迫させた。

ヘンリー八世は妻と離婚してアン・ブーリンと結婚するために宗教改革をした人物として有名だが、事はそう簡単ではなかったようだ。妻キャサリンは五人の娘を産んだが、育ったのはメアリー一人だった。どうしても男子の後継者が必要だということで、教皇に、兄の妻と結婚したのだからこの結婚は無効だと訴えたが、教皇の返事はノーだった。そこでイギリス国教会を作って自分がトップに立ってしまったのだ。

また、財政難に陥っていたヘンリー八世にとって、カトリックの教会や修道院を解散させるのは、教会財産の獲得が視野に入っていたからだそうだ。

ヘンリー八世はアン・ブーリンと結婚するが、また女の子エリザベスしか生まれなかった。そこでアンに濡れ衣を着せ魔女だということにして処刑してしまう。次の妻はジェーン・シーモアで、息子を産むがすぐに死亡。その後も三人の妻を持つが子は生まれず、ヘンリー八世は五十五歳で死亡。

ヘンリー八世の死後、ジェーン・シーモアの産んだエドワード六世が即位するが短命で終る。次いでキャサリンの娘メアリーが王位につく。彼女はカトリックだったのでプロテスタントを次々に火刑にし、そのためブラッディ・メアリーと呼ばれた。カクテルのブラッディ・マリーはここからつけられた名前である。メアリーはスペイン皇太子のフェリペと結婚するが子供には恵まれなかった。スペインと組んだために対フランス戦争をし、大陸に唯一残っていたカレーの地も失ってしまう。

次に女王になったのがエリザベス一世である。彼女はプロテスタントだったので、この国の宗教はまた国教会に戻された。

エリザベス一世は顧問団と相談しながら、国の建て直しを図り、徒弟制度や貧民救済制度を定め、失業者対策も行った。この頃貿易（奴隷貿易）と工業が盛んになり、一五六八年までに国を建て直すことに成功する。

また、スコットランドのジェームズ四世の孫で元女王のメアリー・スチュアートが亡命してきて、イングランドの王位継承権を主張した。反エリザベス派はこれを利用してエリザベス一世を廃そうとするも失敗。メアリーは処刑されたが、このことはスコットランド史のところに書いた。

外交面ではフランスとスペインの両大国にどう対処するかが問題であったが、フランスは宗教戦争の混乱の中にあり、フランスと組んでいたスコットランドも宗教改革の嵐が吹き荒れていた。スペインもオランダの反乱に追われていたので当面は衝突する動きはなかった。

しかし、イングランドの私掠船《しりやくせん》（女王公認の海賊）が大陸からの銀を積んだスペイン艦隊を襲撃したり、羊毛産業の重要な取引相手であるオランダを支援したりしたこともあり、スペインとの関係が悪くなっていく。海賊の親玉たちはイギリスに戻ると英雄で、社交界に出入りし、紳士然と振る舞っていた。そんな海賊としてはフランシス・ドレイクが有名である。

一五八八年、スペインはついに無敵艦隊をさし向ける。英仏海峡を舞台にスペイン、イギリス両国の艦隊が海戦を繰り広げたが、結果スペインの無敵艦隊は撃退される。だがこの海戦を機にイギリスが制海権を握るという程甘くはなく、この後もスペインは再度の艦隊派遣を企てたし、カリブ海を舞台とした両国の戦いはスペイン優位のまま推移した。

しかし、スペイン無敵艦隊を撃退したということは神話化され、イギリス史において特別な意味を持つことになった。

十六世紀のイギリスは急激な人口増加とインフレの時代でもあった。生活水準は低下し、多くの困窮者が都市へ流れ込み、戦争、不況、疫病、浮浪者が為政者にとっての脅威であった。

エリザベス一世は独身のまま生涯を終え、後継者はスコットランドのメアリー・スチュアートの息子でスコットランド王のジェームズ六世が最も有力な候補だった。ジェームズ六世はイングランド王ジェームズ一世として即位し、ここにスチュアート朝が始まるのだが、このことはスコットランド史のところに書いた。この棚ぼた式に王様になったジェームズ一世はイングランドに憧れを持っていたらしく、王位についた後はほとんどスコットランドに帰っていない。

ジェームズ一世はスペインとの関係改善を図った。

彼は国教会を引き継いだが、この頃イギリスには国教会のほか、ローマ・カトリック、ピューリタン（清教徒）の三つの宗派があった。ジェームズ一世はピューリタンが嫌いで宗旨替えを迫る。ピューリタンの一部はメイフラワー号に乗り船出して、アメリカにたどり着き、そこをニューイングランドと名づけて住みついた。

イギリスは植民地や貿易拠点を求めて世界中に出かけたが、ヨーロッパの他の国々に先を越されていた。特にオランダは貿易を通じて強国になっていた。

イギリスはヴァージニアに最初の植民地を持ち、きちんとした貿易機関「東インド会社」を作った。

ジェームズ一世の次の王、チャールズ一世の時代は王と議会が衝突する。王党派と議会派に分かれて争い、一六四二年ついに内戦が始まる。この戦争を収束させたのは清教徒のオリバー・クロムウェルだった。彼は最新鋭エリート軍隊を結成し、国王軍を打ち負かし、王を裁判にかけ斬首してしまう。これが清教徒革命で、国王の処刑という異常事態が起こったわけだ。

この後十年間は国王のいない共和制の時代になる。ピューリタニズムに基づく厳格な統治は、クリスマスまで禁止するという庶民にとって息苦しいものだった。

対外的にはオランダとの関係が冷えきっていて、オランダの中継貿易を排除する目的の航海法を制定すると、一六五二年両国は戦争（第一次英蘭戦争）になる。この戦争は一六五四年、イギリス優位で終結する。

十七世紀になって凋落著しかったスペインから西インド諸島の植民地を奪い取る。そこで黒人奴隷を用いた砂糖プランテーションはイギリスの富の源泉のひとつとなる。

イギリスは大西洋を挟んだ植民地帝国への歩みを本格化させていった。

共和政府内では議会と軍が対立する中、クロムウェルが病死する。息子のリチャードは混乱を収拾することができず、スチュアート朝への復帰が進められた。フランスに亡命していたチャールズ二世はイギリスに戻り、一六六〇年王政復古がなされた。

4

王政復古を境に海外貿易が活発になり、輸出は世紀末までに三倍にふくらんだ。カリブ海と北アメリカ植民地を結ぶ帝国が機能し始めたのである。

一六六五年はペストの流行で七万人が命を落とし、一六六六年にはロンドンを大火が襲い市の五分の四が焼け落ちてしまう。

同じ頃、オランダとの戦争（第二次英蘭戦争）が行われていた。国内の混乱のため戦況は思わしくなく、北米のニュー・アムステルダム（後のニューヨーク）を確保したものの、譲歩も余儀なくされた。オランダとの戦争は一六七二年にも繰り返される（第三次英蘭戦争）。これはフランス、イギリス軍と、オランダ、スペイン、神聖ローマ帝国軍の戦いで、フランス、イギリス軍が負けたが、オランダの被った被害も甚大で、これがオランダ凋落の要因となる。

チャールズ二世の次の王は弟のヨーク公ジェームズとみなされていたが、彼はカトリック教徒であった。そこで、彼を王位継承者から外すべきかどうかで議会は二つに割れた。ジェームズ排除賛成のホイッグ党と、反対のトーリー党である。この二つは議会の二大政治勢力となっていく。

結局ジェームズから王位継承権を奪う法案は成立せず、一六八五年ジェームズ二世は即位する。ジェームズ二世は信仰の自由宣言をしカトリックの合法化を狙うが国教会の反発をかう。しかし王は公然とカトリック政策を行った。

ジェームズ二世は長らく男の子がなかったので、一代限りで、次はジェームズ二世の娘でオランダのオラニエ公ウィレムに嫁いでいたメアリーが女王になると思われていたのだが、ジェームズ二世に男児が生まれてしまった。つまりカトリックの王が続いてしまうことになる。

そこで議会はオラニエ公ウィレムに救援を求める。一六八八年十一月五日、ウィレムは軍を率いてイングランドに上陸する。ジェームズ二世の次女アンを含め多くの貴族が王を見捨て、孤立無援となった王は息子と共にフランスへ逃亡した。このことが後にジャコバイト運動の原因となる。

そしてオラニエ公ウィレムと妻メアリーは、ウィリアム三世とメアリー二世として共同統治を行うこととなる。議会が王位継承者を決めるという出来事はイギリスにとって非常に重要なことで、この先、議会はこの権限を二度と失うことはなかった。これが「無血、あるいは名誉革命」である。

ウィリアム三世の外交の基本方針はフランスが拡張するのを抑えることで、そのためにヨーロッパ各地の戦争に積極的に参加した。そして、莫大な軍事費を得るために国債という新しいシステムが導入され、イングランド銀行が設立される。これは国家財政のあり方を根本から変革するものであった。この後、この潤沢な資金が植民地獲得戦争の戦費となる。

メアリー二世とウィリアム三世が亡くなると、メアリーの妹のアンが女王になる。アン女王の時代もスペイン継承戦争は続いた。この時代の戦争はヨーロッパ内だけでなく、北米大陸の植民地も戦場となった。

この戦争でイギリスは、ジブラルタル、ハドソン湾地域、ニューファンドランドなどを獲得する。今やイギリスはヨーロッパの押しも押されもせぬ強国になっていた。

一七〇七年、スコットランドとの合併がなされる。グレート・ブリテン王国の誕生である。イングランドは対フランス戦遂行のためスコットランドの離反を食い止めたかった。スコットランドでは合同への反発は強かったものの、合同による貿易の自由化などの経済的利益が魅力的だったのである。

議会では政権を求めて、名誉革命体制維持派で主戦派のホイッグ党と、消極的で和平派のトーリー党がしのぎを削っていた。

一七一四年、アン女王が亡くなると、ジェームズ一世の孫娘の子にあたるハノーヴァー選帝侯ジョージがドイツからやってきて、イングランド王ジョージ一世として即位した。ハノーヴァー朝の始まりである。

一七一五年ジャコバイトの反乱が起こる。スコットランドの歴史のところで詳しい話はしているのでここでは割愛する。ジャコバイトの反乱は一七四六年のカローデンの戦いで幕を閉じる。

この頃、中南米と貿易を行う南海会社ができて、投機ブームが起こる。しかしバブルがはじけ金融恐慌が引き起こされる。これを収拾したのがロバート・ウォルポール卿という人物で、初の首相といわれている。

一七二七年ジョージ一世が亡くなり、ジョージ二世が即位する。

ウォルポールの時代はひと時の平和の時代だった。しかし一七三九年には対スペイン戦争が始まる。イギリスはフランス、スペイン、プロイセンと戦い、戦場はアメリカやインドにまで及んだ。一七四八年アーヘンの和約で終結するが戦争の火種はくすぶったままだった。

一七五六年、ミノルカ島を舞台にまたイギリスとフランスが戦争を始める。ヨーロッパの戦いではイギリスはつまずくが、植民地では盛り返しベンガルを確保し、ケベックを奪い、モントリオールを占領した。

一七六〇年ジョージ二世が没し、ジョージ三世が即位する。ハノーヴァー朝では初めてのイギリス生まれの王だった。先王がホイッグ党の言いなりだったことに不満を抱いていた彼は、自分自身と側近とで政治をしたがった。

その頃ヨーロッパの戦争もようやく帰趨《きすう》が見えてきて、パリ条約が結ばれた。この条約はイギリスの一人勝ちであった。カナダ、ミシシッピ以東のルイジアナ、フロリダ、ほんの一部の都市を除いたインドを手に入れた。

大西洋を挟み西インド諸島（砂糖、タバコ、綿花）、西アフリカ（奴隷）、イギリス（布、日用雑貨、武器）を結んで展開した貿易を三角貿易という。

イギリスは植民地をあくまで従属的な存在とみなす一方、戦費の多額な負債を負担することを求めた。北米の十三の植民地は不満を強め、とうとう一七七三年ボストン茶会事件が起こる。

一七七六年アメリカは独立宣言をし、イギリスは軍事介入に踏み切るが、十三植民地はフランスと同盟し、スペインやオランダも戦いに引き込む巧みな外交で戦いを有利に進め、ついに一七八三年パリ条約でアメリカ合衆国の独立が承認される。

このことをきっかけにイギリスの植民地政策はインドを中心に据えた帝国の再編に向かうようになる。

十八世紀のイギリスで大きな発展を遂げたのは綿織物の生産だった。十七世紀にインドから輸入された綿織物が、値段は高いが、毛織物産業に脅威を与えるほど人気を博していた。綿花は輸入しなければならないが、それを国内で織物にするのは大きなビジネスチャンスだった。

ジョン・ケイが毛織物のために発明した飛《と》び杼《ひ》が綿織物に採用され、その生産性を高めると、大量の糸を供給するためにアークライトの水力紡績機やハーグリーブスの多軸紡績機の改良が進んだ。糸の生産が増えると、織機のさらなる改良が促進され、カートライトが動力を利用した力織機を発明し、ジェームズ・ワットの蒸気機関と結びつくことで大量生産を可能にした。

生産された綿織物は植民地にまで需要を広げた。綿織物に始まった産業革命は規模の大きい工場を発展させ、農業改良では後れをとっていたイングランド北西部を中心に新たな工業都市が成長した。

また、石炭、鉄、蒸気機関という産業革命の支柱は、十九世紀に入るとスチーブンソンが完成させた蒸気機関車による鉄道という形に結実する。マンチェスター、リヴァプール間の開通を手始めに、鉄道網は一気に全国に広がった。

一七八九年フランスで革命が始まる。初めイギリスの政界、思想界などでは共感を持って見られていたが、革命が急進化して、その影響がフランス国内に止まらなくなると支持派と反対派の間で衝突が生まれた。

フランスでは次々に貴族を断頭台に送り、周りの国々に戦争を仕掛けていった。共和国フランスは驚くほど強かった。その戦争でナポレオンが台頭していったのだ。

ナポレオンは一七九八年、対イギリス戦略としてエジプト遠征を敢行するが、ネルソン提督率いるイギリス艦隊はナイルの河口のアブキール湾でフランス艦隊を壊滅させた。

一八〇一年アイルランドと合併し「グレート・ブリテンおよびアイルランド連合王国」が発足した。

一八〇四年ナポレオンが皇帝位に就く。翌年ナポレオンはイギリス上陸を画策するが、フランス、スペイン連合艦隊がトラファルガー沖の海戦でネルソン提督率いるイギリス艦隊に敗れたため、イギリス本土攻略はかなわなかった。

最終的にナポレオンはワーテルローの戦いでウェリントン率いる連合軍に敗れ、ナポレオンの時代は幕を閉じる。

この間イギリスはスペインの旧植民地である中南米の国々を独立させ、自らの経済圏に組み込んだ。

ただし、戦後の好景気も長くは続かず、不況が襲う。戦後の大陸からの穀物輸入に高い関税をかけ地主を守るために制定された「穀物法」も、国内の穀物生産が追いつかず、庶民の食卓からパンを奪うことにしかならなかった。

ジョージ三世が亡くなり、息子のジョージ四世が即位する。皇太子時代からの放蕩で世評の芳しくなかった王は、もとから愛情を持っていなかった妻キャロラインとの離婚を企てたが、キャロラインは国民に人気があり、世論に押されて王は離婚を諦めざるを得なかった。私的なことでさえ、もはや国王の好き勝手が許される時代ではなくなっていた。

ジョージ四世は初めてスコットランドを訪問した王である。その時キルトを身につけたのでスコットランドの住民から大いに歓迎された。

一八三〇年ジョージ四世死去。弟のウィリアム四世が即位する。

一八三〇年代から一八五〇年代は産業革命による急激な経済成長と、その利益、成果の分配の不均衡などで社会のひずみ、階級間の対立が鮮明になっていく。

グレイ内閣が発足し、一八三二年選挙法の改革が行われる。改正法案により不十分ながら選挙区の区割りの変更と中流階級までの選挙権の拡大が行われた。一八三三年には工場法が成立し、年少者の労働時間に制限が加えられる。それまでは子供の労働者も大人と同じように働かされていたのだ。

一八三七年ウィリアム四世の死に伴い、姪のヴィクトリアが即位する。当初はそれほどカリスマ的に人心を引く存在ではなかったのだが、一八四〇年アルバート公との結婚により理想の家庭のイメージが定着すると人気が高まった。ヴィクトリア夫妻がスコットランドに避暑に行くと、上流階級や中流階級の人々もこぞってスコットランドに出かけたほどである。

労働者階級の選挙権の拡大を求める運動は続いていて、チャーチスト運動へと発展していった。

一方海外進出では、ニュージーランド、オーストラリア、カナダで新たな植民地を築きあげた。インドでもその周辺地域にまで支配を広げた。

この時期のイギリスの植民地政策は、直接的植民地支配ではなく、自由貿易の名の下に経済的に弱体な地域を支配下に収める自由貿易帝国主義が基調であった。この自由貿易の押しつけの露骨な例が中国でのアヘン戦争であった。中国からの茶葉の大量輸入の貿易収支の改善のため、インドで栽培させたアヘンを密輸したのである。その結果一八四〇年アヘン戦争が起こり、イギリスはその海軍力で圧倒し、南京条約で五つの港を貿易港として開かせ、香港を割譲させた。中国も事実上の植民地のようなものになってしまう。

インドでは東インド会社が地租徴収権を得ていて、実質的にインド統治を行っていた。東インド会社は自前の軍隊も持っていて、インドを舞台にフランスと戦っていたりした。一八五八年インドがイギリスの直接統治に組み込まれるまでその状態が続いたのだ。

一八五一年、アルバート公の提案により、ロンドンで世界初の万国博覧会が開催された。鋼鉄とガラスで作られた巨大なパビリオン「水晶宮」はイギリスの強大な技術力、産業力を表していた。イギリス国内だけでなく帝国各地の産物が展示された。パックス・ブリタニカ（イギリスの平和）が標語となっていた。イギリスの絶頂期ともいえるイベントだったのかもしれない。

万国博覧会はイギリスの力を他国に誇示するための催し物であったが、皮肉なことに最も評判をとった出品物はアメリカのマコーミック社の麦穂の自動刈り取り機だった。アメリカやドイツの製品は目覚ましい成長を示していた。イギリスがアメリカに追い抜かれるのは、まだ少し先のことだが、その兆候が見え始めたと言えるかもしれない。

この後もイギリスはスエズ運河会社の株を四十四パーセント取得し、エジプトの単独支配に乗り出した。アフリカの植民地獲得も進めていくことになり、金やダイヤモンドを求めて南アフリカを植民地化する。

そしていよいよ二十世紀に入っていき、第一次世界大戦となるのだが、それ以降は現代史なのでここでは省略することにしよう。

とにかく、フランス、スペイン、オランダなどとの戦争に明け暮れていたイギリスは、植民地政策と、産業革命によって、日の沈まない大英帝国になっていったのだ。

私がイギリスへ行くとなって少しビビったのは、その大英帝国の幻影に対してだったのである。ところが行ってみたらとてものどかな田園だらけの国だったわけだが。

イギリス史をざっとまとめるのは大変な作業で、予定外に長くなってしまったので、ここで終りとしよう。

ローマン・バス博物館

グレート・バス

バース・アビー

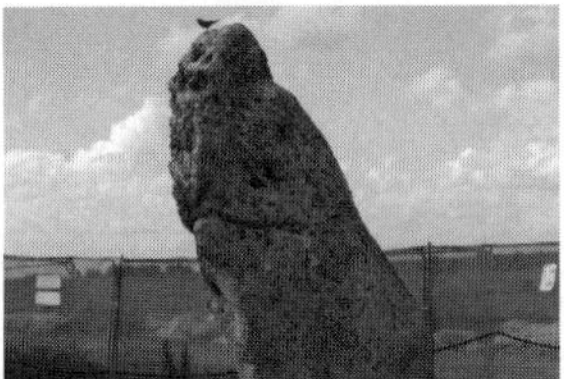

ストーンヘンジの参道にある
ヒールストーン

ヴィクトリア女王像

第十一章

オックスフォードとウィンザー城

―― 学問のための街と、宮殿で華やかな街 ――

ラドクリフ・カメラ

③インヴァネス
④ネス湖
スコットランド
④フォート・ウィリアム
④ローモンド湖
②セント・アンドリューズ
⑤グラスゴー
①エジンバラ
⑤ハドリアヌスの長城
⑥湖水地方
⑦ヨーク
⑦ハワース
⑧チェスター
イングランド
ウェールズ
⑧ストラトフォード・アポン・エイヴォン
ボートン・オン・ザ・ウォーター
⑨コッツウォルズ
⓫オックスフォード
バイブリー
ブリストル
カッスル・クーム
⓫ウィンザー
⑩バース
⑩ストーンヘンジ

1

旅の十二日目は、二泊したブリストルのホテルを出発して、オックスフォードに向かう。

相変わらず牧草地の多いのどかな風景の中をバスは走り、ひたすらオックスフォードをめざした。イギリスには工業地帯や農業地帯もあるらしいのだが、この旅行の行程ではあまりそういう所を通らないのだった。牧草地ばかり見たような気がするほどだ。

すると妻が、わかったぞ、という口調で言った。

「あのさあ、外国人が日本へ来て新幹線やバスで旅行したとしたら、田んぼばっかり見るなあと思うでしょうね。それってつまり、日本にとって米が根幹だからなのね。食の根幹だし、文化の根幹でもあるわけよ」

時々面白いことを思いつく人なのだ。

「それで、イギリスへ来ると牧草地ばっかり見るっていうことは、羊毛、つまりウールがイギリスの根幹だからなのよ。きっとそうだと思うな」

確かに、スコットランドから始まったこの旅で、羊はあきるほど見たのだ。妻の意見もいいところをついているかもしれない。

さて、オックスフォードに到着した。オックスフォードといえばオックスフォード大学である。私は、グラスゴーでグラスゴー大学の周りをバスで一周したことを思い出し、あんなふうに、オックスフォードの街の中に、大きなオックスフォード大学があるのだろうと思っていた。

しかし、それがちょっと違っていることがだんだんわかってくるのだった。オックスフォードは街の中に大学がある、というより、大学の隙間に街があるような感じの所なのだ。そのことは観光してみた時に説明していこう。

まず、アシュモーリアン博物館の前でこの街のガイドと合流した。孫が小学生といった年まわりの女性である。つい最近、その孫とフットボールをしていて足に怪我をしたということで、杖をついていたが、それなのに足が速くてついていくのが大変だった。

街のほぼ中央の通りを歩く。石造りの重厚な建物や博物館が並んだ通りを行くと、まず街の中心に建つカーファックス・タワーにぶつかった。カーファックスとはフランス語で交差点の意味だそうで、まさに交差点に建っている塔だ。十四世紀に建立された時計塔で、「クォーター・ボーイ」と呼ばれる十五分置きに鐘を鳴らして時を告げる人形が組み込まれている。この塔は中世には市の教会の一部だったそうで、その教会は、中世に学生と市民の紛争が絶えなかった（タウン〈町〉とガウン〈学生〉の抗争という）

時代があり、その時市民側の集合場所だったところだそうだ。

その紛争についてはあとで詳しく書く。とにかく、昔は教会の一部だった時計塔が、街の中心にあるカーファックス・タワーだ。

それをやり過ごして先へ進むと、左にタウンホール（市役所）が建っている。現在オックスフォードは市（シティ）なのだが、昔のタウンホールという名をそのまま使っているのだ。そのタウンホールには市のシンボル「川を渡る牛」の描かれた旗が立っている。フォードとは渡河地点だというのはストラトフォードの時にも言ったが、牛の渡河地点でオックスフォードであり、それを描いたデザインがこの街のシンボルになっているのだ。街角の建物などにも、三本の曲線で表現された川の上を雄牛が渡る姿の描かれたプレートが飾られていた。

さらに進むと、クライスト・チャーチ・カレッジが見えてくる。オックスフォードに三十九もあるカレッジのひとつだ。オックスフォードのカレッジは、日本で言う単科大学のことではなく、オックスフォード大学を構成する学寮のことである。

キリスト教の教会つきの全寮制修道士養成学校を起源とするもので、敷地内に教員と学生の寄宿舎、食堂、講堂、図書館、礼拝堂、庭園などを備えた組織なのだ。そういうカレッジが、隣あったり、ちょっと離れたりして三十九もあり、カレッジの隙間に街があるという風景になっている。そのカレッジの総合体がオックスフォード大学なのだ。

話をクライスト・チャーチ・カレッジに戻すと、通り側にそびえ立つのは、上部が八角形になったトム・タワーで、一六八一年にクリストファー・レンにより完成したものだ。オックスフォードの全カレッジの中で最も壮麗なタワーといわれている。塔内にはグレート・トムと呼ばれる重さ七トンの大鐘があり、今でも時を知らせているのだそうだ。

敷地内は広く、美しい緑の芝生に覆われた中庭の向こうに大ホールがある。ハリー・ポッターの魔法学校の食堂のシーンのモデルになったホールだそうだ。さらに奥には大聖堂がある。

クライスト・チャーチの地は、伝説によると八世紀初頭にサクソンの王女フライズワイドが修道院を建てたところだ。その跡地に、一五二五年、ヘンリー八世の大法官であったウルジー枢機卿が資金を惜しみなくつぎ込んでカレッジを創設した。当時はカーディナル・カレッジといわれていて、オックスフォードで最も壮麗なカレッジであった。後にウルジーが王の恩寵を失うと、一五四六年国王はこのカレッジと大聖堂に自らの印章を刻印し、クライスト・チャーチと改名し、このカレッジの教会を市全体の大聖堂としたのだそうだ。カレッジの教会であり、市の大聖堂でもあるというのは大変珍しいのだそうだ。

このクライスト・チャーチは『不思議の国のアリス』ゆかりの場所でもある。クライスト・チャーチで数学教師をしていたルイス・キャロルが学寮長の娘のアリスにせがまれて語ったアドリブの話が、その後『不思議の国のアリス』になったのだ。

　さて、クライスト・チャーチの先を左に曲がり、大きなカレッジの建物沿いに進むと広々とした芝生の庭に出る。その向こうには別のカレッジの建物が見えていた。芝の庭の横の細い道をたどり小さな段差を登り、とても狭いキスの門を抜けて少し進み、右に曲がってマートン・カレッジに着いた。ここは現皇太子殿下がかつて留学されたカレッジだ。薄茶色の石造りで、様々な彫刻の施されたカレッジ・チャペルが立派だった。

　マートン・カレッジは、一二六四年にイングランド大法官マートンが、自らの名を冠して創設した最古の常設カレッジだ。それまでのカレッジは土地、建物を持たない存在だったが、マートン・カレッジをかわきりにカレッジは次々と常設のものになっていったのだ。

　マートン・カレッジを後にして、カレッジとカレッジの間のような細い道を抜け、ハイストリートに出る。オックスフォードでは市内の通りを呼ぶのに勿体をつけて定冠詞と通りの名前だけで呼ぶのだそうだ。したがってここはザ・ハイと呼ばれる。

　ザ・ハイは幅の広い優雅な通りで、カレッジが建ち並び、その間に古くて由緒がありそうな店が並んでいる。一六五〇年に建てられたイングランド最古のカフェがあった場所には、グランド・カフェという水色の外観が愛らしいコーヒーハウスがあった。イギリスの都市ではよく二階建てバスが走っているが、オックスフォードで見た赤い二階建てバスも街によく似合っていた。

黒い長いガウンを着た学生が悠然と通りを渡っているのを見た。試験が行われるシーズンだそうで、試験に臨む学生は正装の上にガウンを着るのだという。

ザ・ハイを少し歩き、また左手の細い道に入る。道はしだいにカーブしていき、ニュー・カレッジ・レーンという細い道に入る。商店も何もない静かな道だ。さらに狭いわき道を入るとしゃれたカフェが一軒だけあった。

ニュー・カレッジの壁の梁にあたる部分に、ユーモラスな小さい彫像がたくさん並んでいる。動物や怪物、おかしな顔の人物などがモチーフだ。こういった彫刻は他のカレッジでも見られるそうで、学生の遊び心を感じた。

2

ニュー・カレッジ・レーンの最後の角を曲がると、道路の上を跨ぎ、建物と建物を結ぶ「ため息の橋」という橋がある。ハートフォード・カレッジの新旧二つの中庭を結ぶために、一九一三年にサー・トマス・ジャクソンによって設計されたものだ。ヴェネツイアの「ため息の橋」に形が似ているので、本来の名前ハートフォード橋とは誰も呼ばないのだとか。

左に曲がって広場に出ると、その中央に印象的で巨大な建物が現れる。それがラドクリフ・カメラである。

広場の名前はラドクリフ・スクエアである。カーファックス・タワーが街の中心なら、こちらは大学街の中心だそうだ。

ラドクリフ・カメラはオックスフォードにある建物の中で最も印象深い建築物だ。一七四九年に建てられたバロック様式の建物で、ドームを持つ円型の建物は華やかな装飾がほどこされている。設計はジェームズ・ギブスである。カメラとはラテン語で円天井の部屋を意味するのだそうだ。

元々はアン女王の宮廷侍医だったジョン・ラドクリフ博士の蔵書を納めるために作られた図書館だったが、現在は隣接した、世界で最も有名な書物コレクションを誇るボドリアン図書館の主閲覧室となっている。ボドリアン図書館には、イギリスで印刷されたすべての本が一冊ずつ納められているという。

ラドクリフ・カメラの前には聖メアリー教会がある。教会の起源はよくわかっていないが、サクソン人の時代に建てられたと言われている。

現在の建物の中で最古の部分は一二八〇年に建てられた、高くそびえる堂々とした塔だ。教会の中に入ってみたが、意外なことにあまり広くはなく、仰々しくもない。美しいステンドグラスが教会を彩っていた。

聖メアリー教会は聖母マリア教会大学ともいうそうで、大学の「正式な」教会として国事における中心的な役割をはたしてきた教会だそうだ。したがって市民と学生がいざこざを起こした中世には、学生たちはこの教会に集結したのだそうだ。

それからまた、カレッジとカレッジの間の狭い道を歩く。どのカレッジも、開け放たれた門から見える中庭の様子やホールの建物などが歴史ある感じで、静まりかえっている。とてもアカデミックな感じであった。

いくつかの角を曲がり、ベイリオル・カレッジへやって来た。このカレッジは雅子妃殿下がかつて留学していたカレッジだそうだ。

ベイリオル・カレッジは一二六三年に紛争を起こしたジョン・ド・ベイリオルが、罪を償うために創設したカレッジだ。元来は貧しい学者のためのカレッジだったそうだ。

中に入ってみると、こぢんまりした教会、中庭と学生のための寮があり、さらに裏に進んできれいに手入れされた小庭を抜けると広い芝生の庭があり、その奥に食堂のある建物がある。

重厚で古めかしいインテリアの食堂では、昼食時だったこともあり何人かの学生が食事をしていた。しかし、この日は天気がよかったからだろう、料理を芝生の庭に持ち出して輪になって食事をしている学生もいた。その感じはなかなかカジュアルでよかった。

オックスフォードは石灰岩の丘陵に囲まれた盆地にあり、チャーウェル川とテムズ川が合流する地点の段丘上に位置する街だ。古くはテムズ川上流の交易の中心地であり、サクソン人の拠点として発展した。

一一六七年ヘンリー二世が、イングランドに移住していたノルマン人の子弟に対して、パリのソルボンヌ大学で学ぶことを禁じた。そこで彼らは当時田舎町だったオックスフォードにあった聖アウグスティヌス修道院に移り住んだ。そして大学都市として発展していくこととなる。

しかし、新来の学生と地元市民の間に緊張が絶えず、非難合戦や酔っ払い同士の乱闘がエスカレートしていった。その間に市民に脅された一部の教師や学生たちはケンブリッジやスタンフォードに移って大学を創設した。

一三五五年、聖スコラスティカ記念日の大虐殺が起こる。記念日を祝っていた酔っ払いの小競り合いをきっかけに何百人もが駆けつけて、学生対地元市民の全面的な暴動に発展した。翌日には農具で武装した周辺農民も加わり、事態はいっそう悪化した。学生六十三人、地元市民三十人の死者が出た。ついに王エドワード三世は軍隊を送り、騒ぎを鎮圧し、大学に街を管理する権力を与える勅許状を下した。

この事件後、王は大学をいくつものカレッジに分割させた。最古のカレッジは十三世紀に設立されていた。その後一世紀の間に三つのカレッジが新設された。三世紀の間そのペースでカレッジは増えていった。そしてそれぞれのカレッジが伝統を築きあげていった。

二十世紀になって新設されたカレッジもあり、現在三十九のカレッジで一万八千人の学生が学んでいる。そのカレッジの集合体がオックスフォード大学なのだ。

ただし、街はただ学園都市だっただけではない。一七九〇年にはオックスフォードとミッドランドの工業地帯を結ぶ運河が開通し、学問の中心地にも商業と工業の波が打ち寄せた。本格的に産業ブームが到来したのは、ウィリアム・モーリスが自動車製造を始めた一九一三年からだ。現在はＢＭＷの新型ミニ車の製造ラインがオックスフォードで稼動している。

という話まできいて、杖をついているのに足の速い女性ガイドに率いられての観光は終了だ。とにかく学生の街の中、いくつものカレッジの間を歩きまわった観光だった。

バスに乗り昼食のレストランに向かう。街道沿いのこぢんまりとした明るいレストランでランチ。

前菜はブロッコリーのスープ。メインはヒラメのソテーのクリームソースかけ。付け合わせはメークイン種の新ジャガのボイルとミックスベジタブル。デザートはチーズケーキ。私たちはビールを一パイントずつ飲んだ。

ヒラメのソテーは柔らかくなめらかで、魚の鮮度もよく案外おいしかった。ソースの優しい味も魚によく合っていた。

だんだんイギリスの味に慣れてきて、おいしく感じられるようになってきたのかもしれない。

3

午後はウィンザー城に行く。オックスフォードからバスで一時間ぐらいだ。

ウィンザーのセントラル駅の下の駐車場でバスを降りて、そこから階段を上ってセントラル駅に入る。駅舎は瀟洒な感じで、終着駅になっている。構内にはピカピカに磨かれた古い蒸気機関車が一台停められていた。

駅前に出ると白地に赤の十字が描かれたイングランドの小旗が、空を横切るようにたくさん架けられている。おしゃれな店が多く、店先には鉢に花を盛ったものが吊って飾ってある。観光客が多くて、なんだか陽気な雰囲気で、遊園地の入口付近のようだ。天気もまずまずで空が明るい。

ショッピング街を抜けると立ち姿のヴィクトリア女王の銅像が立っている。そこから坂を少し登り、ウィンザー城内に入る。

ウィンザー城はノルマン時代の砦を起源として、長い年月をかけて増改築を繰返し、今日の巨大な城となったものである。そのためイギリスの様々な時代の建築様式の流れを示すものとなっている。

ウィンザー城はイギリスの歴代君主が、常に使い続けてきた最古の城である。また現在使われている王室の居城としては、世界最大の規模を誇る。

週末、エリザベス女王が滞在している時は、ラウンド・タワーの上に王旗が掲げられる。

城の面積は五ヘクタールで、王宮の他にもラウンド・タワーや聖ジョージ教会などの多くの建物と、城内で働く城守、ウィンザー騎士団、教会関係者などの執務室や住居が含まれている。

ウィンザー城は最初、ロンドンを囲む砦のひとつとして、一〇八〇年頃に征服王ウィリアムによって建造された。その最古の部分は中央にある土塁である。当時は土塁の他、木造の構築物があった。

この土地は、このあたりのテムズ川流域では唯一、三十メートルの高さのある丘で、天然の要塞としての条件を備えていた。

丘は三つの部分に分けられる。最も高い部分はアッパー・ウォード、中央はミドル・

ウォード、低い部分はロワー・ウォードと呼ばれる。

一一一〇年にはヘンリー一世が城内に居を構えていた。

一一七〇年代にはヘンリー二世が石材を使って城を再建し、最古の土塁の上にラウンド・タワーを建設した。その他ロワー・ウォードに公式の住居、盛大な宴会の催せるホール、アッパー・ウォードに私的な住居、ステート・アパートメンツ（公式諸間）、城壁なども建設した。

一二二〇年代にはヘンリー三世が西側の五つの円形塔を組み込んだ城壁を、一二四〇年から一二四八年にはロイヤル・チャペルを建設した。ヘンリー二世時代の建物を建て直したりもしている。

中世にはエドワード三世が大拡張工事を行い、ゴシック様式の広大な王宮、聖ジョージ・ホール、ノルマン門を建設した。

その後の中世の王たちは、ほとんど建物に手を加えなかった。エドワード三世時代の建物は十七世紀まで残ったものもある。

一四七五年から一四八三年にかけて、エドワード四世は現在の聖ジョージ教会を建てた。

一五一一年、ヘンリー八世はロワー・ウォードへの新しい門を建設した。

一五五〇年にはメアリー一世がロワー・ウォードにウィンザー騎士団の宿舎を建設。

エリザベス一世は現在のロイヤル・ライブラリーを増築した。

十七世紀の清教徒革命の時には、城は議会派の手に落ちて牢獄として使われた。チャールズ一世はロンドンで処刑され、ウィンザー城の聖ジョージ教会に埋葬された。一六六〇年、王政復古がなされ、チャールズ二世はロンドン外の主要宮殿としてウィンザー城を再建することを決意する。一六七三年から一六八四年の十一年間かけて、アッパー・ウォードのステート・アパートメンツをバロック宮殿に改築し、ロング・ウォークを建設した。

ハノーヴァー朝の王たちはウィンザーよりもハンプトン・コートを好んだが、ジョージ三世はウィンザー城が気に入り、ここに居を移すことを決め、ジェームズ・ワイアットに大工事の設計をまかせた。一七八九年から一八〇六年にかけて、ステート・アパートメンツをゴシック復古様式に変更する大工事が行われた。新しいステート・エントランスとゴシック式の階段も建造された。

ジョージ三世時代から、アッパー・ウォードのステート・アパートメンツと構内は定期的に一般公開されるようになった。

ジョージ四世も引き続き城のゴシック復古様式化を進め完成させた。国王に大きな影響を与えたのが、芸術面のアドバイザーだったサー・チャールズ・ロングであった。彼が改築のための工事概要書をまとめた。ラウンド・タワーの高さを延長して全体のシルエットの効果を高めた。さらにアッパー・ウォードを囲むグランド・コリアンダーを建設した。新ロイヤル・アパートメンツとステート・アパートメンツをより快適で豪華なものに改築した。

ウィンザー城がその栄光の頂点に達したのはヴィクトリア女王の時代である。女王はこれまでのどの国王よりも毎年長期間ウィンザー城に滞在したため、ウィンザー城はイギリス王室の第一の宮殿となった。

ジョージ四世が多くの建設や改築を行い壮麗な城を遺したため、ヴィクトリア時代には改修の必要はほとんどなかった。女王が行ったのはいくつかの規模の小さい改修や再建だけだった。使われていなかった礼拝堂を大理石とモザイクで改装し、一八六一年十二月十四日に城内で亡くなった夫のアルバート公のためのメモリアル・チャペルとした。二十世紀に入ってからも長い間、ウィンザー城は十九世紀からの変わらぬ姿を保っていた。

ところが、一九九二年十一月二十日、アッパー・ウォードのプライベート・チャペルから出火し、大きな被害をもたらした。原因は祭壇付近のカーテンにスポットライトが当たり引火したものと考えられている。プライベート・チャペルの他、聖ジョージ・ホール、グランド・レセプション・ルーム、ステート・ダイニングルーム、クリムゾン・ドローイング・ルームなどに大きな被害が出た。

しかし幸いだったのは、火災を被った部分は配線工事中で、貴重な物は運び出されていたため、美術品の被害は少なかったことである。

火災の後、直ちに修復工事が開始され、一九九七年十一月には完成した。工事はジョージ四世時代の元の設計にしたがって行われ、すっかり焼け落ちてしまった部分は周囲との調和を考慮しながら新デザインで再建された。

以上、ウィンザー城で買った日本語版のガイドブックをもとに、城の歴史をまとめてみたが、歴代の王たちが大いに改築、増築をして、現在の巨大な城になっているのだなあということを思うばかりである。

4

ウィンザー城内で見物できるのは、ステート・アパートメンツ、メアリー王妃の人形館、聖ジョージ教会の三カ所と構内だ。

入口を入ると、まず細長い通路がある。城らしく城壁には銃眼が開いている。小さな門を抜けて道がU字に折れ曲がると目の前に土塁とラウンド・タワーが開ける。ラウンド・タワーは差し渡し三十一・四メートルと二十八・六メートルのややいびつな楕円形で、城の中心に堂々とそびえている。一九一一年からは王室の古文書が収蔵されているのだそうだ。

ラウンド・タワーの周りをのんびり歩いていると、赤い制服に黒いボアの帽子をかぶった衛兵が四人、下の方からやってきた。衛兵の交代なのだろうか、背筋をピンと伸ばして同じ歩調で歩いていた。

しばらく進むと北テラスに出る。そこからの眺めは素晴しかった。すぐ下は森で、その向こうにテムズ川が流れ、その先に有名なイートン校のあるイートンの街が見えた。

北テラスにはステート・アパートメンツの入口があり人々が並んでいた。

まずはメアリー王妃の人形の家を見物しに入る。メアリー王妃はジョージ五世（ドイツ系の家名サクス＝コバーグ＝ゴータ家を、国民の反独感情に考慮して、居城であったウィンザー城に因《ちな》みウィンザー家を名のった）の妃であり、現エリザベス女王の祖母にあたる人物だ。

人形の家は一九二四年にメアリー王妃に贈られたものだ。サー・エドウィン・ルーティエンズの設計したもので、十二分の一の縮尺で作られている。世界的に見事なドールハウスだと言っていいだろう。

見物客が多く、ずらりと並んでゆっくりとやや暗い部屋に入っていく。退色を防ぐために部屋はやや暗めにしてあるのだ。そして部屋の中央に、その人形の家はあった。

その精巧さに、思わず驚きの声がもれてしまう。当時の住居の様子を正確に伝えることを意図したもので、大変精密な造りになっているのだ。水道、電燈、エレベーターなどは実際に機能するように作られているのだという。蓄音機はレコードをかけることができ、ワインセラーのワインのボトルには本物のヴィンテージワインが入っているのだそうだ。

居間や寝室、バスルーム、厨房、召使いの作業部屋などたくさんの部屋があり、内装から家具、道具に至るまで見事に細かく作られている。

妻は精巧なドールハウスに興奮気味だった。

「これはすごいわね。こんなドールハウス見たことないわ。メイドの部屋にはアイロンまであるし、客間にはテーブルの上にディナーのセットまであるわ。全部で三十室ぐらいあるわよ。これは必見よねえ、確かに」

と感心しきりである。

しかし、見物客に押し出されるように外に出てしまった。

次に、ステート・アパートメンツに入ってみた。まずはギャラリーがあり王室所蔵の絵画や装飾品が飾られている。

次に陶磁器館があり、十八世紀、十九世紀のイギリスおよびヨーロッパ各地の名窯の食器セットが驚くほどの数、展示されている。これらの食器は今でも王室の晩餐会や重要な催しの時に使われるのだそうだ。

ステート・アパートメンツの内部は、さすがに豪華で大変美しい。今でも女王がウィンザー城に滞在する時に使用する住居部分なのである。

大階段の間といくつかの部屋を見たが、どこも王室にふさわしい手の込んだ豪奢な造りで、飾られた絵画や家具も見事なものばかりであり、見る者を圧倒する。

「これぞまさしく宮殿だよなあ」

と私が言うと、妻はこう言った。

「でも、ここに住むのはなんか気が進まない感じだわ」

入口とは別に出口があって、そこから出ると中庭になる。中庭の門をくぐると再びラウンド・タワーが見える。そしてだらだらとした坂を下っていった。周りはすべて建物に囲まれた芝生の広場だ。

下ると聖ジョージ教会が右手にある。これも大きくて立派な教会だ。一四七五年エドワード四世によって建設され、その後ヘンリー七世が身廊を造り、ヘンリー八世の時にすべてが完成した。パーペンディキュラー（垂直様式）ゴシックの傑作と言われているものなのだ。

ここは、一三四八年にエドワード三世が創設したガーター勲爵位の精神的な拠り所なのだそうだ。エリザベス女王はガーター勲爵士団の王として、毎年六月の礼拝に出席するのだそうだ。堂内には十人の歴代の国王が埋葬されている。

ここは見物できるはずだったが、中から聖歌が聞こえ、何か行事をやっているらしく、中に入って見ることはできなかった。あとで調べてみたら、日曜は礼拝があるので見物できないのだそうで、私たちが行った日は日曜日だったのだ。しかし、豪華なものをさんざん見たあとなので、もういいかという気分になった。

というわけで、ウィンザー城の外に出た。ここからは自由に観光して、三十分後にセントラル駅に集合、ということになった。すると私と妻は、道端にある灰皿のところでタバコを吸うのだ。

イギリスは変な国で、ホテルの室内も禁煙という厳しさなのに、道端にはいくつも灰皿があるのだ。道では自由にタバコを吸っていいのである。

それから駅のほうへぶらぶらと歩いて行ったのだが、お祭り並みの人出の多さで、私たちは道を間違えてしまった。一度ヴィクトリア女王の銅像のところまで戻り、正しい道を駅までたどった。十分に時間があったので何も問題なしである。

バスに乗ってロンドンに向かう。しかし、さすがにロンドンに向かう道路は渋滞していて、五十キロメートルぐらい移動するのに二時間もかかった。でも、ついに首都ロンドンに着いたのである。長い旅だったが、ようやく最終目的地に来たのだ。

ホテルに入るのはあとにして、私たちはブルー・バードというレストランに入った。

ここは旅のパンフレットにも、この日はモダン・ブリティッシュ・ディナー（創意工夫を凝らした英国料理）の店です、と書いてあったところで、期待して入店した。だが、そんなに特別なレストランという雰囲気はない。どちらかというと若い客の多いカジュアルな店だった。

ウェイターに、ビールは何があるかときくと、ラガー、ドラフト、エールなどと並べたてて最後に、アサヒ、と言った。そんな感覚が若いわけだ。

私たちは、イギリスでも最南部では白ワインを作っているときいていたので、尋ねてみた。イギリスの白ワインはあるの、と。

そうしたら、白のスパークリング・ワインがあって、ボトルで六十八ポンドだと言う。一万二千円ぐらいである。イギリスの白ワインに一万円以上出すバカがあるもんか、という気がして、チリの白ワインを注文した。

このレストランの前菜はトマトスープ。メインはチキンとハムのパイで、グレービーソース、インゲンのソテー添えだった。デザートはトライフルという菓子でメレンゲとクリームにベリーソースを添えたもの。それほど創意工夫を凝らした料理ではなかった。むしろイギリスではパイ料理がよく出て、イギリス料理の主なもののひとつかな、と思ったほどだ。

でも、カジュアルでなじみやすい店ではあった。そして、イギリス特有のぼんやりした味ではなく、きりっとした味でおいしかった。店はほぼ満席状態で、新しいタイプのレストランとして若い人を中心に受けている様子だった。

食事後、今夜のホテルにチェックイン。明日はいよいよロンドンの観光である。なんとなくロンドンには期待している私であった。

ウィンザー城のラウンド・タワー

カーファックス・タワー

クライスト・チャーチ・カレッジの遠望

ベイリオル・カレッジの食堂

交代に向かう衛兵

ステート・アパートメンツ

聖ジョージ教会

第十二章

ロンドン

―― 新旧入り混じった活気に満ちた首都 ――

国会議事堂とビッグ・ベン

③インヴァネス
④ネス湖
スコットランド
④フォート・ウィリアム
④ローモンド湖
②セント・アンドリューズ
⑤グラスゴー
①エジンバラ
⑤ハドリアヌスの長城
⑥湖水地方
⑦ヨーク
⑦ハワース
⑧チェスター
イングランド
ウェールズ
⑧ストラトフォード・アポン・エイヴォン
ボートン・オン・ザ・ウォーター
⑨コッツウォルズ
⑪オックスフォード
バイブリー
⑫ロンドン
ブリストル
カッスル・クーム
⑪ウィンザー
⑩バース
⑩ストーンヘンジ

1

旅の十三日目、私たちはロンドンにいる。十四日目には朝から空港に行き帰国の途につくのだから、観光の最終日である。

旅の予定表では、この日は終日自由行動となっていた。この旅行会社がよくやる方式で、つまりイギリスにおけるロンドンとか、イタリアのヴェネツィアとかローマとか、名高い観光都市は来るのが二度目とか三度目の人もいるだろうから、自由行動とするわけだ。

その一方で、初めて来てどこへ行くかとまどう人もいるだろうから、そういう人は添乗員が基本的コースを案内してくれるのだ。もちろん私たち夫婦はその基本コースに参加した。というわけで、ロンドンをざっくりとひと巡りした。

朝、ハイドパークの近くのホテルを出発してまず地下鉄に乗った。地下鉄の一日乗車券が八・八ポンドである。千五百円ぐらいでそう高くはない。

マーブル・アーチ駅からセントラル線に乗ってセント・ポールズ駅まで行く。ロンドンは大都市で、地下通路も大変な人ごみだ。そして、妻はここでちょっと驚く体験をした。普通日本人なら、超ラッシュアワーの時を別にすれば、人々はかなり混みあっていても自然に人と人との間に距離をとるものだ。東京だと、最低でも三十センチから五十センチくらいは間を空けて歩いているような気がする。

しかしロンドンっ子は、そのくらいの隙間があるとぱっと割り込んできて通り抜けていくのだ。妻はイギリスの紳士にそれをやられて、ヒッ、と声をもらした。

「ロンドンの人ってせっかちなんだろうか」

と少しあきれたような声を出す。

そういえば、信号でもロンドンっ子は青になるまで待たない。青に変わる大分前に歩きだしてしまうのだ。一人や二人ではなくみんながそうなのだ。気が短いのか、時間に追われているのか、せかせかしている。それが大都市だということかもしれないが、なんだか大阪と似ているなあという気がした。

セント・ポールズ駅を出るとすぐにセント・ポール大聖堂の裏手に出る。この教会はイギリス国教会の司教座教会であり、セント・ポールは聖パウロに捧げられた教会という意味だ。ロンドンの金融街シティ・オブ・ロンドンにあり、ロンドン市民に最も愛されている教会なのだそうだ。

一九八一年にはチャールズ皇太子と故ダイアナ元妃が結婚式をあげた教会としても有名である。

教会の起源は六〇四年までさかのぼるそうだが、何度かの焼失と再建を繰り返し、一六六六年のロンドン大火の後、一六七五年から一七一〇年までの歳月を費やして、建築家サー・クリストファー・レンの設計で、現在のバロック風巨大ドームと二本の尖塔を組み合わせた巨大建築ができた。このドームは、バチカンのサン・ピエトロ大聖堂に次ぐ、世界で二番目の大きさを誇るのだそうだ。

第二次世界大戦中、ドイツ空軍の連日の空襲のさなか、チャーチルは毎日のようにこの教会の安否を気遣ったというエピソードがあるそうだ。幸いドイツ軍の爆撃をまぬがれ、ほぼ無傷で残ったことで知られ、危機の中で首都ロンドンが見せた耐性の象徴となった。

そのチャーチルの葬儀はエリザベス女王臨席のもと、この教会で執り行われたのだ。

大変大きくて立派な教会だが、ゆったりとした広場に建っているわけではないので、近くから首を上向けて見ることになり、周囲を回ってみても全容がつかめない。写真を撮ろうにも全景は撮れず、一部分ばかりの構図になってしまう。

妻は、なんとか全容のわかる写真を撮ろうと、あちこちかけずりまわっていたが、

「やっぱりここの写真を撮るのは無理だわ」とあきらめた。

そんなわけで、少しもどかしい思いのする写真ストップであった。でもまあ、セント・ポール大聖堂は見た、ということにして次に進む。

再び地下鉄に乗り、今度はタワーヒル駅へ行く。駅の階段を上ると目の前にロンドン塔が見える。

ロンドン塔といえば数々の処刑が行われた血なまぐさい歴史で有名なお城だ。しかし現物を見ると、小さな塔が目に面白い端正なお城だ。

夏目漱石は『倫敦塔』という小品の中にこう書いている。「倫敦塔の歴史は英国の歴史を煎じ詰めたものである」「此建築を俗に塔と称《とな》へて居るが塔と云ふは単に名前のみで実は幾多の櫓《やぐら》から成り立つ大きな地城《ぢしろ》である」

私たちはロンドン塔の外観を横目に見ながら西側の通りを歩きテムズ川河畔に出た。ロンドン塔のなかで最も印象的なのは、小さなドーム屋根のある小塔を四隅に持つ堅固で巨大なロマネスク様式のホワイト・タワーだ。ロンドン塔はそれを中心にした宮殿であり要塞なのだ。

一〇七八年に征服王ウィリアムがロンドンを守る要塞として建設を命じ、二十年の歳月をかけて造られた。この建物は他に類を見ないほど様々な使われ方をしてきたのだそうだ。初めは要塞として造られ、宮殿、監獄、処刑場、武器庫、宝物庫として利用され、後には銀行、動物園、造幣所、天文台などにも使われた歴史を持つ。

有名なのは監獄と処刑場として使われたことだろう。処刑された人々は、有名な人だけでも、ヘンリー六世、エドワード五世、ヨーク公リチャード、トマス・モア、アン・

ブーリン、トマス・クロムウェル、キャサリン・ハワード、ジェーン・グレイ、エセックス伯ロバート・デヴルーなどがいる。それらの人々の数々のエピソードのために、ロンドン塔のゴースト・ツアーは人気が高いのだそうだ。

急ぎ足のロンドン・ツアーの私たちはここに立ち寄ることもなく、写真だけ撮って通りすぎ、タワー・ピアというテムズ川の船着き場に行った。

ここからはタワー・ブリッジがすぐ目の前だ。ロンドンのシンボルのひとつとも言えるこの橋は、ロンドンが港町として繁栄していた一八九四年、テムズ川を往来する船の大型化にともない、必要な時に開閉する跳ね橋として建設された。建設当時は蒸気エンジンを使い一日に五十回も開閉されたのだそうだが、現在では電化され、週に三回ほど開閉されるそうだ。

橋の長さは二百四十四メートル、左右にあるゴシック様式の塔の高さは六十五メートルだ。塔と塔の間の部分が勝鬨《かちどき》橋のように開閉する。塔の部分は大理石で覆われ、まるでお城の塔のようでとても見事だ。

私たちはテムズ川遊覧船に乗り込んだ。遠ざかっていく印象的で美しいタワー・ブリッジの写真を何枚も撮ってしまった。

2

船上からのロンドンの眺めはなかなか面白い。川、運河、水路、堀などのある街ではクルーズが楽しいものだ。

出航するとすぐ左手に軍艦が係留されている。ベルファスト号だ。一九三九年からイギリスの軽巡洋艦として活躍し、第二次世界大戦にも出撃した。一九六三年に退役し、現在は博物館としてテムズ川に係留されているのだ。

ロンドン橋の下をくぐる。「ロンドン・ブリッジ・イズ・フォーリン・ダウン」という歌詞の民謡で有名だが、実際この橋は何度も倒壊しては架け替えられたのだそうだ。

テムズ川沿いはモダンな建物、歴史を感じさせる重厚な建物、華麗な城のような建物などが混じりあっていて、見ていて飽きない。大都会でもあり、古都でもあるという印象なのだ。

ウォータールー橋をくぐる。映画『哀愁』で主人公のヴィヴィアン・リーとロバート・テイラーの二人がめぐり会う橋として有名なものだ。雑学だが、邦画の『君の名は』はウォータールー橋を数寄屋橋に置き換えて作られたリメイク版である。

やがて川はカーブして、巨大な観覧車が見えてくる。ロンドン・アイというヨーロッパ最大の観覧車なのだそうだ。高さは百三十五メートルあり、一周するのに三十分かかる。横長のカプセルが三十二個ついていて、一つに二十五人乗ることができる。

二〇〇〇年のミレニアム・プロジェクトの一環としてできたものだが、ニュース映像などで見て知っていて、ロンドンという古い街にはそぐわないのではないか、なんて思っていた。私が、「古い街と新しい街が入り混じっているよなあ」と言うと、妻の意見は、「ロンドンって古都の味わいの街かと思っていて、モダンなデザインのものは似合わないかと思っていたけど、新旧がごちゃ混ぜになってる感じが、生きている街って感じで悪くないのよね」というものだった。

観覧車の隣にはヨーロッパ有数の規模を誇るロンドン水族館がある。こちらはクラシカルなスタイルで優雅に湾曲した壁面を持つ。もともとはロンドンの市庁舎だったそうだが現在はホテルやレストランの入る多目的施設で、そこに水族館が含まれているのだそうだ。

ビッグ・ベンの見えるウエストミンスター・ミレニアム・ピアで遊覧船から下船した。

ビッグ・ベンは国会議事堂として使われているウエストミンスター宮殿に付属する時計塔で、そこにある鐘の愛称でもある。ベンというのは塔が完成した一八五九年に現場監督をしていたベンジャミン・ホール卿にちなんで名付けられたという説が有力である（違う説もある）。

ビッグ・ベンをよく見るとピサの斜塔ほどではないが、少し傾いているのがわかる。

日本の学校のチャイムはビッグ・ベンのメロディーをまねて作られたものだ。

さてこのビッグ・ベンだが、今は違う名になっている。現在はエリザベス女王在位六十周年を記念して、エリザベス・タワーという名になっているのだ。

ウエストミンスター宮殿は一〇九〇年、ウィリアム征服王の時代に完成した。その建物が十三世紀頃に議場として使われるようになった。一八三四年の火災で全焼した後、ゴシック様式で再建された。しかし第二次世界大戦で被害を受け、現在の建物は三代目である。

建物はテムズ川側からの眺めに重点を置いて建てられていて、全長は三百メートル、部屋数は千百以上あるのだそうだ。世界に先駆けて議会制民主主義を発展させたイギリスの誇りとなっている建物というわけである。

国会議事堂のすぐ隣にはウエストミンスター寺院が建っており、ヴィクトリア・ストリートからその正面を見ることができた。

王室の教会であるウエストミンスター寺院では、ウィリアム征服王以来、エドワード五世とエドワード八世を除き、皆ここで戴冠式を執り行っている。また多くの王たちがここに葬られている。

二〇一一年にはウィリアム王子とキャサリン妃の結婚式が行われた。故ダイアナ元妃の葬儀もここで行われた。

ウエストミンスターとは西の修道院という意味である。この寺院は二つの尖塔を持つ、白亜の美しく荘厳な印象の教会である。様々な建築様式が取り入れられているが、現存するイギリス式ゴシック様式の代表例といわれているのだそうだ。

そもそもは七世紀の教会が起源といわれていて、一〇五〇年に懺悔王《ざんげおう》エドワードによりノルマン様式の教会が建てられ始めた。その後ヘンリー三世がランス大聖堂にならいゴシック様式に増改築を行い現在の建物の基礎ができた。一三八八年にフランス式ゴシック様式の身廊が完成し、一五一九年に十六年の工期を経てヘンリー七世の巨大で壮麗な礼拝堂が完成したのだ。

身廊の高さ三十一メートルは現在でもイギリスの教会中最大の規模を誇る。広い道路を挟んで見たので巨大な教会という印象にはならなかったが、美しいバランスを持った教会だと思った。

セント・ポール大聖堂と違い、ウエストミンスター寺院は大聖堂にはならなかったが、王室が直接運営する王室の特別教会である。

その写真をいっぱい撮って、さて次は、そこからセント・ジェームズ・パークの脇の道を急ぎ足で歩きバッキンガム宮殿に向かう。十一時三十分の衛兵交代式を見るためである。途中、ウェリントン兵舎の庭で赤い制服の衛兵たちが衛兵交代式の練習をしているところが眺められた。

ところがバッキンガム宮殿が近づくにつれて、大変な人出である。騎馬の警官などもいて警備をしている。衛兵交代は宮殿の前庭のあたりで行われるらしく、門の前、塀の前はもう黒山の人だかりで、とてもではないが中を覗くことができない。道を挟んだ側にもたくさんの人がいて、テープを張って規制している。とにかくものすごい人でごった返していて、写真も撮れそうにない。どうにもならないので、見るのを諦めて少し離れた小公園のようなブースで、タバコを吸って時をすごした。

しばらくして時間が来たので門の近くに行ってみると、門の中でまだ続きをやっていたので、最後の方を少しだけ見ることができた。とにかく、衛兵交代の人気の高さにびっくりするばかりである。

しかし、その見物も終了。次は、再び地下鉄のヴィクトリア線に乗り、キングス・クロス駅に行く。ここの何を見に来たのかというとハリー・ポッターに関する面白い展示があるのだ。J・K・ローリングの著作ハリー・ポッター・シリーズの第一作『ハリー・ポッターと賢者の石』の中で、いじめられっ子のハリーは十一歳の誕生日にホグワーツ魔法学校から入学許可証をもらい、自分が魔法使いだと知る。そしてキングス・クロス駅の9と3／4番線からホグワーツ特急の虹色の汽車に乗り出発する。9と3／4

番線は9番線と10番線の間の壁の中にあるのだ。

キングス・クロス駅では壁の中の9と3／4番線に入っていく場面を再現するために、荷物を積んだカートをレンガの壁の中に半分入ってしまっているように取りつけ、そこでカートを押すとハリーと同じ写真が撮れる、という趣向の演出をしているのだ。その演出はなかなかの人気で、長い行列ができていて皆おとなしく並んで順番を待ち、そして写真を撮っていた。

キングス・クロス駅は一八五二年に開業したロンドンの主要鉄道ターミナルである。イギリスの主要鉄道幹線のひとつ、イースト・コースト本線の南の終着駅なのだ。広い構内をながめわたしていると、掲げられた時刻表にこの旅行で行ってきたヨークなどの街の名前も見つけられた。あそこへは行ってきたぞ、となんだか懐かしい気がした。イギリスをぐるりと一周する長い旅をしたのだなあと感慨がわいた。

3

次に私たちは、また地下鉄の今度はピカデリー線に乗り、大英博物館へやって来た。

大英博物館はイギリス最大の博物館で、世界でも最古かつ最高の博物館のひとつに数える。世界中から年間約七百万人が訪れるというロンドン最大の観光スポットである。展示物は旧石器時代から近代まで、エジプト、西アジア、ギリシア、ローマ、アフリカ、インド、中国、極東まで網羅されていて、日本の展示も充実している。入館料は無料で写真撮影もOKだ。写真が自由に撮れる博物館は珍しく、太っ腹だなあと驚いた。

大英博物館のコレクションはもともと一七五三年に、王室医師だったサー・ハンス・スローンが国に遺贈した膨大な骨董品《こっとうひん》の収められた陳列棚からスタートした。その後世界中に植民地と保護領を持っていたイギリスはそれらの土地から様々な文物を持ち帰り(略奪し)、長い年月の間にコレクションは膨れあがっていき最大の博物館のひとつとなったのだ。

それで私と妻はこの博物館のことを略奪品博物館と陰口を叩いていたのだが、ツアーの同行メンバーの何人かも、小声でだが、泥棒博物館だなあ、なんて言っていて、みんな認識は同じなんだなあと少し笑った。

大英博物館の外観はクラシックスタイルだが、一歩中に踏み込むとそこにはグレート・コートという吹き抜けの巨大空間が広がっている。二〇〇〇年に作られたもので、天井はガラスと鉄骨で作られていて大変明るく開放的だ。コンピュータによってデザインされたものだそうだ。中央には円筒形の閲覧室とミュージアム・ショップがあり、上階にはレストランもある。

フリータイムは二時間ということになった。なにしろ一週間毎日通ってもすべては見尽くせないと言われている博物館である。どこかに的を絞って見学するしかない。

そこでまずは最も有名なロゼッタ・ストーンを見る。一七九九年に発見され、エジプト象形文字を解読する手掛りになった石だ。

そういう世界の至宝を、ガラスケースに入っているから少し光が写り込んでしまって残念だが、カメラで気軽に撮影できるのだから感激だ。

ロゼッタ・ストーンのある部屋にはエジプトの彫刻も数々あって、それらを見学した。

次にパルテノン神殿を飾っていたパルテノンの古代大理石彫刻群をじっくりと見学することにした。今もギリシアとの間で所有権をめぐってもめているコレクションだ。

このコレクションは一七九九年から一八〇三年の間オスマン帝国駐在だったエルギン伯爵によってパルテノンから持ち去られイギリスへ運ばれたものだ。エルギン伯爵は金に困ると、この彫刻群をイギリス政府に売却した。

ギリシア政府はこのエルギン伯爵のパルテノン彫刻群の返還を要求しているが、大英博物館とイギリス政府はこの要求を断固として拒否している。

ギリシアへ旅行した時に聞いた話では、イギリスはパルテノン彫刻群をギリシアに返却しても、ギリシアの博物館は満杯で置くところがないじゃないか、と言ったらしい。

そこでギリシア政府は、立派でセキュリティのしっかりした新アクロポリス博物館をアテネに作った。その博物館を見たのだが、パルテノン彫刻群がイギリスから返却されたら飾るためのスペースが空けてあった。ギリシアの執念も並々ならぬものがあるなあ、と思ったものだ。

さて、パルテノンの彫刻群を眺めよう。それは目の覚めるような大変美しいものだった。パルテノン神殿の三角形のペディメント（破風）に飾られていた彫刻は立体感があり、手足を失ってトルソーだけになったものでも体の動きや衣服のラインなどが見事で思わず見とれてしまう。外壁上部の帯状のレリーフも深く彫られていて、表情豊かで動きも美しい。牛や馬などの動物も動きが生き生きしている。

自由行動なので、私と妻だけでそれらをじっくりと見たのだ。

その他のギリシア彫刻も見学して、ここで時間のほとんどを使った。少し時間が残ったので、西アジアのアッシリアなど、メソポタミアのコレクションをざっと見た。こちらのレリーフはギリシアのものと比べると彫りが浅い。しかし描かれているテーマが狩りや戦争などで勇ましい。それらを見ているうちに二時間はあっという間に終ってしまった。

二時間後にエレベーターに乗ってコートレストランに集合するように、と言われていて、行ってみるともう皆さん集まっていた。

今日は昼食抜きだったので、博物館内のコートレストランでアフタヌーン・ティーをするのだ。

アフタヌーン・ティーは十九世紀前半に、ベッドフォード公爵夫人アンナがきっかけを作ったのだそうだ。当時の貴族社会の食生活は、朝の食事は盛りだくさんで、昼食は軽くすませた。夕食は音楽会や観劇の後、夜八時頃になるのが普通だった。昼食から夕食までの時間が長いので、お腹が減ってかなり苦痛だったらしい。

そこで公爵夫人は午後三時から五時頃の間に、お茶を飲みながらサンドイッチやケーキを食べることを始めた。訪問客の夫人たちを応接間に通し、お茶とティー・フードでもてなしたのだ。これがお客に喜ばれ、貴夫人たちの間で習慣となっていった。

十九世紀半ばになると、女性の午後の社交の場として中流階級にも広まり始めた。当時、中流以上の女性は外で働くなどもってのほかと考えられていたので、女性は時間をもて余していたのだ。そんな女性たちにとってアフタヌーン・ティーは希有な社交の場としてありがたいものだったようだ。

イギリスではティーといえばアフタヌーン・ティーを指すことが多く、この習慣は広く国民に受け入れられていった。

さて私たちのアフタヌーン・ティーはどうだったかというと、スパークリング・ワインつきと、なしがあった。ワインなしで十九・五ポンド、ワインありだと二十五ポンドだ。二十五ポンドというと四千五百円でかなりの値段だ。どこでも感じたことだが、イギリスは物価が高い。でも、大英博物館が入場無料でもあったし、スパークリング・ワインつきを注文した。次に紅茶の種類を選ぶ。私はセイロン・ブレックファストにし、妻はアール・グレイにした。お茶はポットで供される。

三段になったティー・スタンドというトレイの一種に食べ物が盛られて出てくる。ティー・スタンドは本来低いテーブルや狭いテーブル上を有効活用するために考えられたものらしい。

一番上のトレイにプレーンのスコーンとレーズンの入ったスコーン。二段目にプチケーキが四つ。一番下にサンドイッチが三切れで、中身はキューカンバーではなく（アフタヌーン・ティーではキュウリのサンドイッチが有名なのだ）、ハムのもの、ツナのもの、カレー風味の野菜で、おいしく食べられた。

このほかテーブルの上には砂糖壺とミルク・ピッチャー。スコーンに塗るためのジャムとクロテッド・クリームなどが並ぶ。

おやつとしてはかなりの量だ。やはりアフタヌーン・ティーは食事と考えたほうがよさそうだ。食事にしては甘いものが多いのだが、十分に一回の食事になった。

サンドイッチは食べやすく、ティーの味は文句のつけようがなくおいしかった。

4

アフタヌーン・ティーをゆったりした気分で味わっているここで、ロンドンの歴史を簡単にまとめておこう。

テムズ川沿いの浅瀬に最初に住みついたのはケルト人だが、ロンドンの中心部を発展させたのはローマ人だった。ローマ人は今日のロンドン橋の近くに橋を架け、そこを道路網の中心とした。三世紀末までにロンディニウム（ローマ帝国時代の呼び方）の住民は三万人になり、多文化社会を作った。

五世紀にローマ人が英国から撤退すると、ロンドンの人口は減少し、田舎町へとなりさがってしまった。

その後サクソン人がこの地域に侵入し、農場や村落を作る。そして街としての重要性が増していくと、今度はデーン人（ヴァイキング）の目のとまるところとなり、デーン人はたびたび襲来し、九世紀にこの街を破壊した。サクソン人は奮闘したが、一〇一六年についに打ち負かされ、デンマーク王クヌートをイングランド王として迎えることになる。

しかし、一〇四二年、王位はサクソン人の手に戻り、懺悔王エドワードを迎える。ロンドンに対するエドワード王の主な功績はウエストミンスター寺院の建立だった。

エドワード王の後継者争いが、ノルマン人のイングランド征服を招くことになる。一〇六六年、征服王ウィリアムがヘイスティングスの戦いで勝利をおさめ、ロンドンに進軍して王位についた。ウィリアム王はホワイト・タワー（ロンドン塔の中核）を築き、街を整備した。それ以来、王権はずっとロンドンにあることになる。

十二世紀から十五世紀末まで、ロンドンの政治は王家、教会、シティ・ギルドの三者間の権力闘争に終始した。

一三四八年、ヨーロッパから船で運ばれてきたネズミがペストをもたらし、翌年のうちに当時のロンドンの人口約十万人のうち、三分の二が死亡した。それに続く不遇の時代、暴力行為は日常茶飯事だった。

一三八一年、リチャード二世は全領民に人頭税を課そうとして、大規模な農民の反乱（ワット・タイラーの乱）を引き起こしてしまう。

これら数々の打撃にもめげず、十五世紀にはロンドンはチューダー朝のもとで急速に拡大していった。

しかし、そこへ大疫病が襲いかかる。一六六五年にペストが大流行して十万人のロンドン市民が命を落とした。そのピークが過ぎ、ようやく市民が一息つこうとした一六六六六年にロンドンは大火によって灰と化してしまった。そこから、ロンドンは新たに街を作ることになったのだ。

　ロンドンは力強く発展し、一七〇〇年には五十五万人の人口を抱えるヨーロッパ最大の都市になった。ジョージ王朝時代には、文化の花開くメトロポリスとなっていったが、一方で、貧富の差は広がり、無法状態がはびこった。

　一八三七年、十八歳のヴィクトリアが即位して以降、ロンドンは大発展をした。地球上の四分の一もの面積を統治する大英帝国の首都として栄え、産業革命のトップを行く国の中心として近代化されたのだ。ヴィクトリア女王の統治の間にロンドンの人口は二百万人から六百六十万人にふくれあがった。

　それ以後の危機としては、第二次世界大戦の時ドイツ空軍の爆撃を受け、中心部とイースト・エンドが破壊されたことであろう。しかし、戦後は急速に発展した。ロンドンは世界有数のメガロポリスとなったのである。

　さて、アフタヌーン・ティーでお腹もいっぱいになったところで、再び地下鉄ピカデリー線に乗り、ピカデリー・サーカスへやってきた。サーカスとは通りの合流点の円形の空き地のことである。その広場を中心とした大いに賑わった地区で、とても有名なスポットだ。

　有名なエロス像の下の円形の階段にはたくさんの人がすわっている。月曜日にもかかわらず、観光客、お上りさん、買い物客などで大変な賑わいだ。路上ミュージシャンも出ていた。

ここでもフリータイムがあったので、まずは下町っぽい感じのする通りを歩いた。看板がけばけばしい。何かのイベントがあるらしく人がいっぱい集まっている。

私が、MANGA というネオンサインに気がついて、雑居ビルの中に入っていくとその一番奥に、日本のマンガのショップがあった。『ワンピース』や『ドラゴンボール』の本がずらりと並んでいて、カードやフィギュアなども売っている。日本のおたく文化はここまで達しているのかと驚いた。

そんな、賑やかでざわざわした地帯だった。

次に反対側のリージェント・ストリートに行ってみる。こちらはうって変わって高級店が並ぶ、ロンドン有数のショッピング・ストリートだ。弧を描く曲線の道路に沿って、同じ高さの建物が整然と並ぶ美しい通りだ。買い物をする気もおきないのでもとに戻り、他のお上りさんと一緒にエロス像の下にすわった。

観光を終え、ホテルに戻った。一休みしてからレストランへ夕食をとりに行くのだが、疲れたからここらで一息つきたいね、と私たち夫婦はビールの飲めるところを探すのだった。ホテルの周りの一角を歩いてコンビニを見つけたが、冷えたビールは売っていなかった。イギリスでは冷えたビールはパブにしかないということだ。だからパブを探してみたら、幸いすぐに見つかった。カウンターでビールを一パイントずつ買い、外のテーブル席で飲んだ。

「こういう時のビールは何よりおいしいね」

と、妻も私も大満足である。イギリスで、パブでビールを楽しむということを何回もしたが、あれは何よりくつろぐことだ。路上の席なので灰皿があってタバコも吸えた。そのうち、少し雨が降ってきたのでお楽しみを切りあげたが、おおいに満足はした。

くつろいだあと、ホテルに戻り、集合時間に集まって皆さんと一緒にレストランへ行く。自由行動の日なのでどこへ行ってもいいのだが、添乗員のつれていってくれる店についていくことになるのだ。

落ちついた感じのレストランだった。私はチキンのパイにインゲンのソテーを付け合わせたもの、妻はこの旅行で初めてのフィッシュ＆チップスを頼み、二人でシェアして食べた。そうしたら、このフィッシュ＆チップスがとてもおいしかったのである。

まずグリーンピースのソースを敷いた上に鱈のフライとポテトフライが盛りつけられている。そこに、ジェルにしたビネガー、ホースラディッシュとマヨネーズを混ぜたソース、ピクルスが添えられている。見た目もきれいな一皿だった。からっと揚がっていて油臭くなくおいしかった。

しかし、それはフィッシュ＆チップスとしては異例のものなのだ。林望の『イギリスはおいしい』（文春文庫）という名著によれば、フィッシュ＆チップスは原則として立食いなのだそうだ。わら半紙二、三枚をメガホンのような形に巻きつけ、そこに揚げた魚をほうり込み、シャベルのような道具であきれるほどたくさんのチップスをすくって入れる。メガホンが壊れぬように下の方を握って持って、店に備えつけてあるビネガーをじゃぶじゃぶとかけ、塩をふりかけ、歩きながら食べるのが正式なのだそうだ。当然ながら手も口の周りも油でべたべたになる。食べ終ったら紙の上の方の油に濡れてないところで指と口の周りをふいて紙をまるめて捨てる、というのが正調の食べ方なのだ。

だが上品な御婦人などはその食べ方が似合わないので、まれに、ちゃんと店内で、皿に盛った洗練されたフィッシュ＆チップスを出すところがあるのだそうで、私たちが食べたのはそっちだったのだ。

しかし、それはとてもおいしかった。イギリスで食べたもののうちで一番おいしかったというほどだ。

イギリスの料理はまずい、とよく言われる。あれはどうも、イギリス人は料理にあれこれこだわるなんて、上品なことではないと思っている感じで、そこがいい加減なので味が不揃いになるのだと思う。料理なんかにかまけていられるか、という精神があるのだろう。

なのに、最後の最後に、おいしいフィッシュ＆チップスを食べることができたわけで、その意外さがイギリスだということだろう。

私と妻は最後の夕食なのでフランスの赤ワインを飲んで大いに満足したのであった。

一日の観光でわかることは少ないが、ロンドンは文句のつけようがない大都会だった。

このイギリス旅行、前半はスコットランドで牧草地ばかりを見たし、イングランドに入っても湖水地方とかコッツウォルズなどの田舎びたところばかりを巡ってきた。だから、ロンドンを見なければイギリスはのどかな田舎、という感想になってしまうところだ。大都市ロンドンの活気を見て、ようやくバランスがとれたのである。

ロンドンの建物はヴィクトリア時代の重厚なものばかりかと思っていたら、意外に新しい建物が多く、それらはモダンなデザインだった。特に二〇〇〇年のミレニアム・プロジェクトで新しく造られたり改築されたりした部分がそういう様子だった。そして、それらが混在していることが、この都市が現在も成長し続けていることを感じさせてくれた。

移民も多いらしく様々な人種の人々がいる。それらの人々がみんな大都市ロンドンの住人で、それぞれのロンドンに暮らしているという感じがした。

「ロンドンって、もっと階級社会があらわで取り澄ました街かと思っていたけど、ちょっと違うのね」

と妻は言った。

「意外に生活感があって、エネルギッシュな街だったわ」

そういうロンドンを、イギリスは首都に持っているのだ。そして地方へ行けば、ゆったりとした田園都市がいっぱいある。そういう豊かさがこの国の魅力なんだなあと、私は考えを巡らせたのであった。

ロンドン塔

タワー・ブリッジ

ウエストミンスター寺院

大英博物館

大英博物館のグレート・コート

ピカデリー・サーカス

リージェント・ストリート

解説――イギリスの「おいしさに魅せられて」

井形慶子

イギリスの話をすると、二人に一人が「でも、料理はまずいんでしょう」と思いっきり確信的に聞いてくる。

「いえ、いつもロンドン行きの飛行機で、今回は何を食べようかと迷うほどおいしいですよ」

きっぱり否定するものの、この程度で納得される方はまず、いない。これだけスコーンはじめ菓子やデザート、パイなども含めたイギリスの料理本が紹介されているのに、「まずい」というレッテルは簡単にぬぐい去れないのだ。

だから「意外とおいしい」と銘打ったこの本を手に取られた方は、「夫婦」で何を食べたのか、とても気になるはずだ。

「意外と」とくれば、清水義範さんご自身がイギリスの料理にいい印象を持っていなかったことは容易に察しがつく。

ちょっとリッチな十四日間の英国ツアー。長きにわたって日本のお手本になってきた、イギリスを前に固くなる清水さんの旅が始まる——。

本書はいくつかの点でとても興味深かった。一つは清水さんが参加された団体旅行という旅のスタイルだ。

十九歳で初めて訪れて以来、三十七年間通い続けたイギリス。かの国をテーマにした本を書き、雑誌を出し続け、五十歳でロンドンに小さな住まいも持った。もうここまできたらイギリス抜きの人生はあり得ない。だが、ハタと考えてみれば清水さんが参加されたようなツアーでイギリスを回ったことは一度もないことに気付く。

若い頃はパキスタン航空カラチ経由や、機体が思いっきり古い、アエロフロートなど格安チケットを血眼で手配し、現地に着けば、コインを入れて暖をとる安宿に泊まった。

三十代で少しゆとりが出てからも、ボリュームたっぷりの朝食付きB&B（民宿）を探して、リュックを背負い、夜行バスで移動するといった個人旅行を続けた。

観光地で日本のツアーに参加されたお客さんとすれ違う。荷物をかついで息も絶え絶えに目的地を探し回る私達家族とは裏腹に、どなたも身ぎれいで、ゆとりある旅行を楽しんでいらっしゃるようだった。

「齢をとったら団体旅行がいい」と、幼い子どもを連れて一人堂々とアメリカに渡った桐島洋子さんもおっしゃっていた。ご著書を読んで、これだけ旅慣れた人もそう思うのかと目からうろこ、びっくりしたことを覚えている。あの時以来、六十代になったら諸々の煩わしさから解放されて、団体旅行でゆっくりイギリスを回ってみたいと思っていた。きっと目にするものも違ってくるだろう。

清水さんが参加されたツアーはふつうのツアーより少し長め。十五年前から生活者目線のイギリス旅行と銘打ってイギリスツアーの企画もやってきた私は、一体どこを巡るのかと、ご夫妻を少し離れた場所から観察するような気持ちで読み進めた。

本書のタイトルとなった「食」について、北はスコットランド（ハイランド）のインバネスから南はロンドンまで、現地で食べた料理の数々が登場する。

まずは、エジンバラのホテルでのビュッフェランチ、そしてひどくまずい朝食のスクランブルエッグ。冒頭だけにメニューの羅列を読むだけで、何だか相当、まずそうなのだ。

観光客向けのショー付きのレストランで少しずつ皿に盛られたハギスを食す場面を読めば、「うわっ、イギリス料理はゲテモノばかり」と思われるかもしれない。実際、清水さんは一貫して下味がないと感じる。病院食のような魚や、ぬるいビールに首をかしげながらも、行く先々のホテルやレストランで、ローストターキー、ヨークシャープディングなどイギリス料理に夫婦で挑む。

ブリストルのホテルでビーフの煮込みと共に食べたポテト、ニンジン、インゲン、サヤエンドウのソテーについて「付け合わせが毎回変わりばえしないが味はしっかりついていて食べやすかった」と表現されている。

「まあまあ」ではなく、「食べられた」というレベル。余程、薄味がこたえたのだろう。そうなのだ。イギリスの料理をまずいと感じるのは、材料を加熱しただけの淡泊な素材料理と、これでもかというほど油ギトギト、カロリーオーバーのフライドエッグなどの二種類が、交互に出てくるからだ。加えて、デザートは砂糖やバターやミルクを混ぜ込んだもので、「甘すぎなくておいしい」とされる日本のスウィーツとは全く違う。イギリスはまずいという通説はこのいずれかを食された方によって広まっているように思う。

確かに、いくら塩を振りかけても「さしすせそ」調味料のハーモニーに馴染《なじ》んだ私達にとって「まずい」と感じるのはいたしかたない。

ところが、「油ぎって」「薄味」「濃厚な甘さ」のイギリス料理は、食べ続けると不思議な作用を引き起こす。

私事で恐縮だが、旅半ばで禁断症状が湧き起こり、早く和食を食べたい！　もう中華でもいい！　などと、ジタバタしていたのは三十代までだった。

そう、忘れられない体験はいくつもある。たとえばクリスマスディナーに出てくるクリスマスプディング。ご馳走《ちそう》を食べ過ぎてお腹《なか》がはち切れそうな修羅場でデザートが出てきた。

中くらいのボウルに盛られた、ナッツや砂糖で固めたドライフルーツが入っている濃厚な菓子。それにブランデーをかけ点火する。アルコール分を飛ばすためというが、見ているだけでこの儀式と青い炎に恐れおののいた。仕上げはドボドボとかけるカスタードクリーム。一口食べてギブアップだった。ライスプディングもそう。日本人にとって主食の米に砂糖やミルクを加えると聞いただけで逃げ出したくなった。このようなことの連続から、中華、なければインド料理でもいい。ライスが食べたい、となった。

ところが、四十代になって突然味覚が変わった。というか、毎食何を食べてもおいしくて、帰路、空港のレストランでもフィッシュ&チップスをむさぼるありさま。身体のメカニズムがどうなったか分からないが、私とイギリス料理との蜜月がスタートしたのだ。

これまでは味覚との折り合いがつかないままだったが、イギリス料理を食べ続けるうちにとてもおいしいと思ってしまったのだ。これがイギリス料理の底力かもしれない。

以来、味の記憶は日本でも湧き起こる。深夜、編集作業でイギリス料理の写真を探している時は、ボリュームたっぷりのクリスピーなポテトやポークのアップルソース添えなど、見ているだけで涎《よだれ》が出そうになる。

イギリスに移住された日本人アーティストの女性も、ローストラムにかけるミントソースを想うと生唾が出そうとおっしゃっていた。

昔なら、ラムは臭い、ミントソースは苦手！　となった私だが、今ではそうだよねと共感する。いかにもイギリス的な料理の数々に激しく心惹《ひ》かれるのだ。

なぜか。分析してゆくと、二つの理由に行きついた。


一つはイギリスでローカルプロデュースと呼ばれる地産地消の食材のおいしさを知ったこと。レストランを探す時、「Use local produce」、家族経営「family run」という二つのポイントをクリアしていればおいしい店に当たる確率は高い。

どちらかといえば余り肉好きではない私は、ハム、ソーセージなどの加工品、そして肉がぎっしり詰まったパイも苦手だった。

ところが、コッツウォルズのとあるローカルパブで食べたシャムロックというパイ。時間がなくて、ハフハフと急いで食べたが、きつね色のパイ生地と、まろやかな肉汁に包まれた、とろけるビーフ&周りに盛られたマッシュポテトが絶妙だった。

以来、ところかまわずパブに入るとパイ料理を注文して、やっとエジンバラで、かなり近いものに出会えた。地元産の食材を使って作られたものらしい。

旅行会社が現地代理店を通して手配する団体旅行用の食事は、客さばき優先となるから、なかなかこのような店に行きつかないのは残念だ。

イギリス料理にはまった二つ目の理由は家庭料理との出会いだ。あちこちの家庭の食事に招かれたが、どれも驚嘆すべき料理だと打ちのめされた。こんな経験から、イギリスはおいしいと確信したのだ。

この国では代々家族に伝わるレシピは珍重丁重に扱われる。ある家など、おばあちゃんのレシピノートを金庫に保管して知的資産だと自慢したほど。

地元の素材にこだわり、代々伝わったレシピで料理する。このおいしさはかなりレベルが高い。


さて、清水さんがイギリスのおいしさに遭遇するのは、本書のラストあたり。私も大好物の料理が登場する。長い旅行中、そのほとんどは洋食づくしの三コースメニューを食されていた清水さんが「イギリスで食べたもののうちで一番おいしかった」と言われるもの。それはとても庶民的で、日本では決して食べることができないものだ。

ともあれ、このくだりでイギリス料理は小説家としてあまたの名著を世に送り出された清水義範さんのお墨付きをいただくこととなり、正直、私はほっとした。

「イギリスは意外においしい」の気付きは本当に意外だった。

初めてのイギリスを旅する清水さんの淡々とした観察眼は食に留《とど》まらず、その土地の空気まですくい上げ、湖水地方、コッツウォルズという人気エリアでも遺憾なく発揮されている。

狭い村に押し寄せる大型観光バス、人の群れ。ボートン・オン・ザ・ウォーターを「川と道路が一本あるだけの小さな村」と書いた。また、ウィリアム・モリスがイングランドで最も美しい村と称したバイブリー村の白鳥とホテルのコンビネーションを「できすぎた話のようである」と。そうだ、そうだと痒《かゆ》いところに手が届くイギリス評が小気味よい。また、所々で登場する奥様の着眼点も鋭い。

きちんと年を重ねたご夫婦が、しみじみ、ゆっくり旅行されているご様子が、行間からにじんでくる。私が企画するツアーに参加される方も、圧倒的に五十代以上の中高年層。色んな意味でシニア層に旅行しやすい国だと再認識した。

ハプスブルク家を深く知りたいと申し込んだツアーが催行中止になった清水さんにとっては、いわば代替案としての渡英だった。なのに、行く先々での細やかな歴史的検証は読み応えがあり、イギリス旅行からもどって、訪れた地についてモーレツに調べたくなる時に、ぜひ読んでほしい。

町の歴史や産業や成り立ちについて、ガイドさんの話は、居眠りなどして聞き飛ばしてしまうこともある。ああ、こういうことだったのかと本書を読めば思考が整理できる。

ユーロ離脱で世界が注目したイギリスとは、どんな国なのか。知りたい人にも本書は格好の手引き書となっている。

（いがた・けいこ　作家）

本書は、「ｗｅｂ集英社文庫」で二〇一五年二月〜二〇一六年二月に連載されたものを加筆・修正したオリジナル文庫です。

本文写真・清水ひろみ
本文デザイン・宇都宮三鈴
地図デザイン・テラエンジン

清水義範の本

イマジン

青年の翔悟は、突然、1980年の世界にタイム・スリップ、若い日の父に出会う。家出するほど父と険悪な関係だった翔悟だが、なぜかふたりでジョン・レノンを救う旅に出ることに。

龍馬の船

江戸に出てきて、偶然見かけた「黒船」に一目ボレした龍馬。年来の「船オタク」の血が目を覚まし、「船」を手に入れるべくあらゆる人々を巻き込んで東奔西走。清水版新釈坂本龍馬伝。

集英社文庫

清水義範の本

夫婦で行くイスラムの国々

巨大なモスク、美味なる野菜料理など、トルコでイスラムにどっぷりはまった作者夫婦はイスラム世界をとことん見ようと決意。未知の世界でふたりが見たのは⁉　旅の裏技エッセイつき。

夫婦で行くイタリア歴史の街々

パスタがアルデンテとは限らない、南部の街はトイレが少なく大行列……。シチリア、ナポリ、ボローニャ、フィレンツェ等、南北イタリアを夫婦で巡る。熟年ならではの旅の楽しみ方も満載。

清水義範の本

夫婦で行くバルカンの国々

バルカン半島で人気の高いクロアチア、香水用バラの産地ブルガリア、中世の伝統が息づくルーマニア、絶景の穴場リゾートのモンテネグロなど。著者夫妻が旅した10か国をふりかえる。

夫婦で行く旅の食日記

世界あちこち味巡り

これまでイスラム、イタリア、バルカンと舞台を変えて刊行されてきた〝夫婦で行く〟旅シリーズで、著者夫婦が訪れた数々の国で出合った〝食〟をテーマに綴った番外編エッセイ。

集英社文庫

清水義範の本

シミズ式
目からウロコの世界史物語

世界史で有名なあの事件、あの人物。でも、本当にその真実をあなたは知っていますか？　キリスト教の誕生、南米に起った謎の文明、中国四千年の実像……。目からウロコの新世界史。

信長の女

船で物資が集まる港町。海の道でつながる遠い異国が攻めてくるかもしれない……。新しいものに憧れる信長が、明の衣装をまとった美しい少女と出会い虜に……。清水版新釈織田信長伝。

集英社文庫

清水義範の本

会津春秋

会津藩士の新之助は薩摩藩士の八郎太と象山塾で出会い、意気投合。塾を手伝うお咲に新之助は恋心を抱くが……。幕末動乱期、友として時に敵として交わり続ける男たちを、軽快に描く。

ifの幕末

日本びいきのフランス人・シオンは海を越えて開国前の日本へ。勝海舟・坂本龍馬・西郷隆盛など大物との交流を深め、幕府の知恵袋として天皇に謁見。ついには幕末史を変えてしまう!?

集英社文庫

集英社文庫

夫婦《ふうふ》で行《い》く意外《いがい》とおいしいイギリス

2016年 8 月25日　第 1 刷　　定価はカバーに表示してあります。

著　者　清水義範《しみずよしのり》

発行者　村田登志江

発行所　株式会社　集英社

東京都千代田区一ツ橋2-5-10　〒101-8050

電話　【編集部】03-3230-6095

【読者係】03-3230-6080

【販売部】03-3230-6393（書店専用）

印　刷　大日本印刷株式会社

製　本　ナショナル製本協同組合

フォーマットデザイン　アリヤマデザインストア　　マークデザイン　居山浩二

ISBN978-4-08-745483-3 C0195